Amour

Et

Raison

Première partie
(L'appel de l'adolescence)

Ernst Delma

Librairie du Congrès – Dépôt Légal par Delma, Ernst 1955 –

ISBN: 978-0-9912499-6-1

Les verts paradis de l'adolescence
Aujourd'hui quand tu y repenses, où sont-ils ?
Matins de sucre et de cannelle
Qui te semblaient tout naturels.
Retourne où tu les as connus,
Les églantines ont disparu.
C'est fragile les endroits quand on n'y va plus.

Tiré d'une chanson de Gilbert Bécaud

Les moments du roman

Prologue

Amour et Raison, roman en deux tomes, est en quelque sorte une divagation à la fois superficielle et profondément émotionnelle, mettant en exergue un sentimentalisme truffé de philosophie ou bien est-ce une philosophie vêtue de banalités nécessaires à la survie quotidienne de l'Homme. Une 'hémorragie de l'imagination' dirait Jules Verne, conçue autour d'un discernement à la fois concret et abstrait de l'amour, une approche plutôt élaborée de la raison dans un univers déconcertant et déconcerté, aspirant fortement à l'amour et à la raison puis ballotté entre les deux.

C'est l'histoire d'un amour à la fois matériel et immatériel des autres, du pays natal et ultimement de soi-même. Un amour platonique et oblatif perçu par le cœur mais lucidement sensuel appelant parfois l'éros à la rescousse pour sa pleine et entière expression. C'est aussi l'histoire d'une raison qui a pour objectif l'agrandissement moral de l'être humain aux yeux et devant la conscience de l'autre être humain. Ce roman est principalement, entre autres perspectives, l'histoire du triomphe de cet amour et de cette raison particuliers sur les forces contraires et réfractaires au bonheur de l'humain.

Amour et raison se veut aussi être l'évidence qu'on n'aime jamais que par hasard; on a toujours aimé, dans le lointain tout comme dans la proximité des espérances humaines, dans le rêve comme dans la réalité, sans le savoir, peut-être sans le vouloir. A-t-on toujours raison d'aimer ou aime-t-on jamais raisonnablement ?

Amour et raison deux contraires presque mais qui se donnent la main, deux questionnements qui préoccupent dans le roman et qui font se rendre à l'évidence qu'on aime parce qu'on a le droit ou qu'on s'octroie, sans en avoir le droit, le privilège d'aimer ou qu'on a la chance d'être aimé. On s'approprie raisonnablement ou sans raison apparente le privilège d'aimer et de se croire aimé, même sans cette assurance d'être aimé qui constitue, en tout premier lieu, la raison d'aimer.

Le souffle du roman étant placé entre autres à Jacmel, relate plus que l'histoire d'un passé Jacmélien. S'il le fait, ce passé reste encore présent par sa vivacité même dans l'esprit Jacmélien. C'est de préférence le compte rendu nostalgique d'un passé qui se veut présent et éternel, et qui est propre à Jacmel. C'est Jacmel personnifié, vu à travers une réflexion personnelle.

Ce n'est pas non plus Jacmel pris au piège d'un vague 'antan', mais Jacmel d'hier réverbéré à travers une translucidité présente, on dirait un prisme infrangible projetant une image impérissable. Un Jacmel tenace à garder intouchable sa tradition socio-culturelle, telle sa brise salpêtrée redirigée puis redistribuée par tout un mécanisme poétisé de sentiments personnels tels éprouvés et exprimés par un fils de Jacmel.

Amour et Raison à la Jacmélienne, c'est bien le reflet d'un Jacmel refusant d'accepter le verdict de divorce d'avec son passé, de laisser se tarir ou même être stagnante cette eau qui a coulé sous tous ses ponts. C'est Jacmel aspirant à tous les soleils de son avenir, bifurquant par le passé, celui culturel à travers ses troubadours actuels tels un Michelet Divers, un Georges

Greffin ou un Edgar Gousse ou ceux-là à qui ils passeront le bâton de pèlerin ethnographique, sans vouloir laisser trop longtemps en arrière ni le Coucher de Soleil de Charles Moravia, ni le Sursum Corda d'Alcibiade Pommeyrac, ni l'Aux Champs de Bonnard Posy, ni Ma Fiancée des Orangers de René Delmas; celui musical de Ti Paris, le plus célèbre troubadour jacmélien et haïtien jusqu'à dâte, à Vulcain, à Ti Lhomme et à Ti Koka, de Jouvenceaux et Invincibles à SoNice ; celui des magnats financiers qui se partageaient les veines économiques profuses de la ville; du bord-de-mer : Madsen, Vital, Boucard, Palanquet; de la périphérie du marché en fer: Bastien, Beauduy, Dépestre, Dubuche, Despinos, Mathador, Kaleb, Maximilien, Khawly, Zenny sans oublier nos fameuses détaillantes de tissu : nos bonnes Madame Lamartine, Madame Cole Duplan et Madame Massé; de nos portails d'entrée : Narbal Bastien, Nosirel Lhérisson, Dorcéus Mentor, ou les grandes, moyennes et petites entreprises disséminées à travers la ville : Cadet, Bellande, Baptiste, Madame Lucien Poulard, Madame Neslon Edmé la pâtissière, Madame Cérès, Dès Colin, Adèle Coin, Madame Ebel Étienne, Sò Piti, Madame Mathurin, Lemaître, Alcindor, Desamours, Bellande, Dcpa, Théodore Mathador et autres. Et les inévitables, professionnels politiques et impénitents arbitres de justice de la ville d'autrefois tels les Leroy, les Lhérisson, les Beauduy, les Jolicoeur, les Lamothe, les Pierre-Louis, les Nouailles etc ; et ceux-là assurant leur relève et leur postérité.

Toutes les facettes de la relation passé-présent-futur de Jacmel, disons plutôt un passé-présent témoin du futur, tout ce qui fait de Jacmel une Métropole avec ses caractéristiques propres, est réverbéré à travers le miroir humain qu'est Lejac Mélien. Ce dernier entend établir d'abord sa légitimité Jacmélienne à travers un retour constant à l'adolescence. Il veut promouvoir un retour à l'Amour agissant et à la Raison émancipatrice à travers un réveil d'amour patriotique et de raison humaine. Le destin met sur sa route, pour la réussite de cette entreprise, un bon témoin étranger, une Canadienne au grand cœur qui, permettez-moi d'interpréter Carl-Bouard à ma façon, porte l'amour dans son cœur et dans son âme comme on porte une fleur de printemps, fraîche, belle et odoriférante, à son corsage.

Ernst Delma

À l'Aéroport International de Montréal

D'une impassibilité qui fait presque pitié, d'un laisser-aller dans le maintien qui dénote un degré avancé de résignation, LeJac Mélien arbore un détachement presque métaphysique à l'environnement humain. Il semble glané dans une sphère propre à lui, interdit à toute approche amicale. Vautré confortablement dans son siège et dans son humeur comme s'il voulait y cacher sa personne de peur d'être vu par la vie. Il veut être oublié un moment ou deux par les complications de l'existence, mais il affiche plutôt cette attitude qui caractérise les perdants heureux ou les saltimbanques illuminés.

Autour de lui n'existe pas ou paraît ne pas exister. Il se soustrait de l'existence, eût-on dit. Derrière ses lunettes sombres perpétuellement rivetées à son visage même en l'absence du soleil, il cache ses prunelles pour mieux cracher un mépris discret au visage des êtres et pour les choses.

Dans sa solitude, commodité adaptée à la justification de son évasion préméditée, il griffonne des vers en chaque circonstance. En partance vers Haïti, friand de retour au pays natal, en quête de pouvoir éventuellement revivre son adolescence, il grimace sous prétexte de sourire et gronde en guise de répondre à qui s'aventure jusqu'à le saluer. Il crée pour son bonheur, comme il prétexterait, une philosophie de l'adolescence; et, il tiendrait bien à ce que tout le monde autour de lui en saisisse la portée si on lui laissait cette alternative.

Pour lui, le retour à l'adolescence et à la jouissance des réminiscences qu'elle laisse est le seul bien-être plaisant qui soit admis et permis à l'Homme mûr pendant que l'avènement à la raison fait bien son enfer. L'Homme se meurt à petites gouttes quand il apprend à raisonner, à l'instant même où il devient circonspect et raisonnable, l'enfer est lancé à sa destruction morale. On meurt à chaque instant quand on cesse d'être enfant et adolescent. LeJac grogne et continue à taquiner l'art cher à Oswald Durand. Il noircit le papier sans relâche ; et dans sa transe poétique, il se fatigue les méninges à accoucher les sentiments suivants.

Vers l'adolescence

Ô adolescence éternelle qui fut d'hier,
Est d'aujourd'hui et sera de demain
L'initiation du devenir, origine du lendemain !
L'adolescence, la seule conquête de l'Homme à avant-goût et
arrière-goût de bonheur
Le seul univers où l'heure prend son temps et le temps son heure.
L'adolescence, de l'Homme la première et la seule destination
Vers laquelle l'on ne manque le train ni l'avion.
L'adolescence, rêve diurne qui commence à l'Aurore de l'existence,
Rêve sans grands cauchemars et qui ne s'achève jamais
L'adolescence, haut lieu où l'on ne vit que ce que l'on a vécu.
C'est seulement ce qui n'est pas l'adolescence qui élude
L'Homme de la légitimité de ses fantasme et fortitude.

L'adolescence, c'est ce vécu qu'on ne vivra jamais plus
C'est ce sentiment de jours meilleurs qui s'éloignent
Peu à peu à l'horizon de toutes espérances de les revivre
Ce sont les balbutiements naïfs des sentiments prématurés d'amour
ou de haine
Pour les rivaux qui étaient des alliés et les alliés des rivaux.
L'adolescence, c'est où l'on était et l'on ne sera jamais plus
Ce sont les contrées de la patrie bien-aimée qui glissent au loin leur
profil goguenard devant les visions confuses des convoitises
lointaines.

C'est Jacmel et ses alentours d'il était une fois, berceau de prouesses
prématurées
Port-au-Prince, entremetteuse extravagante des ambitions
disproportionnées,
Témoin des héroïsmes d'apprentis,
Des âneries exacerbées et des aptitudes mal réparties.
Que c'est drôle, des moments d'autrefois, Haïti, maternelle patrie,
Comme c'est préférable la magnanimité homérique de tes jadis
À la banalité triste et regrettable de tes aujourd'hui.
Et qu'adviendra-t-il des prochains dévouements
Seront-ils, aussi bâtards et aussi insignifiants que ceux d'à présent?

Lejac Mélien signe rageusement son autographe
au bas de la page, puis la déchire aussi soudainement et
la balance dans la boîte à ordures, la trouvant trop banale
dans son expression poétique. Puis, il recommence pour
la nième fois, toujours les mêmes spasmes mentaux
derrière le même sourire incrédule…LeJac Mélien
déraisonne par la pensée.

Il se veut poète mais ne se croit pas capable de
l'être. En conséquence, il se perd dans un lyrisme futile
affublé d'une simplicité qui côtoie la puérilité. En guise
d'intuition sublime, sa plume vomit plutôt de la sottise
enjolivée de mots sonores à chaque nouveau coup
d'essai. Il perd patience à chaque coup. C'est qu'il n'est
vraiment pas poète assez pour savoir que la valeur de
toute œuvre d'art réside parfois ou tout le temps dans
l'exiguïté même de son expression, dans l'impossibilité à
en déchiffrer un message artistique quelconque et dans
l'ambition surréelle de l'auteur à accoucher quelque
chose de superbe.

Il offense Saint-John Perse oubliant le mot que la
poésie est la parole volée au peuple, que personne est
poète sans le secours des grandeurs ou des faiblesses des

autres. Il n'avait qu'à se rappeler des monstres artistiques vomis de l'imagination enfiévrée de Shakespeare ou Ulysses de James Joyce ou Le radeau de la Méduse de Géricault ou Ultra Vocal de Frank Etienne pour se faire une idée des monstres artistiques qui seraient bon pour la poubelle mais qui deviennent pourtant des chefs d'œuvre classiques avec le temps. Et surtout, il a tort de ne pas se rappeler avec Edgar de la Selve que tenter parfois ou tout le temps suffit amplement en poésie comme dans la vie.

Pendant qu'il se perd dans ses tentatives enfiévrées à accoucher une splendeur de poésie dont il n'est pas capable, un chat, venu de nulle part, se frotte à sa jambe dans une contorsion amicale. Secoué de surprise, il lance un pied nerveux; mais le matou est agile, il saute au loin.

" Foutu chat d'aéroport. Quel chat fréquente un aéroport, de toute façon"? Il crache fiellesement, contrarié outre-mesure par cette occurrence de rien.

Un chat, un frôlement avenant, puis toute une livraison de merdes s'ensuit. Un animal qui irrite un homme à l'excès, extravagance confirmée d'émotions mal gérées. Cet homme n'a vraiment pas l'âme poète, dirait un autre, car un animal est souffle de poésie en toutes circonstances.

Quand on est crispé intérieurement quelle qu'en soit la raison, même un chat tape sur les nerfs. C'est toujours ainsi. L'homme contrit, épuisé par les remords ou par quoi que ce soit, crache son acrimonie pour un oui ou pour un non, sur tout et sur rien, sur les humains et sur les choses. On donne des coups de pieds au mur, à soi-même ou dans l'eau. On s'irrite ou on irrite les autres quand on est frustré par ses propres manquements ou par les violations venant d'autrui.

Le chat, lui aussi, vexé d'être molesté, montre ses dents dans un miaulement voisin d'un râlement rageur ; puis, il court se recroqueviller sur les cuisses d'une vieille. Un chat n'est jamais seul à l'aéroport. Qu'est-ce qu'un chat ferait seul à l'aéroport ? Aucune logique ne l'expliquerait. LeJac Melien devait le savoir, mais ne le savait pas.

Il a eu la malchance de grandir dans cette aisance familiale et cette accointance sociale qui rendent les choses faciles et font ignorer les petits principes et les petits procédés utiles au commerce humain. Pour vivre en paix avec les hommes comme avec les animaux, il faut maîtriser de ces futilités élevées au rang de civilité, telles que saluer des gens des lèvres ou de la main ou respecter le chat ou le chien du voisin. Pour lui, civilité n'a toujours été qu'être riche et de grande société. Quoique sa mère fût de bonne foi, elle n'a vraiment pas pris le temps à l'apprendre qu'un chat a une âme parce qu'un chat est un animal et que le mot animal vient du latin animus qui signifie âme.

En tout cas, la maîtresse septuagénaire saisit l'animal d'un revers de main avec un automatisme qui surprend, comme on ramasse un trésor maltraité; puis, elle regarde LeJac de ces yeux-là qui disent que l'animal hérissé de peur vaut bien plus que l'homme qui vient de le brutaliser. Le bipède humain, souffrant de solitude et de folie de grandeur poétique, avec ses sourcils, tout comme son état d'âme, en broussailles, est examiné dédaigneusement par la vieille visiblement en colère. Ses prunelles agitées et son nez exagérément aquilin dansent le rythme de sa déception de voir un chat, son chat, si mal traité par un humain. Elle, toute entichée de sa fourrure ambulante, pense que l'homme devait être l'animal et l'animal l'homme. Puis, elle conclut de penser que, même chatte, elle ne voudrait pas avoir quoi que ce soit à voir avec Lejac Mélien qui parait à ses yeux être un foutu primitif moins qu'animal qui brutalise les animaux.

De son côté, LeJac regarde, dans une humeur goguenarde, la vieille offusquée, quasiment squelettique, qui n'a que sa peau à lui rendre une apparence d'humanité. Il s'en fout pas mal de ce qu'elle exprime de ses prunelles acérées par le mépris. Il se contente simplement de sourire à la pensée qu'elle doit épuiser le plus fort de son mince salaire de retraite à nourrir son chat qu'à se nourrir elle-même. Scène pathétique, pense LeJac, qu'une vieille aussi efflanquée par l'âge et l'abstinence exagérée est ainsi toute dédiée à sa bête, une fourrure sur pattes, toute bouffie de lipide.

Tandis qu'il pense ainsi, il s'enveloppe davantage dans son humeur acide. Il affiche une allure déconcertée, mais garde une physionomie replète. Sa lassitude paraît plus morale que physique. Ce qui ferait comprendre à l'observateur lucide qu'il en a marre d'une certaine vie qu'il a menée jusque-là, mais pas de la vie elle-même.

La grande question est, qu'est-ce qui pourrait obliger notre héros, pourtant paré d'une belle prestance physique lui affublant d'une allure de conquérant, à vouloir se dérober de sa jeunesse trépignante. À son âge, malgré les désillusions, il devrait plutôt trouver le confort procuré par les apparences et un mince mais important reliquat des moyens financiers légués par des parents riches pour s'afficher autrement?

Sa vigueur lutte encore à rester debout sous son profil un peu rongé par les soucis de l'hier ou du lendemain. Les traces de cette aisance économique déguerpie et son appartenance à la classe des privilégiés s'épèlent encore en lettres majuscules et s'expriment en signes majestueux sur sa personne. Une aristocratie en accalmie se lit sur sa physionomie. Une élégance décontractée de don juan tombé de son piédestal social mais cherchant à se remettre à la page. Tout laisse l'impression que notre héros a eu, au contraire, un autrefois bien huileux.

Un témoin quelconque de ses bévues d'hier aurait confié que Lejac Mélien a, en effet, vécu à trop vive allure, qu'il a laissé la gente féminine absorber sa masculinité jusqu'à satiété. Les plaisirs mondains ont imbibé son âme presqu'aux bords de noyade irrémédiable. Il en a hérité une âme défraîchie prématurément par la fougue de son corps, et par son entêtement à se fier plutôt à ses instincts inférieurs qu'à des élans supérieurs. Il s'était fait incendier par sa propre ardeur et s'était laissé égrener impitoyablement son épi. Il avait gangrené sa jeunesse dans la débauche étourdie, dilapidant une fortune qu'il n'a pas économisée, brûlant une vie qu'il n'a pas mise au monde, la sienne.

Le sucre de ce champ de canne qu'on n'a pas personnellement cultivé est toujours plus sucré ou plus rentable; le mets qu'on ne s'est pas démené à préparer a une saveur beaucoup plus spectaculaire, et on la dévore sans gêne ni absolution. La sueur et le sang de l'autre, Ô diable quelle succulence ! LeJac Mélien en sait quelque chose. Et sa mère défunte avait apporté dans la tombe, ensevelie dans sa conscience, une couche épaisse d'amertume.

De Robert Krozinski, il est devenu LeJac Mélien. Pseudonyme que choisit sa mère dans un moment de pensées profondes, moins par goût romantique, car la malheureuse a rendu l'âme sans jamais avoir été au courant d'un quelconque penchant poétique de la part de son fils unique. Elle a simplement voulu cacher la vraie identité du fiston aux antagonistes certifiés ou dérobés à cause de sa descendance juive. Par l'un de ces instincts de conservation qui ne sont propres qu'à une mère, elle croyait nécessaire de le démarquer de tout lien avec son père assassiné, question de protéger la progéniture de la haine visqueuse qui avait mené le géniteur dans la tombe. Il se réjouit un peu de cette démarcation temporaire d'avec son passé comme un moyen de redémarrer son existence, biffant tant soit peu les mauvais moments vécus par la famille.

Il se promet à lui-même de faire de son mieux désormais et que LeJac Mélien doit réussir là où Robert Krozinski a échoué, que le fils doit prospérer là où le père a laissé sa peau, sur le même champ de bataille, mêmement armé, par le commerce. Sa chance de réussir, moyennant une profession respectable – un doctorat en médecine comme visé par sa mère pour mieux le voir se placer sous l'angle professionnel de l'échiquier social haïtien - il l'a anéantie. Il s'est ainsi dérobé du sacerdoce familial?

Puis le destin lui a rendu la monnaie de sa pièce. Les coups reçus, auto-infligés pour la plupart, lui ont fait la leçon; et il se rend à l'évidence, dans une grimace compréhensive, que ce qu'on refuse d'apprendre dans la douceur ou par la douceur, on l'apprend forcément dans l'amertume ou par l'amertume. Aux mains de la mère qui ont cajolé son adolescence, le destin a substitué une poigne de fer dans le gant de velours que l'aisance économique souvent représente. Et les baisers de la mère sur son petit visage rond et joufflu sont remplacés par des gifles énergiques visant à le ramener à l'ordre.

La vérité est qu'il était riche une fois d'un héritage économique substantiel légué par sa mère, mais il était bien piètre quant à ce degré de sagesse qu'il faut pour vivre en harmonie avec soi-même. N'est-ce pas que parfois on doit ralentir, même s'arrêter absolument pour redémarrer en trombe; être circonspect pour ne pas laisser venir la fin prématurée quand une trêve circonstancielle se révèle une nécessité. Un stratagème d'évolution empreint de sagesse, tel par exemple bifurquer pour avancer plus lestement, demeure l'approche à adopter en bien des circonstances.

Mais lui, il avait pris la décision combien regrettable de vivre en automate satisfait, un instrument de plaisir dans les mains d'éternels inassouvis que furent ses accointances. Les mises en garde de sa mère n'avaient pu prévaloir. Ses propres acquisitions livresques, jugées minces par plus d'un et par lui-même, évaluation justifiée d'ailleurs par ses coups de cœur et coups de tête légers, n'avaient pas été d'un grand secours quant à lui constituer un bagage intellectuel et moral utilitaire pour le moins réaliste. Ça coûte cher, les déficiences morales.

Tête perdue entre ses deux épaules, il barbouille encore du papier, machinalement, comme il lui arrive de faire en toute conjoncture d'attente prolongée. Un aéroport ou un vestibule quelconque fait bien son affaire et devient de ces lieux favoris qui donnent des ailes à une inspiration poétique et philosophique éclopée pour le moins qu'on puisse dire. N'ayant aucune prédilection ni pour l'ordinateur ni pour aucun de ces gadgets électroniques modernes qui pourtant épatent tout le monde, il gâte du papier à tout bout de champ, démolit des crayons au gré des circonstances, se dit poète ou philosophe à qui veut l'entendre ou le croire.

Qu'on l'eût dit vieux jeu, cela ne l'égratignerait nullement. Vraiment, qui se dit philosophe en ces temps-ci ? Pas beaucoup des humains. Peut-être les perdants comme lui. Comme un agrément au verdict de déloyauté face aux bonnes choses de la vie, en état de pénitence pour ses manquements, il arbore un ton de raisonneur impénitent. Donc il griffonne, noir sur blanc, des pensées mortes, des imageries blafardes, des divagations cérébrales, effluves saccadés d'un imaginaire qui lui cause de l'anxiété et qui ne dit rien de vraiment concret même à lui-même, voire aux autres.

On se demanderait volontiers qu'est-ce qu'il raconte ou se raconte en griffonnant si fébrilement comme un tourmenté du rêve ou l'initié inconditionnel à une sagesse banale qui ne veut dire quelque chose qu'à lui? Un peu de tout qui ne raconte rien qui vaille est débité par lui chaque jour, à tout moment; et dans son errance mentale, les frictions de son imagination bavarde et du crayon affolé crissant contre le papier produisent plutôt des déchirements lyriques insipides et des imageries exprimant son inquiétude du lendemain.

Son recours à la poésie, pour écrire ce qu'il n'ose dire, l'accable davantage au lieu de tempérer sa rage. De ses idées, comme d'un ciel crevé, tombe dru tout un déluge de glas angoissés de la part d'un être plutôt en déficit de certitude que vraiment en déroute. Écrire pour lui est simplement une manière de garder le silence. Ne rien dire sinon qu'avec la plume, question de ne pas attirer sur lui la colère des dieux et leurs serviteurs dociles. Il se souvient qu'être poète cause des démangeaisons et ceux-là qui sont en proie à des démangeaisons morales pardonnent difficilement ou ne pardonnent jamais. Il se le rappelle et tait sa langue pour laisser sa plume vociférer librement quoiqu'avec maladresse.

Il est loin d'être poète; mais une vocation de versificateur ou de prosateur raté lui vient par circonstances. Il se surprend de temps en temps à jouer au lucide noctambule, un de ces hominiens étranges, couche-tard impénitents, qui en ont marre de fermer l'œil de la nuit sous prétexte de donner libre cours à un courant de pensées soi-disant salutaires au devenir de l'humanité. Il entend exprimer par les mots pas toujours convaincants ce qu'il croit être sa joie ou sa peine selon son humeur ou la substance de ce qui la provoque. Mais ses pensées qu'il juge lui-même insensées sont souvent des sursauts d'une personnalité brouillée par des blessures morales auto infligées, des réflexions maussades et spiralées vomies d'une philosophie instable qu'il s'est arrogée.

Il n'est pas connu comme créateur d'imageries spectaculaires, pour ainsi parler, mais il scribouille ses pensées lunatiques et lunaires chaque fois que la conjoncture l'impose. Il entend par là chaque fois qu'il a soit un sujet de haine ou d'amour, de rage ou de joie à partager sur le théâtre tantôt burlesque tantôt tragique de son existence. Quelquefois, un dialogue amer prend place en son subconscient avec un interlocuteur qui n'est que sa conscience. Il compte aussi sur les complicités d'une vie qui lui appartient quelquefois seulement et qu'il jouit sans toutefois approuver ses escalades et escapades, sans vraiment donner son adhésion totale à ses sinuosités imprudentes.

Parfois, il voudrait plutôt dire sa haine, sa joie, ses peines à tout vent, les cracher au visage du quotidien en forme de jets de fiel ; mais, quoiqu'il n'ait pas la conscience d'être écrivain, il croit avec Ernest Hemingway que l'écrivain circonstanciel qu'il essaie d'être doit plutôt écrire ses mots en guise de les proférer verbalement, vertement. Il se sent plus politiquement correct en tant qu'écrivain qu'en tant que jactancier impénitent expectorant l'amertume de sa conscience sur toute chose et sur tout le monde. En d'autres circonstances, il se croit être l'autre Frankétienne, donc dans une sagesse extravagante, jouant avec des mots anormaux, des tournures ultra vocales singulières habillées de circonvolutions flottantes qui disent au monde beaucoup moins qu'il voudrait insinuer parce que trop philosophiques pour dire quoi que ce soit à ceux-là non-initiés aux inspirations sublimes.

Toujours impassible, attendant - dans une indifférence totale à l'environnement tonitruant - l'avion qui doit l'emmener de Montréal à Port-au-Prince, LeJac Mélien a aussi son mini camera digital en mains. Il prétend vouloir capter dans des photos-témoins de ses observations et contorsions de la pensée, comme pour éterniser dans des cliquetis subtils ou emmagasiner dans le long disque de sa mémoire ce qu'il croit être d'importance, jouant au chroniqueur amateur, question de tuer le temps d'une façon qu'il juge passablement appropriée. Il frémit à l'idée que c'est bon parfois de mentir à soi-même plus qu'aux autres, de vouloir passer par occasions pour ce qu'on n'est pas en réalité. Ça fait avancer la vie et retient en vie.

Un prétexte remonte souvent le moral sans pourtant le fortifier. On se sent moins mortifié quand on se donne un alibi. Il faut parfois se forger une prétention à une quelconque existence, dire merci à l'existence pour la simple opportunité de s'enivrer d'un bonheur irréel.

Il prend une photo du chat qui l'a hérissé plus tôt ou qu'il a hérissé par son refus d'accointance, s'étant pris soudain à penser que l'animal est splendide. La propriétaire du chat le toise une autre fois quand le flash du camera fait miauler l'animal d'une peur ou d'une rage quelconque. " Vous n'aimez pas bien mon minet, mais vous voulez sa photo de toute façon, crapule de vous» réfléchit la vieillarde entre deux cillements acérés en direction de LeJac. La vieille pense que le chat devrait pouvoir rendre la monnaie de sa pièce à l'animal bipède que Lejac représente à ses yeux, le griffer tout au moins. Le chat est vexé visiblement et voudrait bien extérioriser sa propre rancœur, mais la parole n'a pas été donnée aux bêtes pour cracher leurs pensées comme elle a été donnée à l'Homme pour cacher les leurs.

Il se dit volontiers poète-chroniqueur, Lejac, et se donne un genre d'existence de la sorte. C'est ce qui est dans son programme actuel, responsabilité intimement imposée, du griffonnement insipide sur du papier et des prises de vue blêmes. Jouant au scénariste amateur, il déteste l'idée de laisser gaspiller ce qui constitue l'essentiel de l'existence humaine avec ses hauts et ses bas, ses grandeurs et ses faiblesses, ses lâchetés et ses héroïsmes.

La bassesse même de l'existence humaine lui confère un peu de grandeur philosophique à ses goûts. N'est-ce pas que, parfois pour certains, le gain est dans la perte, la réussite dans la lutte, l'immortalité dans la mort. Hautement philosophique, dirait quelqu'un dans un frisson de transcendance? Ainsi, quoique moralement meurtri, Lejac pense qu'il ferait mieux de jouer à l'étonnant chroniqueur qu'au saltimbanque désenchanté.

Qu'il adore bien cette quadrilogie combien spectaculaire pourvue par sa mince érudition, Tragédie Humaine, Comédie Humaine, Bête Humaine, Condition Humaine, vomie de cerveaux fertiles ou captée en point blanc avec son petit camera de la réalité de tous les jours. Les subconscients abattus tels que celui de Lejac ne voient que les défections de l'existence humaine partout et dans tout. La vie ne se peuple que d'hommes et de femmes vils, à jouir puis à délaisser. Il les découvre à la manufacture, là où il gagne son pain au Canada, dans la rue, au bureau, à la station de Métro ou en ce moment même à l'aéroport, étalant, là sous ses yeux étonnés par leurs manigances hybrides, leurs grandeurs et leurs faiblesses, leurs joies et leurs amertumes, leurs héroïsmes pompeux tout comme leurs lâchetés criantes.

Mais, il les aime bien ses frères les hommes en dépit de leurs canailleries quotidiennes qu'ils appellent leurs vaillances et qu'ils essaient de légitimer en les appelant ambitions personnelles ou la lutte pour la vie. Toute cette poussée austère et mutuellement gênante, mais nécessaire, fait avancer la vie, malgré elle ou malgré soi, tout en l'encombrant de même. C'est le désordre humain qui donne son sens à l'existence humaine. Le côté pêle-mêle du quotidien arrange magnifiquement les choses de la vie et aménage les perspectives bienveillantes et celles malveillantes en un ensemble vivable.

La perte de la bataille justifie souvent la nécessité de la guerre, et la victoire prouve son inutilité. Dans une circonstance comme dans l'autre, tout est toujours à refaire ou à faire. C'est drôle, mais c'est l'existence. On doit consentir un certain degré de gratitude à la vie pour le si peu que rien qu'elle donne du tout qu'elle promet.

Partout où les gens, dont lui, se battent et se débattent pour le droit à la vie, trimant côte à côte comme frappés de folie ou de folie de grandeur, se livrant à un tac au tac amical ou haineux, gracieux ou malhonnête, cautérisant ou vitupérant, s'aimant ou se haïssant, se baisant ou se mordant, s'embrassant ou s'étouffant, pourquoi les laisser passer inaperçus? Pourquoi passer sous silence la haine ou l'amour qui caractérise toute relation humaine, qui fait vibrer la vie? Pourquoi traiter les évènements de l'existence comme s'ils ne comptaient pas, comme si les agissements humains, bons ou mauvais, n'enfantaient pas la vie elle-même, comme si les contributions triviales ou sublimes de l'espèce humaine ne comportaient rien qui justifierait leur caractère utilitaire au bonheur ou au malheur de l'Homme sur terre.

N'est-ce pas qu'il faut faire justice aux trivialités et aux sublimités? Il faut - captant à bout portant les images de la vie et les prenant pour ce qu'elles sont – savoir remercier les hommes pour leurs conneries, pour leurs bâtardises, pour leurs foutaises et pour leurs sottises, tout comme pour leur grandeur, pour leur utilité et leur perfection.

Avoir le courage de leur dire une fois en passant " Je vous suis reconnaissant malgré tout et pour tout. Pour cet amour ou cette haine que vous me vouez avec ou sans raison, je vous lèche pour ne pas vous mordre, je vous embrasse pour ne pas avoir envie de vous étouffer. Et vous femmes, je vous fais l'amour pour ne pas vous casser la gueule, car vous êtes à peu près les seules choses qui riment encore à quelque chose. Puisque vous avez de ces manières à faire pleurer et faire rire à tour de rôle. Vous ébranlez le cœur de vos charmes et vous flétrissez l'âme de vos délaissements. Ainsi, je vous baise le cou, lèche vos lèvres tout en brisant vos cœurs".

Qu'on mente ou qu'on dise la vérité, ça fait bouger la vie. On choisit souvent de mentir, mais l'on finit toujours par découvrir qu'il y a plus de magnanimité dans l'accouchement du vrai. Le mensonge est trop vil et trop brutal et fait de la vie une bâtarde, fille d'aucune abstraction, héritière d'aucune révélation à la grandeur. N'est-ce pas que la vie est une suite de concepts farcis de leur vide même, mais le mensonge – en dépit de sa nécessité – n'arrive pas encore à se réclamer d'aucune ingéniosité, qu'on mente à soi-même ou aux autres ?

LeJac éprouve des courroux et des gentillesses qu'il raconte sous forme de poésie et dont personne ne fait cas. À la vérité, à quoi importent les rages et les douceurs puisque la vie demeure au beau milieu d'elles, et parce que la vie demeure, n'est-ce pas que rages et douceurs riment à la même chose, la rage ou la douceur de vivre. Toutes les formules contradictoires ou juxtaposées qui font de la palpabilité de la vie une nécessité inconditionnelle méritent une considération d'éternité.

Il nous faut quand même, coûte que coûte, éterniser les traits de cette inclination à la vie qui assure le bonheur ou le malheur du lendemain. Les complaintes, les reproches tout comme les litanies d'amitié et de reconnaissance, pourquoi les oublier ? Comment s'en foutre d'elles? Elles se collent à nous comme des sangsues et nous boivent l'existence en gouttes mesurées, dans une avidité lente, sournoise et cynique. Peut-on être en vie et faire fi de ce qui fait la vie, de ce qui lèche et qui mord à tour de rôle ? La vie dans sa définition même, n'est-elle pas une goutte de miel ajoutée á tout un vase de fiel qui ensevelit sa douceur?

LeJac - ne voulant pas être simple spectateur sur le grand théâtre du rêve humain qu'est un aéroport, surtout l'aéroport international de Montréal, - il joue à l'acteur, à l'intéressé. Il désire retenir les quelques événements sans harmonie qui meublent le quotidien, quotidien rendu insipide par la faute à lui-même, à force d'avoir vécu trop intensément, traîné par une vitesse vertigineuse vers les limites grossières de l'interdit, de l'impossible et de l'hors paire, comme au centre d'un entonnoir, délavé par la salive abondante de sa jeunesse jouisseuse, il n'a désormais plus rien pour lequel vivre ou personne pour qui vivre. Il ne fait que vivre ; ou bien, est-ce la vie qui continue encore à se dérouler autour de sa carcasse d'homme dans une indifférence totale à son égard, une vie un peu avec lui mais tout à fait sans lui. Une vie pour laquelle il ne compte vraiment pas.

Mais il s'arc-boute tant bien que mal en animal désespéré aux joints glissants de la vie, au mât suiffé de son existence. Peut-être qu'il a lu René Dépestre, Le Mât de Cocagne, comme son allure tant soit peu intellectuellement désinvolte – une vielle barbe de quelques jours, blue-jean délavé, lunettes de soleil à cadrans octogonaux, camera en mains et un cahier de notes pour griffonner ses impressions - tout ça laisse l'impression qu'il a lu un ou deux livres dans ses rares moments de piété envers son humanité. La Condition Humaine d'André Malraux et Gouverneurs de la Rosee de Jacques Roumain seraient ses autres plus grandioses accidents de lecture.

La destinée aussi prend sa revanche parfois ou toujours. La vie lui a donné la chance de faire mieux, mais son mieux n'a jamais été meilleur jusque-là. Au contraire, il a l'impression d'avoir échoué et que les jeux sont faits. Ainsi, la vie s'en fout de lui désormais; la Providence baisse les bras parfois sur l'avenir de l'Homme qui a trop malmené son passé ou sous-estimé ses atouts. Il semble être à lui seul désormais, lui contre lui, combat intime entre l'Homme et sa conscience, combat inégal. Il est condamné à perdre. Il le sait, pour avoir lu Dépestre et Malraux et Jacques Roumain entre autres.

La conscience de l'Homme libéré des poignes de sa mère qu'il est devenu l'emporte souvent sur sa volonté d'homme libre qui souvent souhaite envoyer sa conscience se faire foutre. Les conneries de l'autrefois sembleraient l'arracher pour de bon du camp de la raison qui semble avoir foutu le camp entre-temps. Il n'a pas vraiment raison de se sentir ainsi; mais c'est toujours comme ça. La confiance en soi décampe quand la conscience s'en est allée dormir pour quelque temps, pour longtemps ou pour toujours.

Il est décontracté au bord de la nonchalance avec sa chemise bleue pâle entrouverte sous sa veste grise, torse au vent, offrant la chevelure un peu abondante de sa poitrine à la convoitise d'une jeune fille en face de lui et au dédain d'une dame d'âge moyen qui montre d'une mine renfrognée qu'elle n'approuve pas cet étalage de masculinité ou bien qu'elle l'approuve rongeant ses freins silencieusement dessous ce semblant de colère. Souvent le cœur approuve secrètement ce que les yeux semblent réprouver ouvertement. La vie est un jeu qu'il faut bien jouer. Lejac porte un blue-jean étroit, astucieusement troué par endroits et à demi chiffonné qui ne laisse aucune portion de son éros à l'imagination. Un semblant de capitulation sur sa physionomie attire des regards sur soi et fait signal au sexe opposé. Il le sait et s'assure que le tout aéroport n'ignore sa présence.

Les femmes drôlement s'amourachent souvent de ce délaissement érotique. La dame en face de lui semble endurcir ses prunelles pendant que son cœur rit de l'offre gratuite. Ses yeux charnels semblent chercher vaguement l'horizon à travers la grande baie vitrée de l'aéroport, mais les yeux de sa conscience dévorent Lejac bien moulu dans son jean. Les yeux de sa fille habitent sur le profil de Lejac, tandis que le mari, tout rose de colère sournoise, écartelé par une colère mal déguisée, tolère mal la réjouissance subtile de sa femme et le ravissement sans fard de sa fille.

Lejac, serait-il don juan ou gigolo ou don juan et gigolo? Son visage froissé dévoile qu'il n'a pas consenti à se reposer ni la nuit dernière, ni plusieurs nuits auparavant. Sa physionomie divulgue bien haut qu'un sommeil captif brûle d'impatience de se réfugier dans un lit.

Il s'amuse pourtant, en dépit de son apparence de charmeur désenchanté. Il a encore, au moins, la conscience d'un restant de jeunesse. Il n'est pas notamment beau à faire gémir, mais garde le profil de ceux-là qui ont eu la chance d'avoir au moins une belle maman.

Il ricane avec un petit bonhomme, rendu insouciant par son âge. Le bambin rit follement avec sa maman, puis avec tout le monde. Il démontre sans le dire que c'est plutôt bien d'être enfant et n'avoir pas à répondre de soi-même ou de ses actes, n'avoir de compte à rendre à personne pour ses manquements, avoir le droit de mentir pour ses faux pas. Enfant, on n'a qu'à rire en éclats quand comblé ou déverser son amertume dans des pleurs quand les autres vous dérobent de leur attention.

Le gamin est heureux, et son bonheur est contagieux. LeJac Mélien se fait soudain complice de cette joie enfantine sans questions ni conditions, sans se préoccuper à savoir ce qui est à sa base, sans chercher à comprendre ce qui rend l'enfant heureux et pourquoi il est heureux. Pourtant, grâce à cet enfant enchanté, son front se déride un peu; les muscles de son visage trouvent du boulot. Une allure de luron enchanté, l'accapare, lui aussi et déchiffonne son front. Il se sent vivre au gré de la vie maintenant, un bambin est sous la main pour lui procurer une telle grâce. Il ne se tracasse guère de quoi que ce soit pour le moment présent. L'amertume de ses pensées se détale soudain

Il se dit à lui-même, accaparé par cette coïncidence, convaincu par cette occurrence, que tout ce qu'il faut pour être heureux, c'est simplement de ne pas chercher à savoir ce qui rend les autres ou soi-même heureux ou malheureux. Ses sourcils ébouriffés dansent la frénésie de la joie procurée par l'enfant. Son visage s'ouvre en deux chaque fois que le garnement pouffe de rire, et ses canines exposent un jaunissement en cumule fait de nicotine et de café noir, mélange affreuse. Son haleine raconte à haute voix qu'il en abuse les deux à longueur de journée, à longueur de sa vie d'adulte.

LeJac Mélien donnerait une bonne partie de son temps, du peu de fougue de jeunesse qu'il lui reste à épuiser dans les tranchées du plaisir mondain, de la richesse qu'il a eue dans le temps et qu'il n'a pas désormais pour être aussi heureux que l'enfant. Il a envie d'être fortuné, lui aussi, tout comme l'enfant, et ce spectacle combien apaisant et relaxant lui ramène les bienveillantes réminiscences quand sa propre mère dans le temps, commerçante de descendance Arabo-Franco-Polonaise le prenait avec elle dans ses multiples périples hebdomadaires dans presque toutes les grandes villes d'Haïti.

Ce temps béni qu'il cherche partout pour ne jamais le retrouver, même au fond de lui-même, ce temps ressurgit doucement, brutalement, doucement brutal par le biais d'un petit garçon qui n'a pas à marchander son bonheur, ni le chercher de nulle part, puisqu'il l'a en lui, et l'occurrence lui plaît. Ce temps-là qu'il berce doucement au gré de ses souvenirs, jalousement gardé au tiroir de ses réminiscences, ce n'était pas le paradis assurément, mais ce n'est pas cet enfer quotidien qu'il cherche à atténuer dans ce pèlerinage constant vers ce que hier était et qu'aujourd'hui n'est pas.

LeJac pleurniche secrètement sur le passage du temps qui n'a fait que le vieillir sans vraiment améliorer son sort, l'aigrir plutôt par l'absence d'une mère pour le dorloter et qu'il doit désormais payer pour son bonheur tout comme pour son malheur. D'enfant à homme, il a vu la rivière de la vie couler impassiblement sous le pont, inlassablement, ne fatigant que nous, nous tuant à longueur du temps de son indifférence toute minérale, sous les rochers, sans vraiment rien arroser sur son passage, n'emportant que vies et rêves.

La Condition Humaine, au fond, ne s'est pas améliorée avec le temps. L'espèce humaine est, pour de bon, condamnée, il semble ; et d'où viendrait une sentence si impitoyable? De Dieu ? Dieu est devenu silencieux ou peut-être méfiant un peu. Il philosophe ainsi; et dans sa philosophaillerie, il s'oublie. On ne questionne pas l'existence ou l'attitude du Divin sans s'égarer. Nietzsche et une poignée d'autres ont essayé tout au moins, ils sont tous morts dans la folie.

À l'aéroport, le gamin avenant a toute l'attention de LeJac Mélien. Il est assis à côté d'une femme très belle, très minuscule, une féminité qui fait venir l'eau à la bouche et les larmes aux yeux quand on est seul dans la vie et qu'on a besoin d'une compagne. Un visage soigné de toute Canadienne qui se respecte.

Très possiblement, elle est la mère du petit; l'accointance visqueuse de leur bras-dessus, bras-dessous le dit á haute voix. Ce dernier a un petit jouet dans sa main, une nouvelle acquisition en toute apparence puisqu'on n'exprime tant d'engouement, adolescent ou adulte, qu'à la possession de ce qui est nouveau, un petit clown mécanisé dont il remonte la chaîne à chaque fois et qu'il dépose sur le sol lustré de l'aéroport. Le clown en fer-blanc exécute trois sauts acrobatiques en avant et trois en arrière à chaque fois.

Le petit homme rigole à tue-tête de son propre spectacle, en vrai homme-orchestre, provoquant, jouissant et partageant son bonheur. Il contraint tout le monde à glousser avec lui, quelle que soit l'humeur au préalable, l'âge, le sexe ou l'inclination à se laisser manipuler par un enfant enchanté. Ils manœuvrent tout le monde et selon leur gré, les adolescents; les tout-grands sont des girouettes affolées dans leurs mains magiques.

On est condamné à plaisanter avec un enfant insouciant, immanquablement. On ne se fait pas prier, et on n'est pas prié non plus de joindre la communauté des adhérents toutes les fois que l'adolescence décide d'être à la barre de commande, en chef de cambuse des humeurs adultes. C'est simplement contagieux, le bonheur de l'enfant, le bonheur de tout enfant qui peut se permettre d'être heureux.

L'enfant est heureux, absolument, et sa bonhomie enfantine confisque la réalité du reste du monde autour de lui. LeJac Mélien n'est pas souvent d'humeur à rire, mais le ricanement de l'enfant et ceux qu'il déclenche à la ronde sont contagieux. Et contre lui, LeJac Mélien se mêle au festin de la bonne humeur gratuite et consolante. On se perd dans l'enfant, et l'on s'oublie. Tout le monde le petit marchand de bonheur gratuit est beau, tout le monde il est gentil.

Un rire ou un sourire sans qu'on paie pour s'exploser ou en esquisser un, c'est une aubaine comme une autre. Les muscles du visage trouvent autant de plaisir dans un rire ou un sourire que les vers de l'estomac dans une bouffée nutritive. Un moment de jovialité, peu importe d'où qu'il vienne, ça aide à surmonter un obstacle, à faire marcher quelque chose ou vers quelque chose.

L'enfant est généreux à son égard, sans le savoir, sans le vouloir. Peut-être qu'il le sait et le veut, le petit, puisque ses petits yeux ronds bourrés d'une ruse précoce se collent au point d'outrage dans ceux de LeJac après chaque tollé provoqué par lui. On dirait qu'il y a comme un lien entre eux deux. En psychologue prématuré, il scrute LeJac et devine sa satisfaction derrière le rire timide de ses yeux bouffis de sommeil. L'adulte tombe d'emblée au jeu de l'enfant, tête en avant. Il est monopolisé jusqu'au fond de sa conscience toute surmenée.

LeJac Mélien parvient à se tisser une toile de fond de résistance en dépit de sa bonne volonté de s'agripper à l'effervescence joyeuse créée par le gosse et son jouet. Il se fait sérieux à chaque fois que le gamin devient sérieux remontant la chaîne de son jouet. LeJac Mélien découvre qu'un point commun existe entre le pantin de l'enfant et lui. Il se croit soumis aux caprices du destin tout comme le jouet est soumis au rythme des caprices de l'enfant. Un sourire qu'il voudrait éternel détire ses lèvres à chaque fois, l'homme à la conscience nue soumis au rythme de l'humeur de l'enfant et des acrobaties de son clown en fer-blanc. Son sérieux refait surface pour abdiquer à chaque fois, espace de ces quelques minutes que dure la remontée de la chaîne du pantin.

Alors, il s'identifie au clown, et l'enfant au destin, un vrai petit maître de situation. Comme l'enfant devient sérieux à chaque intermède, il pense aussi que la sagesse de l'homme équivaut bien la concentration d'un enfant s'adonnant à son boulot favori, le jeu.

Mais l'enfant est sérieux pour une raison toute différente. Il l'est chaque fois qu'il provoque un autre tollé de bonheur ; lui, il l'est parce qu'il ne peut rien déclencher désormais pour établir aucun lien entre lui et les autres, pour attirer l'attention des insensibles ou des compatissants sur son sort. Il se sent inaperçu; il l'est, et il s'en réjouit un peu. Le temps de la récolte de ce que son père et sa mère ont semé étant révolu, la bonne compagnie d'autrefois a pris la poudre d'escampette emportant avec elle les aveux d'amitiés inconditionnelles et éternelles.

Lui, LeJac devient sérieux plutôt par dégoût et par amertume quand l'enfant l'est par goût et par coutume. L'enfant est magique, lui n'est que minable. L'enfant fait envie, lui ferait pitié à ceux qui disposeraient du temps à écouter même un bout de son histoire. Mais qui veut prêter attention au rocambolesque, qui a du temps pour gémir sur la chronique des malheurs d'autrui ou celle de leurs bonheurs révolus? Son histoire désormais n'est assurément pas aussi attrayante que celle de Fanfan La Tulipe ou Les Aventures de Papa Pyè[1] à Rivière Froide, épisodes qu'il aimait regarder autrefois sur la Télévision Nationale d'Haïti.

Il fait pitié, à lui-même aussi, parce qu'il se croit perdant et perdu, fourvoyé au beau milieu d'un raz-de-marée qui le mène au gré de ses flots agités, ballotté par une catastrophe dont il sait l'origine, mais ignore et l'échéance et la destination.

Le raisonnable chez l'enfant découle de sa volonté d'être heureux minute après minute et de déclencher le bonheur momentané des autres. De momentané à momentané, l'enchantement créé par l'enfant devient durable, tandis que celui de l'homme est passager tout de bon. Son propre bonheur n'est qu'un coup de sérénité dans un ciel démonté, tandis que celui de l'enfant est empreint de cette quiétude durable qui lui fait envie.

Entre l'enfant et lui, il y a tout un univers de différence. L'enfant est un marchand de bonheur, lui serait plutôt un oiseau de malheur. Il pense avec raison que le mieux pour lui serait d'entrer dans la logique de l'enfant, se mettre en harmonie avec l'univers de l'enfant ; il convient donc que l'adolescence ou simplement toute allusion à elle est bien là où l'âme humaine trouve son espace d'évolution véritable et y prend son ébat.

N'est-ce pas qu'à chaque fois l'enfant remonte la chaîne du clown en fer-blanc et qu'il le dépose sur le sol, on se remet à rire. Lui, il ne peut provoquer le rire chez quiconque, il n'y a que son amertume à être contagieuse ; mais qui en désire? On ne partage pas au

---

¹ Papa Pyè : Comédien Haïtien très côté, délice des téléspectateurs haïtiens dans les années 80 dans La Vi Nan Bouk La ou « La vie dans le bourg ».

petit bonheur la peine de quelqu'un, on ne veut que sa joie. Que celui qui n'a que la peine à contribuer au déroulement des choses de la vie aille au diable. Tant mieux. Tant pis. Entre tant mieux et tant pis, quelle est la différence, en toute sincérité ?

On en a marre des malheurs et de leurs émissaires. Quand on a que des pleurs et des grincements de dents à vouloir partager avec l'autre, pourquoi ne crève-t-on pas tout simplement, pour laisser l'autre assez de temps ou de loisir pour rire ou se réjouir ? Un requiescat in pace est toujours vite dit, et une consolation ne s'achète pas. Un pauvre diable ou pauvre de toi se donne à tout voulant.

C'est vrai qu'un mot de consolation creux comme " ne te dégonfle pas mon vieux, ça va marcher" est la chose la plus gratuite au monde. Au fond, on veut dire qu'on s'en fout pas mal quand tout va mal. C'est tout pareil à un " va donc crever ailleurs".

La logique de l'amitié ou sa finalité, c'est ce dernier voyage au cimetière, puis la fleur ou cette poignée de terre qu'on bascule sur le cercueil. C'en est fait, on se revoit là-haut. Là-haut, c'est où ? Mais, l'éternité. Et l'éternité, c'est quoi? On ne s'entend pas tout à fait ici-bas, mais on promet toujours avec jactance de réserver à son prochain une place dans l'éternité. On se dit alors que là-haut doit être un déséquilibre perpétuel; l'altruisme dans l'au-delà, c'est comme une garantie, tandis que l'égoïsme fait rage ici-bas.

Quel romantisme, mais surtout quelle fourberie ! Les choses de la vie doivent avoir un drôle d'explication. On se déchire par haine ou par amour dans la vie, on se fait crever par pitié ou par amitié pour se promettre des roucoulements là-haut sur le boulevard de l'éternité, à la barbe du Père Éternel. LeJac avale une salive, et dans cette salive tombe dans sa gorge l'arrière-goût pourri des déceptions de la vie.

Ainsi, quand la vie prend sa revanche contre les peccadilles ou les monstruosités humaines, il y a jusqu'aux remontrances des autres à vous refléter la houle de leurs haines cinglantes, et leur dédain de vous vous passe presque l'ultimatum de clouer votre propre cercueil ou de creuser votre propre tombe. LeJac se sait branlant dans ses relations humaines. Il a connu un court séjour en prison tout récemment au Québec, et la soudaineté de l'occurrence n'a pas amoindri sa gravité quant à lui.

Ce fut pour lui l'un de ces coups qu'on se promet de ne jamais oublier ou peut-être ne jamais pardonner à celui qui cause à soi ce malheur désormais courant mais auquel on ne peut s'habituer. On se reproche de connaître la prison plus qu'on se reprocherait de mourir, car on n'a jamais la conscience de sa mort tout comme personne ne peut jurer d'avoir la conscience de l'ultime minute qui précède son glissement dans le sommeil. On ne se voit pas mourir, mais on se voit jeter en prison.

LeJac n'a aucune raison d'être heureux non plus. Heureux de quoi, heureux de qui, heureux pourquoi et pour qui ? De quoi et de qui un tel bonheur découlerait, pourquoi et pour qui le laisserait-il paraître ?

Il y a à peu près une décade et demie qu'il a laissé Port-au-prince et deux décades depuis qu'il a quitté Jacmel, sa ville adoptive. Il se souvint qu'il devait laisser et Jacmel et Haïti sous le coup d'une promesse et avec une mission. Il avait promis à sa mère de faire mieux qu'elle dans la vie, de ne plus vivre chez les autres en marchand de toile et de retourner en Haïti avec un diplôme de médecine dans sa valise, moins pour accomplir sa propre vie - lui qui avait eu, d'enfant à homme, plus que ce dont un enfant ou un homme a besoin - mais pour aider ceux-là qui les ont aidés dans le temps à s'accomplir en tant qu'entités étrangères débarquées chez les autres par la force des choses de la vie.

Lejac Mélien est en train de retourner en Haïti pour la nième fois maintenant, mais jamais avec un diplôme de médecine dans sa valise. Toute une tonne d'un chagrin visqueux noie son cœur comme un poisson mort se noie dans un étang pourri, à chaque retour ; et tout un ruisseau de pleurs cette fois-ci inonde son âme puisqu'il fait allusion aux funérailles de la malheureuse qui a dû trépasser de ce dernier coup de fil inopportun, qu'elle a reçue d'une amie d'adolescence vivant au Canada, que son fils unique fut incarcéré temporairement pour son implication dans un duel avec le propriétaire d'un night club.

Il retire la copie conforme de cette scène du fond de sa mémoire. Il a bu un peu trop ce vin fort cette nuit-là, cette fille qu'il voulut embrasser et qui le repoussa violemment. Ce soufflet sur le visage de la malheureuse pour son effronterie de refuser des faveurs à lui LeJac Mélien, la riposte du propriétaire du bar, la police qui arriva et son atterrissage forcé en prison.

À la nouvelle, la malheureuse Noisette Krozinski - mère de notre héros, fille de père juif Polonais et de mère juive française réfugiés en Haïti durant la dernière vague de haine déclenchée contre les descendants du Christ – tomba comme un fruit trop mûr et ferma ses yeux aussi durs que possible pour s'assurer de ne jamais avoir à les rouvrir sur ce côté de l'enfer qu'on prend encore un malin plaisir à appeler la vie. " Quelle posture tête en bas qu'est la vie !» fut la dernière séance de pensée de la malheureuse.

L'attente patiente et début d'accointance

L'avion se fait attendre à l'aéroport dans l'indifférence totale des gens en partance pour Port-au-Prince. On n'est pas pressé, car il y a l'enfant au pantin en fer-blanc à tempérer les courroux. La mère du petit regarde LeJac Mélien d'un regard en biais. Il lui paraît philosophique dans sa pensée. LeJac trouve très didactiques les ricanements intermittents de l'enfant qui déclenchent ceux des passagers en attente; et ça l'amuse plutôt. Ça aide bien les tout-grands, un enfant heureux.

Un adolescent au jeu instruit aux adultes les règles de la patience et de l'attente dans une insouciance toute philosophique. On attend puisqu'on doit attendre et pourquoi s'enrager outre-mesure pour une attente, quelle que soit sa longueur. Vers quelle destination vraiment évidente part-on jamais pour être si pressé, à bien considérer?

L'enfant, par son insouciance toute espiègle à semer la pagaille joyeuse, par sa puérilité jubilante, enchante. Il est bien, en ce moment même, l'illusionniste sans patente, le palliatif efficace aux maux adultes; et LeJac Mélien en tire prérogative, lui aussi, malgré lui, et pourquoi pas lui puisque tout le monde est glué à cette démence de rires.

LeJac Mélien devient de temps en temps acide, noyé dans une vague de réflexions. Il arbore intermittemment une attitude qui donnerait à n'importe qui l'envie de pleurer son sort, d'éprouver de la compassion à son endroit pour n'importe ce qui mine sa bonhomie. La dame, devient soudain un peu gênée, ayant remarqué l'humeur irrégulière sur la physionomie de LeJac. Elle tire un peu nerveusement le petit garçon par le bras. Elle se retourne vers lui.

" Excusez son débordement, Monsieur…Je comprends bien qu'il vous importune". Se plaint la mère.

" M'excuser   pourquoi Madame?   M'importuner comment "? Répond LeJac, ébahi par le faux souci de la mère à propos de l'enfant.

" Ses ricanements nasillards tapent sur les nerfs quelquefois". Elle explique.

" Ça serait son problème Madame" se surprend Lejac à riposter vivement, au voisinage de la grossièreté.

" N'est-ce pas qu'il ricane un peu trop» ? Continue la dame

" Qu'il ricane alors… Pourquoi pas ? Je m'en fous pas mal, moi. Qu'il soit heureux s'il le veut et qu'il prenne tout le monde avec lui si c'est ce qu'il désire; ce n'est pas mon affaire."

Un geste d'impatience, puis il enchaîne.

« Il ne fait pas que faire rire à tout le monde, ton enfant…Il est surtout comme chuchotant tout bas à mon entendement l'un des meilleurs refrains de Bécaud ».

Il déclame un peu fredonnant, tapant de ses doigts sur ses jambes.

« Les verts paradis de l'adolescence,
Aujourd'hui quand tu y repenses où sont-ils ?
Matins de sucre et de cannelle
Qui te semblaient tout naturels.
Retourne où tu les as connues,
Les églantines ont disparu.
C'est fragile
Les endroits quand on n'y va plus ».

« N'est-ce pas que c'est beau…C'est ce que les attributs enfantins de ton fils me rappellent». Il dit un peu énervé.

" Oui, mais…» tempête la mère.

" Oui mais quoi, Madame… Je suis un admirateur de votre fils…Il fait pour moi en ce moment même ce que personne d'autre ne peut prétendre…. »

« Je vous remercie de cette gentillesse».

« Gentillesse ! Soyons sérieux de toute façon". S'impatiente LeJac… " Quel insensé prétendrait vouloir abîmer la joie d'un enfant sous prétexte qu'il gêne. …L'adolescence a ses droits Madame. Et le droit essentiel de votre fils est d'être heureux à cette heure du jour et à cette étape de sa vie. Laissons-le donc être heureux". Il s'énerve un peu plus de la remarque de la mère et la trouve tout à fait athée à l'égard d'une divinité qu'on appelle l'adolescence. Il retourne la tête, puis la retourne vers elle.

" N'est-ce pas que l'adolescence est le plus beau pays, le plus beau paysage du monde ? Quant à moi, j'aimerais y habiter pour toujours".

" C'est très gentil de votre part". Elle dit.

" Mais non, vous n'avez pas à me trouver aucune gentillesse», il explique " Un visage d'enfant me dit mieux que toutes les transcendances dérisoires et puériles qui encombrent le monde. Il y a tout le Louvre, tout le dôme de la basilique Saint-Pierre et tous les murs de l'Eglise Sainte Trinité de Port-au-prince dans un sourire d'enfant. Et Mona Lisa ferait bien mieux si elle était encore toute petite au moment où Leonardo Da Vinci capta ce sourire fantastique. Un visage d'enfant fendu en deux par un sourire, c'est mieux que du Valcin II…"

" Ô, vous connaissez Valcin II» ? Elle demande amusée d'un sourire qui fend son visage en deux portions bien distinctes séparées par deux rangées d'ivoire. Lejac pense qu'elle sourit majestueusement.

"Non, je suis simplement fou de son pinceau sans l'avoir jamais rencontré même une fois en chair et en os".

« Mais contempler l'œuvre d'un homme est comme et peut-être mieux que le rencontrer ». Elle observe.

« Tu as bien raison en ce sens » Il applaudit

Puis se retourne à l'enfant.

" Si je ne me trompais, un enfant serait bien un ange parmi nous…Vas y petit ami, gave la plèbe de l'aéroport ou d'ailleurs de ta joie toute enfantine…Il n'y a que ton âge actuel à dire quelque chose aux gens. Grandi, on vous foule aux pieds. Je t'en veux quant à moi". Il ajoute, renfrogné.

Lejac a mauvaise mine et s'assombrit d'un rien. Mais de certaines personnes, mauvaise mine ou renfrognement ne fait pas peur. LeJac est bien l'un de ceux-là, avec l'un de ces visages et l'un de ces à-propos naturels qui ravissent et ouvrent tout bonnement les portes, les cœurs et les bourses.

La chance d'avoir eu une belle maman et avoir été né tant soit peu riche aident les choses de la vie. Le monde n'a jamais été insensible à de tels atouts, peu importe combien trompeurs qu'on croit qu'ils sont parfois. Occasionnellement ou en tout temps, le visage dit faux sur l'âme et sur le cœur ; mais ça, c'est de la philosophie. Qui a besoin d'un si haut degré de philosophie désormais ? On choisit la beauté sur la bonté, les stupidités sur les vertus et l'on s'en fout bien de ce qui va arriver plus tard ou demain ou très loin dans le futur.

Le bon cœur ou l'honnête homme, le bon chrétien c'est entre soi-même et Dieu. La bonne conscience est pour chez soi ou pour meubler son quotidien d'héroïsmes menteurs,   mais les photos opportunités de la vie exigent de beaux visages, de belles apparences, d'élégances irrésistibles et surtout de bourses bien garnies.

LeJac appartient à cette famille d'homo sapiens satisfaits, beau et une richesse, quoique mince désormais, à portée de main ; mais il affiche une indifférence métaphysique à cette facette de lui-même. Qui s'en fout d'être beau quand la réalité relègue sa beauté au second rang ? Quand on a ses problèmes, on devient un peu moins beau pour les autres et cesse tout court de l'être pour soi-même. Quelque chose compte seulement quand on ne l'a pas. La source tarie devient plus cristalline, et son eau plus croustillante. Il grimace compréhensiblement. Beauté et difficulté refusent de rimer dans les grandes questions comme dans les petites choses de la vie.

LeJac revoit tout un panneau de son adolescence envolé en fragments mitigés faits de bien-être et de détresse. L'adolescence s'en est allée ; et depuis, il ne partage que petites joies, grandes folies et désarrois monstrueux. Ses multiples voyages avec sa mère entre les Cayes où ils habitaient avant la mort de son père, Port-au-prince où sa mère tenait boutique pour un bout de temps, Jérémie où il avait vécu certains des meilleurs moments de son adolescence et Jacmel que la mère choisit comme destination définitive, en fit son domicile et en obtint pignons sur rue. Il se rappelle, dans un sourire ensoleillé qui éclaire son âme un instant d'une joie discrète, la boutique familiale bien achalandée aux abords de la cathédrale Saint-Jacques et Saint Philippe, en face du marché en fer de Jacmel.

Là, le paroxysme des joies de l'adolescence fut atteint. Ce passé qu'il croit encore fantastique et cette adolescence qui le comblait d'une jouissance toute absolue demeurent jusque-là les meilleures facettes de son existence et sont restés gravés dans sa conscience comme sur de l'airain.

Devenu adulte, des plaisirs il en a connus à ne plus pouvoir les compter ni les remémorer; mais rien ne vaut pour lui autant que les simples envolées de l'adolescence. On oublie tout, sauf les jubilations et frivolités de son adolescence. On rejette tout le temps des réminiscences, mais difficilement et rarement l'enfant qu'on a été.

D'ailleurs comment prétendre comprendre l'homme, tout en reniant l'enfant qu'il a été? Pour motiver l'homme, l'adolescence doit être toujours sous la main. Comme une relique que l'on tire du fond d'une malle comme au besoin, pour fournir à soi-même et aux autres de ces références qui vaillent la peine, l'adolescence est une commodité qui fait vivre et revivre le passé.

" La chose veut que l'homme ne reste qu'un enfant. Moi, depuis la disparition de mon adolescence, je suis devenu un mauvais homme, et ma mère en a peut-être rendu l'âme". Il confie, devenu soudain bavard, cherchant un complice ou un cœur dépositaire à ses rêves troublants, comme on cherche un refuge pour ses pensées errantes.

43

"Désolée d'entendre cela!» Elle dit

"Ne soyez pas désolée Madame, puisque vous ne comprendrez jamais…" Il corrige dans une impatience notoire comme pour terminer cette conversation qu'il juge pour le moins incongrue, ennuyeuse, une offense à l'adolescence.

" Mais pourquoi une amertume si rageuse?" Elle demande, rendue curieuse.

" Tu as raison ! Ce n'est pas de l'amertume, mais de la rage…Je suis son fils unique, vous comprenez. Et depuis que l'adolescence s'en est allée, je ne lui ai apporté que désillusions, souffrances et puis la mort. Sans chercher à expliquer le destin…"

" Vous ne devriez pas…"Elle interrompt.

" Je ne l'ai pas tuée de mes propres mains; mais ma vie a détruit la sienne. Elle s'est tuée pour me laisser dans la vie. Et je suis un démenti formel à sa vie, à ses rêves, à ce qu'elle voulait que je fusse que je ne suis pas". Il explique.

« On ne devient pas forcément ce que le monde entier veut que l'on soit ». Elle philosophe.

« Je ne parle pas du monde entier ». Il grogne.

« Elle est morte bien trop tôt » Il renchérit.

" Mais, tout le monde meurt, et à n'importe quel âge". Elle remarque par sympathie ou par pitié ou peut-être même pour finir avec cette conversation. Elle regarde son fils et devient pensive.

" Non, mais celle-là n'était pas tout le monde…Elle était ma mère, et elle n'aurait pas dû me mettre au monde…Elle était devenue, un peu à cause de moi, la somme de toutes les souffrances. Elle s'était tuée vivante pour me donner une adolescence dont je regrette la fin à

jamais, et je souhaite que ton fils – peux-je te tutoyer» ?
Il se ressaisit.

" Pourquoi pas, c'est si facile. On n'avale pas sa langue
en tutoyant. Parfois, entre un tu ou un vous, il n'y a
qu'un pas à franchir, et elle s'appelle l'indifférence".
Elle dit s'ennuyant visiblement

" Ah l'indifférence, l'indifférence. Ça me fait penser une
autre fois à Bécaud et à sa formidable chanson. Il a eu
bien raison de chanter que ce qui détruit le monde, c'est
l'indifférence."

" En tout cas, je souhaite que ton fils reste l'enfant qu'il
est. Sinon, il te tuera de remords un beau jour". Il dit un
peu nerveux et blêmit à cette prédiction.

La dame tremble à cette détestable prophétie.
LeJac Mélien voit son haut-le-corps. " Ce n'est pas la
peine de frémir" Il conseilla. " Ce n'est d'ailleurs ni un
souhait ni une certitude, mais une mise en garde. Ça
arrive que l'enfant innocent d'aujourd'hui devient le
mauvais homme de demain, et le malheur des parents est
alors vite assuré".

" Tu parles comme quand on a déjà vécu la plus grande
partie de son existence". Remarque Madeleine.

" Oui, j'ai vécu au contraire. J'ai simplement oublié de
vivre…Étant donné que…."

"Tu vas en Haïti pour un bon bout de temps"? Madeleine
interrompit comme pour ne pas savoir davantage des
raisons de son cœur. La détresse des autres est souvent si
contagieuse.

" Cette fois-ci oui, puisque je cherche l'opportunité de
m'y rétablir pour de bon".

" C'est quoi la raison ? Du dégoût de l'outre-mer ou quoi?…Tu ne sembles pas pourtant avoir encore atteint l'âge où l'on retourne pour de bon".

" L'âge n'a pas toujours grand chose à voir avec comment on se sent ni la résolution qu'on prend". Il explique

" C'est vrai, mais la tête qu'on fait, avec ou sans raison, vieillit prématurément". Elle observe.

" Je m'en fous. La vie, la mienne tout au moins n'est qu'une grande merde". Il s'enrage un peu.

« Ça, je ne te conseillerais pas de faire cette tête de perdant pour de bon ».

« Pourtant, c'est comme ca que je sens ». Dit LeJac

" Alors,   je te recommanderais bien ce retour à l'adolescence que tu souhaites tant ou à ses joies avant de retourner ici au Canada. Sinon, tu vas passer tout le temps entre maintenant et le temps de mourir à faire mourir les autres autour de toi pendant que, toi, tu meurs à compte-goutte de ta propre mort… Et je pense encore que les Haïtiens sont de bien braves gens, ils ne méritent pas de mourir des chagrins ou des caprices des autres".

" Merci pour ce conseil, et aussi pour les Haïtiens que tu vois encore d'un bon œil pendant que le monde entier les maltraite de leurs acrimonies souvent injustifiées".

" Ne compte pas trop sur la raison des autres. Et aussi tu dis tout le monde, c'est une cruauté comme une autre ».

« Tu as peut-être raison, malgré tout ». Se résout Lejac.

« Tout le monde, c'est qui ?» Renchérit Madeleine. L'on ne juge pas tout le monde selon les actes de quelques-uns. Il faut oublier tout le monde parfois. Il n'y a toujours qu'une poignée ou une grande quantité de gens à être déraisonnables, au Canada tout comme en

Haïti, mais ne vas pas agréer que tout le monde est déraisonnable". Elle spécule.

" Et toi, tu vas jouir du soleil, de la fraîcheur et de la verdure tropicaux de mon île bien-aimée pour un bon bout de temps...Tu devrais y aller en hiver de préférence".

" Mais j'habite Haïti, et j'habiterai Haïti le restant de mes jours". Elle dit dans une assurance joyeuse.

" Vraiment ? Le restant de tes jours est à jamais alors". Il observe, faisant allusion à sa jeunesse.

" C'est exactement ce que je veux dire "? Elle confirme.

" Quand on est jeune, on ne parle pas du restant de ses jours". Il recommande.

" Oui, mais la fin vient à n'importe quel moment...Mon mari défunt non plus n'était pas vieux et n'aspirait pas à la mort..." Elle dit enrouée, les yeux humectés. LeJac la juge remarquablement belle, souriante derrière ses yeux mouillés comme une éclaircie perce un trou inattendu dans un ciel maussade. Ce sourire d'incrédulité en guise de joie ouvre à la fois le cœur de Lejac et l'âme de Marianne pour laisser jaillir un feu d'amour à demi-mort mais toujours dévorant.

" Sur une note personnelle, je préfère ne pas faire allusion à ma fin. Je n'ai pas ce droit. Je dois célébrer le moment présent, vivre le moment à vivre ; et ce n'est pas possible de le faire quand on envisage la fin. C'est dur assez, la vie ; mais le sentiment de la fin ou son souhait est hors de question". Dit LeJac, un peu moins renfrogné qu'auparavant. La conversation et le ton de la jeune veuve, peut-être l'allusion même à son veuvage, note triste mais prometteuse et porteuse d'une espérance vague et lointaine lui apportent tout à fait une vague de confiance renouvelée.

Et il s'enfonce d'emblée dans les réflexions houleuses qui le replongent tout droit dans le fleuve visqueux de son adolescence. Est-ce possible d'y être replongé ? Oui, et c'est drôle quelquefois l'obstination et la résolution avec lesquelles on veut se renfoncer dans ce précipice accueillant, dans l'eau profonde, fraîche et cristalline de son adolescence…

Parfois, l'on y laisse sa peau d'adulte à force de vouloir constamment retourner à l'adolescence…Il y a des hommes qui meurent un bulletin de vote, une machette, un fusil, ou une plume à la main rien que pour réclamer ce droit de retour à leur adolescence. C'est que, pour certains humains, le retour constant à l'adolescence empêche le vieillissement de l'âme.

On défend de mots acerbes ou de poings serrés ce droit de se réclamer de l'adolescence. Sous prétexte de défendre ses droits ou ceux de ses frères les Hommes à une existence digne d'humanité, sa patrie contre les agressions étrangères, politicien l'on se fait juger ou exiler, citoyen l'on se fait tuer en votant, écrivain ou poète engagé, l'on se fait cribler de balles par des sbires dans quelque coin de ce grand monde. Réclamer ses privilèges à s'arc-bouter à son adolescence et porter les autres à réclamer le devoir de conserver ce coin de paradis qu'est leur propre adolescence, devient de ce fait un sacerdoce sacré.

N'est-ce pas qu'on veut coûte que coûte garder intacte dans sa mémoire et jalousement dans son cœur cette parcelle de bonheur que seule l'adolescence sait comment procurer ? Tous nos héros - grandioses ou saltimbanques - n'étaient que d'éternels enfants poètes, vagabonds romantiques jouant avec les mots, les armes et les sentiments, les leurs d'abord, puis ceux des autres.

La béatitude lointaine de LeJac Mélien prend soudainement vol. Il se surprend à remémorer chaque détour du boulevard de son adolescence pendant que l'enfant à l'aéroport s'occupe à s'assurer la longévité de la sienne. Il se revoit admirant la féerie verte des plaines immenses qui étalent leur splendeur infinie des deux côtés de la route du Sud depuis les Cayes jusqu'à Port-au-prince. Port-Salut et ses bananeraies, puis les cocotiers qui peuplent ses grèves, le bleu immaculé de l'océan, Carrefour Desruisseaux, Carrefour Dufort, Carrefour Fauché et la populace marchande, bruyante, vitupérant au besoin. Tous ces mirages imposés par les visions et les images cérébrales de jadis, leurs réalités vivantes s'accrochant à son esprit troublé, à ses mortes espérances de pouvoir les revoir telles qu'elles avaient été dans les jours meilleurs.

La plaine de Léogane d'antan, sa profonde et interminable exubérance, la senteur fortement épicée, fermentée, pénétrante et intoxicante provenant des guildives[2] qui parvenait jusqu'à son nez pour agacer sa joie d'enfant, les piles de carcasses de cannes en fermentation sur le sol après l'extraction de leur jus pour la fabrication du sucre et de l'alcool. Les cabriolets chargés de ces tigelles juteuses et sucrées, traînés par des bœufs géants. Tout ça se rapportait à une tradition que l'on ne devait pas laisser s'effriter. C'était si charmant à

---

[2] Guildives : usines, autrefois fréquentes à Léogane en dehors de Port-au-Prince, dédiées au broyage de la canne à sucre, à l'extraction de son jus et à sa fermentation.

son goût enfantin, si beau, si simple, si délicieusement beau et simple.

Ô le temps a passé entre-temps, apportant dans son sillage, de n'importe où qu'elle vient, cette malédiction perfide concoctée par l'homme moderne et ses ambitions toujours inassouvies. Par où est-il passé, ce temps pourtant tout près et encore si frais dans la mémoire? On cherche en vain les vestiges de cette période meilleure, pour le moins qu'on puisse dire; mais le dénuement actuel reflète sur tout, êtres et choses, l'aspect d'un vieillissement et de délabrement de deux siècles, un pourrissement conjoncturel qui dégoûte et puis qui avilit l'humain, tombe sur toutes choses et transforme le bienveillant autrefois en la carcasse d'un beau rêve terminé en un cauchemar attristant.

D'où vient-il que l'homme est si incapable de rêver un rêve prolongé sans se réveiller en sursaut sur un autre cauchemar qui fait de ce qu'on croyait un cauchemar d'hier un univers fabuleux, et de l'enfer d'hier un paradis perdu aujourd'hui? Tout laisse de lui l'impression d'un homme satisfait; mais ce n'est que la couche extérieure qui donne cette fausse apparence de bien-être qu'il ne pourrait même contester à l'observateur non imbu de sa réalité.

LeJac Mélien regarde l'enfant sans écouter la mère. Son âme grince sous le poids du fardeau qu'il porte pour n'avoir pas respecté les règles du jeu de l'adolescence, ni le schéma tracé par sa mère pour assurer l'éternité de l'adolescence du petit être merveilleux qu'il représentait pour elle. La mère savait qu'il n'y a que l'adolescence, le retour sans cesse à elle, l'évocation incessante d'elle qui donnent du poids à la vie et ce qu'elle renferme. Abandonnons les vertus de l'adolescence et soyons prêts à souffrir et à causer la souffrance des autres.

Petit compagnon inséparable, assis à côté de la mère, dans le ventre de la Jeep vert olive léguée par son père défunt, il était le seul et sûr collègue de la dame Noisette Krozinski, aveuvée par ambition de monopole commercial plus que par la politique. Le pouvoir politique tiers-mondiste, vaincu par sa propre faiblesse a toujours été le garde-boue des crimes, des passions, des émotions et ambitions personnels transformés en alibis politiques.

Ceux-là qui - poussés par les raz de marée de la politique universelle - ont pris refuge en Haïti ou ailleurs dans le monde avec leurs rêves de grandeur ou rages de survie comme équipage, ils étaient par-dessus tout démesurément ambitieux. Ambition, vice bizarre, n'a ni préférence ni préjugé. Ils savent, eux aussi, eux surtout, comment tirer prérogative du désordre politique, chambardement tiers-mondiste sans fin, des contrées d'accueil pour s'échanger des actes de revanche dont seulement leurs pensées donnent la fièvre à l'âme et font du sieur Lucifer lui-même un enfant de chœur.

Des frères de sang ou d'inclination religieuse embarqués pour quelque part dans le monde deviennent, par un certain retournement de sort à peine explicable, des ennemis acharnés une fois débarqués à destination. Les règlements de compte personnels - plus que la politique qui, assez souvent, porte la croix des mésententes humaines - font adroitement leurs ravages. Le 'dans tout homme il y a l'homme' de Confucius explique aussi l'universalisme de nos vices, de nos préjugés et de nos défauts et veut tout simplement confirmer que dans tout vicieux, dans tout ambitieux, dans tout opportuniste impardonnable, il y a l'Homme.

La survie du plus fort de Darwin ou la raison du plus fort de Lafontaine ou l'Homme le chasseur abominable de l'autre explique bien qu'aimer son prochain comme soi-même est une illusion toute biblique et renvoie Dieu dans une autre dimension. Dans cette perspective, personne ne veut vraiment entrer dans le programme divin comme l'a si bien recommandé le Révérend Billy Graham dans son fameux ouvrage la Paix avec Dieu.

Il n'y a pas vraiment de race d'Homme supérieure à une autre pour ce qui a trait aux luttes humaines pour les droits légitimes ou les aberrations insolites de l'existence. Il y a l'Homme tout court, et nos comportements sont mêmement piètres et répréhensibles d'une race à l'autre, d'une rive à une autre.

Aussi longtemps qu'on est humain, les ambitions l'emporteront sur la raison. De même qu'on est solidaire pour combattre les préjugés, on combat aussi et on abat ou on fait abattre son frère ou son cousin, et la chasse pour la survie devient alors chasse à l'Homme. L'on cause ainsi les malheurs de celui qu'on prétend vouloir être heureux quand on ne partage pas son bonheur ou qu'on n'agrée pas à son cheminement vers l'idéal de bien-être convoité.

On veut coûte que coûte donner son assentiment aux héroïsmes personnels de quelqu'un lancé à la poursuite de cette espérance frivole qu'on appelle le succès oubliant que le succès est une espérance qui s'éloigne sans cesse de l'aspirant. Succès, espérance, réussite, sont tous menteurs et conseillers, à la fois et à tour de rôle.

L'homme réussit-il jamais? Succès ou victoire n'est que la lutte constante vers cette réussite toujours ajournée chaque fois qu'on la croit à portée de la main. C'est la lutte qui fait la vie, et c'est la lutte qui est la garantie définitive pour l'homme, toute idée de victoire ou de succès n'étant qu'illusion. Tout comme, d'ailleurs, que le sentiment de défaite n'est qu'une détérioration de toute sagesse supérieure provoquant le déséquilibre du cœur, la perte de confiance ou l'écroulement de la conscience.

Le père du jeune Krozinski rendit l'âme après avoir encaissé une bonne rafale de cartouches dans sa poitrine énorme. Quelqu'un payé pour la vile mission voulait se rendre compte, à l'ordre de son employeur, que Bernard Krozinski ne pourra jamais revenir à la vie ; il a de ce fait déchargé le contenu entier de son revolver dans son corps volumineux. Le fils de la Pologne a laissé sa peau dans les détours crasseux et honteux des ambitions humaines sous l'œil ardent du soleil des Tropiques. Ce n'était pas un coup de la politique, mais un coup de l'avarice économique de ses propres semblables, la confrérie hybride des immigrants, grands manitous du commerce.

Dans ses excursions mentales vers son adolescence où ses réflexions sont jetées pêle-mêle, LeJac revoit chaque étape du périple hebdomadaire, bi-mensuel ou mensuel selon les caprices de sa mère ou son engouement à laisser le beau temps rouler du sein des difficultés quotidiennes de son existence de veuve. Carrefour du Fort bondé comme d'habitude de ses marchands et marchandes de tout et de rien, puis Gressier, puis Mariani et la Mer Frappée, puis les peintures ambulantes sur la route de Carrefour dénommées *tap-tap*[3] qui convertirent la route en un Musée agréablement garni de couleurs. C'était quand la rue était encore plus ou moins le salon commun.

Les longues ruelles poussiéreuses de Waney, de Côtes Plage, de Bizoton, de Fontamara, de Bolosse, le Portail Léogane, la Grand-rue où ces souvenirs qui humectent ses yeux se ralentissent peu à peu pour stopper à l'angle de la Grand-rue et la rue Chareron, là où sa mère arrêtait la Jeep le premier pour commencer toute une succession de règlements de compte périodiques à ses fournisseurs de marchandises de toutes sortes qu'elle devait revendre pour assurer sa survie et celle du petit Robert Krozinski Junior. Elle avait dû le rebaptiser plus tard LeJac Mélien, après avoir choisi de faire de Jacmel sa ville adoptive, question de détourner loin du fils la foudre envieuse et ambitieuse qui a emporté le père.

Un nom fait bien une différence sur l'échiquier des choses de la vie et apporte plutôt de la détresse parfois. Un petit Krozinski était bien à surveiller, à suivre l'évolution et à abattre au moment opportun. On n'avait qu'à s'assurer du service d'un homme de main moyennant une poignée de dollars, et le pouvoir

---

[3] *tap-taps :* autobus multicolores variablement peints qui assurent le trajet Carrefour Port-au-Prince déchargeant leurs ventres multicolores sur toute la longueur du trajet. Le mot tap-tap réfère aux caractéristiques formelles et rapides de la pratique. Un tap pour la cargaison et l'autre tap pour la décharge, minutes plus tard.

politique haïtien, bien public exécré, endosse à merveille la paternité du crime privé.

Un commerçant étranger est mort, tombé sous les balles assassines d'un tueur à gage, c'est toujours à la solde du gouvernement, mais jamais par la faute d'un confrère commerçant pas souvent prédisposé à partager son monopole avec quiconque, même avec son frère de sang, de couleur ou de classe sociale. La politique chez nous est si insignifiante, si 'tiers-mondistement' mal à propos qu'on associe le nom du président même aux maux de dents du citoyen ou de l'étranger. C'est la faute au gouvernement quand on a faim ou quand un natif se fait dévorer par un autre natif ou un étranger et un étranger par un natif ou par un autre étranger.

Un chef s'apparente à tout ce qui cloche mal ou ne cloche pas, mais mérite difficilement ou rarement la paternité du bien. Il est souvent là pour les complaintes et plaintes, souvent conspué et devient l'ennemi dont on se débarrasse souvent le lendemain même de l'apothéose victorieuse.

Noisette Krokinsi était néanmoins certaine que la mort de son mari survenue aux Cayes en pleine rue, un samedi bouillonnant d'activités commerciales, était concoctée dans le milieu du grand commerce où l'appât du gain et la cupidité effrénée ne pardonnent pas et provoquent sans cesse des pleurs et des grincements de dents. Le bon sens aigu de Bernard Krozinski promettait de faire merveille et de lui apporter fortune certaine, mais avait du moins fait son malheur. Les monopoles menacés l'avaient mis en garde en maintes occasions, non seulement dans le but de lui faire peur, mais lui promettre de le terrasser au moment opportun. Il avait pris les menaces à la légère et avait été en fait menacé et terrassé sans jamais avoir eu peur.

L'homme ayant été bouillonnant de passion pour la réussite économique, les intimidations n'avaient pas contribué à le faire ralentir sa marche vers le succès. Seule la mort a eu gain de cause de sa ferveur travailleuse. Par la suite, Madame avait choisi de mettre le cap sur la ville de Jacmel, jugée par elle un peu plus paisible, donc plus propice à l'éducation par une femme seule d'un garçon en bas âge. Elle a, en effet, fait de la Métropole du Sud-Est l'étape définitive d'un long périple déplaisant depuis les contrées de la Pologne aux grèves de la mer des Caraïbes.

À Jacmel, un certain père Larsen - une forteresse d'homme de descendance Allemande au visage envahi par une barbe touffue - qui s'y était établi pour trouver sa paix au lendemain de la première guerre mondiale, avait choisi de se verser dans le commerce de café. L'exportation du très recherché café Mocha de Jacmel fut la meilleure de ses options d'investissement, et jusqu'à sa mort, il n'avait jamais exprimé aucun regret d'avoir choisi ce boulevard pour faire prospérer son argent et Jacmel qui était devenu bien le berceau douillet de sa recherche de paix et ultimement son tombeau au bout de la route.

Jacmel, mieux que son Hambourg natal, lui avait assuré cette paix propice à sa prospérité ainsi qu'à celle de sa famille, et le café considéré un atout bien plus supérieur à ses vastes connaissances en chimie qui lui avaient procuré plutôt des ennuis dans l'Allemagne devenue tout à fait Nazie un quart de siècle plus tard. Il était un disciple attitré de Mendeleïev converti au gré des circonstances en seigneur du café, et Jacmel avait couvé, au-delà de toute espérance, l'œuf de ses ambitions d'homme et de père de famille.

La dame Krozinski s'était rendue à Jacmel une fois pour rencontrer ce père Larsen – ayant contemplé la possibilité de se verser dans quelque chose de plus lucratif que la vache un peu maigre de la vente en détail. Les négociations avec l'ancêtre des Larsen de Jacmel n'ayant pas apporté des fruits propices à son ambition, elle s'était, néanmoins, tout en ruminant l'échec de ses démarches, accordée un moment ou deux de loisir pour tourner à l'envers la ville dite d'Alcibiade Pommeyrac et d'Albert Gousse, deux célèbres fils adoptif et natif de cette ville au grand cœur. Les masses montagneuses et la plage au sable gris-plomb, s'étirant depuis les pieds du morne Titi jusqu'aux reliefs escarpés servant de lisière à l'École des Frères, forment un fer à cheval aquatique embrassant dans une étreinte interminable ce large bras de la mer des Caraïbes. Toute cette architecture aquatique et les reliefs montagneux se terminent en un littoral somptueux ceinturé de cocotiers et d'amandiers, ventilant et humectant Jacmel, vingt-quatre heures par jour, de sa brise salpêtrée.

La mère et l'enfant avaient arpenté la Métropole du Sud-Est du Nord au Sud, de l'Est à l'Ouest depuis le Bel Air jusqu'à son bord de mer bourdonnant de commerce lors, puis tout le bas de la ville de la rue Sainte-Anne à l'embouchure, du portail Bainet au portail La Gosseline jusqu'à Siloé. Un court arrêt sur la place Toussaint Louverture contemplant, appuyée sur les parapets de mur bordant la place, le panorama vertigineux qui lança son âme dans un précipice mielleux fit à son cœur une proposition d'adoption tacite mais bruyante et claire. Proposition que son cœur soupesait pendant de longues minutes et que son âme adorait.

Au sein des ravissements profonds qui ravagèrent le cœur de Madame, elle pensa qu'Alcibiade Pommeyrac et longtemps avant lui Simon Bolivar avaient eu de bonnes raisons d'adopter Jacmel, pourquoi pas son fils et elle ? Et le petit - quoiqu'insouciant encore des choses de la vie, mais sensible à la beauté, à la paix et au sentiment de bonheur régnant - d'agréer dans un babillage enfantin qui fit sourire la mère. L'accord tacite de leurs deux âmes quant à se jeter pour de bon, très prochainement, dans les bras de la Métropole du Sud-est, mieux que par des plumes et par des serments pompeux, était scellé par une paire de sourires qui fendirent leurs visages en deux.

La décision de décamper de Port-au-prince, pour un bout de temps ou pour toujours, fut rapidement prise et aussi rapidement exécutée. Deux mois plus tard, une jeep vert olive, bourrée de vêtements et de bataclans entassés pêle-mêle comme lorsqu'on sauve quand on peut, arriva au Portail Léogane de Jacmel. Une jeune veuve, à ses côtés son enfant garçon, redémarra sa Jeep dans un dérapage empressé suivi par un tourbillon de poussière après les procédures d'identification obligatoires au poste de portail Léogane en direction du Bel Air, quartier bien huppé quoique commercial lors. Et Jacmel, dans sa surprise d'être si éloquemment sollicitée, de dire À moi les Krozinski ! Et les Krozinski de répondre, À nous Jacmel !

Dans l'avion

Au sein de ce bouillonnement de réminiscences, LeJac Mélien cesse d'accorder une autre minute d'attention à l'enfant dont la joie avait déclenché cette vague de bonheur lointain. Ravissement que, cependant, il ne peut désormais envisager sans pincements de cœur ni situer sa raison actuelle. Il a connu une adolescence heureuse, lui aussi, l'adolescence, le seul pays où il vivrait heureux après avoir essuyé ses bottes un peu partout dans les grandes capitales du monde, séjournant dans des bordels minables et des hôtels sophistiqués à la recherche du meilleur pays au monde qui pourtant n'existe nulle part. Cette adolescence a fui pour faire place à l'homme qu'il fut devenu. L'adolescence se meurt toujours assassinée brutalement dans le processus vicieux et impardonnable de gain en maturité.

Il s'était rendu compte peut-être un peu trop tard qu'il n'y a pas de meilleur pays au monde. Là où l'on vit et là où l'on gagne sa vie, l'on ne fait qu'y vivre et gagner sa vie. Le meilleur monde ne peut être qu'en soi-même, ou bien le meilleur monde est révolu pour lui; c'est l'adolescence. L'adolescence qu'il a quittée pour n'y jamais remettre les pieds ou qui l'a quitté pour ne jamais revenir à lui. L'adolescence ne revient jamais. Il n'est plus là l'endroit où l'adolescence était. Le départ de l'adolescence a laissé un trou que rien ne peut combler, un abîme là où était sa belle âme d'enfant.

C'est l'adolescence sa patrie il s'est dit, pas le pays de ses parents la Pologne, pas la France où son père et sa mère se rencontrèrent, tombèrent amoureux l'un de l'autre, et s'étaient mariés pour le meilleur et pour le pire, pas Haïti où ses parents prirent refuge en pleine grossesse de sa mère et où il fut né, pas Jacmel qui a été un berceau immense de bonheur pour lui jusqu'au jour où il avait dû se rendre à Port-au-prince pour continuer ses études classiques, pas Haïti qu'il avait dû quitter pour se rendre au Canada, sous l'instigation de sa mère, à la recherche de protocoles intellectuels et professionnels pour continuer à bercer sa vie de mensonges ronflants, pour fourbir son être à tout moment à la recherche d'un bonheur qui ne se trouve nulle part en dehors de l'adolescence. Son adolescence perdue ou sa promesse de la rechercher jusqu'à la retrouver est désormais son seul critère de bonheur; et le plus merveilleux pèlerinage pour lui est de revisiter à chaque fois son adolescence dans ses rêves ou dans ses réminiscences, chaque fois que l'occasion en fournit le prétexte ou la permission.

Les hauts parleurs de l'aéroport grésillent. La voix criarde d'une employée de la ligne aérienne annonçant l'embarquement l'arrache brutalement de ses rêveries cajoleuses. Il se lève, saisit machinalement sa valise. Il rajuste la lentille de son mini camera et demande à la dame la permission de prendre une photo de l'enfant, question de lui faire partie intégrante de ses souvenirs inoubliables. Il l'a fait rire et lui a déchiffonné l'humeur de toute façon.

"Pourquoi pas. Je ne me mêle pas des affaires de l'adolescence... Il t'admire de toute façon". Elle dit.

« Admirer est un peu fort, tu ne penses pas ? ». Il remarque.

« Disons mieux qu'il t'estime ». Elle admet.

" Et comment fais-tu pour évaluer son estime de moi"? Il s'enquit.

" Intuition maternelle…Je l'ai observé détailler ton profil tout le temps quand tu n'éprouvais plus aucun surplus d'intérêt à entretenir son humeur joyeuse. On dirait qu'il avait voulu te veut donner du beau temps, toi en particulier"? Elle constate.

" Mais les autres riaient, eux aussi". Il réplique.

" Ça ne fait rien. Ça ne veut rien dire. On ne peut vraiment faire que le bonheur d'une seule personne, et les autres participent contre son assentiment. Ils n'attendent pas toujours l'invitation, les impromptus. Ils arrivent comme ça, comme par miracle ou par malheur".

" Mh…»Il fait, regardant l'enfant, se sentant un peu flatté de la narration de la mère. " Moi, être aimé par quelqu'un, enfant ou pas ? Cela doit bien vouloir dire quelque chose" Il ajoute.

" Je crois bien qu'il éprouve quelque sentiment d'amitié pour toi. Je le vois rarement accorder autant d'attention à quelqu'un autant qu'il t'en a accordée". Elle marque sa propre surprise.

" De toute façon, il est bien brave ton fils d'ambitionner pouvoir faire la joie d'un homme dépourvu de tout motif de joie tel que moi. Je te parais peut-être un peu jeune, mais, par la force des choses, je suis vieux jeu ". Il confie

" Qu'est-ce qui te rendrait alors si amer si tu me pardonnes mon intrusion toute téméraire". Elle dit, rendue curieuse par la dernière réponse de LeJac.

" Je dirais les choses de la vie. Ça doit être une longue histoire, une longue chaîne de circonstances bonnes ou mauvaises, bonnes et mauvaises. Une que tu n'as aucun intérêt à vouloir écouter de toute façon". Elle explique

" Tu as tort de penser ainsi…Personnellement, je pense que les histoires, personnelles ou collectives, font avancer la vie. Toutes les histoires sont bonnes à écrire ou à raconter… Avoir une histoire, c'est un début de soi, c'est compter encore, c'est exister un peu pour soi-même et pour les autres". Elle explique, cherchant à convaincre.

" Ça ne vaut pas la peine de connaître la mienne". Il dit

" J'aime les histoires macabres de toute façon. Mieux que celles qui parlent de Napoléon Bonaparte ou de Marie Curry". Elle dit pour plaisanter.

" Vous seriez en pays conquis alors, si j'avais l'humeur à raconter, puisque la mienne n'est pas forcément celle de Fanfan la Tulipe ou la Belle au Bois Dormant…»

Il invite l'enfant à sourire

" Question de te faire un visage à l'image de ton âge". Il avise.

" Je crois t'avoir dit que l'âge n'est qu'une illusion". La mère intervient. Remarque qui pousse LeJac à retirer son œil de la lentille du camera et à la regarder avec un brin d'étonnement.

" Madame, je parie que ton fils ne sera pas toujours aussi jovial qu'il l'est en ce moment même… Alors l'âge compte.» Il riposte un peu réjouissant, cette fois-ci semblant vouloir éterniser ce beau moment.

" Pourquoi pas "? Elle interroge

" Les soucis de la vie". Il explique

" Ça n'efface pas la pure jovialité ou ne devrait pas. Il faut laisser la vie prendre soin de ses problèmes et ne s'occuper qu'à être heureux un peu"?

" Heureux…quel grand mot…Conseil salutaire, en tout cas, j'essaierai à cause de ton insistance. ". Il plaisante, s'amusant de sa fausse conviction.

" Je parie déjà que tu le seras un jour, un beau jour…Il ne suffit tellement que de vouloir parfois…" Elle dit.

" Madame, tout le monde veut être heureux, mais tout le monde ne peut pas être heureux. Nous vivons et nous trépassons du malheur des autres, que ce malheur s'appelle la maladie, la pauvreté, la richesse, le crime ou la folie.» Il exhorte de manière à convaincre.

Ils sont invités, la mère et l'enfant, à embarquer l'avion.

" J'espère que tu auras l'occasion de me raconter ton histoire un jour» Elle dit.

" Comment ? Ce serait pur hasard alors… Il m'arrive de ne plus croire au hasard désormais. Tout comme j'ai cessé de croire au bonheur ou quoi que ce soit qui ne dépende pas de la volonté de l'Homme".

" Donc, tu crois au hasard alors, puisque le hasard n'a rien à voir avec la volonté de l'Homme". Elle corrige.

" Ainsi, remettons notre rencontre une autre fois au hasard. L'on ne sait jamais". Elle prend la main de l'enfant, et les deux s'engouffrent sans se retourner dans le viaduc qui mène dans le ventre de l'avion.

LeJac Mélien retourne à ses pensées. Elles se bousculent dans sa mémoire. Quand vient son tour d'embarquer, il passe son sac sur son dos et soupire, s'extasiant devant le sommeil en perspective tout le long du trajet, comme c'est souvent le cas. Le hasard était vraiment occupé ce jour-là puisque, sans prophétie pourtant, la mère, le petit et lui se trouvaient assis côte à côte. La réunion souhaitée minutes avant ne s'était pas fait attendre.

" Tu vois ça» fit la femme. " Le hasard, ça ne fait pas attendre toute une éternité, hein".

" Quoi "? LeJac demande pesant sa réponse.

"Je ne crois toujours pas au hasard» Il dit, et rit de la coïncidence.

" Tu devrais pourtant, comme tu dois croire en la vie. N'est-ce pas la vie un beau hasard ?"

Il prie à la dame de lui concéder le siège par la fenêtre.

" J'adore admirer le vide". C'est son excuse.

" Ce n'est pas le vide en bas ; c'est notre tombeau à nous tous ici au cas où les moteurs de l'avion changent d'idées ou que le pilote ait une crampe au cœur". Il tressaille de tout son corps de la remarque et regarde la dame dans une stupéfaction tenace qui côtoie l'incrédulité. Il la croit cynique dans cette allusion. Elle sourit, voyant son frémissement devant sa plaisanterie, puis continue.

" Moi aussi, j'aime admirer le vide. Mais je cède te donnant la chance de croire une autre fois au bonheur par le truchement du hasard".

" Pourquoi insistes-tu tant à me faire croire "? Il interroge, bouclant sa ceinture de sécurité.

" Croire en quoi "?

" Au bonheur ou au hasard."

" Rien…je suis comme ça en passant…accrocheuse un peu, pensant pouvoir résoudre les problèmes de tout le monde…J'éprouve une peu de béatitude persuadant les autres à essayer d'être heureux ou à assurer le bonheur d'autrui". Elle réclame.

64

" N'est-ce pas que le bonheur des autres nous rend heureux "? Elle ajoute.

" Quant à moi, je vais être un peu plus heureux sans les autres. Je retourne à mon adolescence".

« Peut-on revisiter le pays de son adolescence sans se nourrir de l'illusion de revoir les êtres chers qui l'ont peuplée ? » Elle demande.

« Belle question » Il remarque un peu pantois de sa véracité. « Tu as raison, tu sais. Je ne l'ai jamais vu ainsi. »

" Es-tu sûr de pouvoir trouver ton adolescence ou ton bonheur quelque part à l'arrivée ?". Elle demande apparemment joyeuse de la conversation.

" Je m'en fous pas mal. Je préfèrerais ne pas les trouver. Ça me fournirait au moins un bon prétexte pour éterniser la quête. Chercher sans trêve, c'est trouver un peu, au moins un motif de survie. Vivre sans occupation c'est mourir. D'ailleurs, c'est un bonheur que je me paie chaque année ou deux fois l'an". Il confie.

" Tant mieux ! D'ailleurs, à quoi d'autre l'argent est bon...si ce n'est pour se permettre d'illusions, comme par exemple la recherche du bonheur".

" Peut-être tu l'as, l'argent...Moi, je dois le chercher et le trouver, seulement quand le moyen est propice. Et, crois-moi, je travaille dur pour le trouver, l'argent".

" Ce qui est, en lui-même, un bonheur, n'est-ce pas. La lutte en elle-même suffit à faire naître l'idée de triomphe. Capable de se battre est un début de victoire aussi..." Elle observe.

" Tu as peut-être raison, puisque je respire encore. Déprimé, mais vivant". Il dit.

" Voilà que tu parles maintenant…Mon mari est mort luttant…je lutte encore pour donner un sens à sa lutte, pour éterniser son rêve, pour me donner une impression de victoire sur la fâcheuse expérience, Jacky lutte à être heureux avec son pantin en fer-blanc. Et ceux-là qu'ils faisaient rire à l'aéroport luttent à être heureux. N'est-ce pas que le sort réservé à ces petits enfants sans parents des fameux corridors et 'Lakou[4]' de Port-au-prince est bien regrettable, mais ils luttent pour rester vivants, tout au moins"?

" Ton mari est mort, je regrette d'entendre cela". Il dit pour détourner la réponse à cette dernière allusion de la dame. Il veut rester loin de tout qui sent la politique de près ou de loin.

" Pas mort, mais tué". Renchérit la dame. Elle soupire profondément, peut être pour retenir d'autres larmes. Mais LeJac ne s'en ferait pas une tête. Au contraire, il aimerait la revoir pleurer. Les larmes d'avant courant dru sur ses joues rougies lui plaisaient tant. Une femme qui pleure, c'est poétique et emblématique puis c'est beau, tout comme un homme qui pleure est philosophique et énigmatique. Il pense sans le dire. Il lui est arrivé souvent d'avoir essuyé de ses lèvres les larmes d'une femme ou de concéder son mouchoir à un homme en pleurs.

" Ce qui revient au même. Allongé sur le dos sans sa capacité de respirer, regardant ses orteils veut dire mourir dans toutes les langues, quelles que soient les circonstances. Et comment est-il mort ton mari "? Il s'enquit plus loin, pris d'une vague curiosité.

---

4 Lakou : lieux déshérités, endroits émétiques, bidonvilles.

" Défendant une cause haïtienne, la cause des enfants déshérités. Cause noble, n'est-ce pas "?

" Il fut Haïtien, ton mari "?

" Non Canadien". Elle fit, regardant l'enfant comme pour prouver qu'un tel enfant ne saurait sortir d'une union avec un Haïtien. À présupposer que tous les Haïtiens doivent être nécessairement de peau foncée selon les critères relatifs aux préjugés humains.

" Et il est mort pour une cause Haïtienne, n'est-ce pas "? Il demande, goguenard ou inquisiteur.

" Oui, et quelle est la différence ? Une cause Haïtienne est une cause humaine avant tout. La misère ou le bonheur est la même partout et veut dire la même chose dans toutes les langues."

" Je voudrais simplement voir en cela une magnanimité suprême. C'est tout". Il dit

" Et comment est-il mort» ? Il poursuit.

" Je crois t'avoir déjà dit, tué. Assassiné, si tu préférais. Criblé de balles, l'assassin a souri après avoir achevé son forfait". Elle soupire et d'autres larmes coulent à profusion comme du sang d'alvéoles béantes.

" Mon père aussi s'était fait crever de balles". Il soupire à son tour, pensif, mais lui ne pleure pas. Et ce n'était même pas pour ajouter foi à la légende que les hommes ne doivent pas pleurer. À ce stade de sa vie, ses pleurs sont taris. D'une autre part, il n'avait pas tellement connu l'homme, son père, seulement dans les photos. Il était encore petit au moment du forfait, et le corps volumineux couché dans le cercueil aux funérailles le laissait indifférent, trop petit lors pour ressasser les occurrences brutales de la vie.

" Pour des raisons politiques". Elle s'enquit.

" Pas à ce que dit ma mère. L'ambition des autres l'avait fait éventrer. On a donné au crime des dehors de la politique, mais ma mère ne fut pas convaincue du bien fondé d'une telle justification. Elle jurait toujours que ça n'avait eu rien à voir avec la politique. Vu que mon père n'a été qu'un automate commercial ne respirant que pour achats et ventes et n'a jamais touché à la politique". Il dit toujours soupirant.

" Et quelle serait la raison alors ? D'après toi". Elle demande.

" Pas d'après moi. Je t'ai dit que j'étais trop petit pour aucun exercice cérébral d'une telle envergure autour de la mort de quiconque, mon père ou pas. Mais selon ma mère, le commerce, le monopole commercial, ça tue autant que la politique. Ça fait toujours des ennemis enragés, tu comprends". Il dit rageusement.

" Naturellement, je comprends. Et ça pue aussi". Elle confirme.

" Évidemment ça pue la charogne. Les raisons pour lesquelles l'on s'entretue, l'on se tue ou l'on se fait percer. C'est pure démence, n'est-ce pas". Il s'enquit.

" Rage incomprise" Elle ajoute dans un semblant de pitié.

" Rage aveugle, je dirais. »

«Aveugle, c'est tout ce que la rage a toujours été ».

« Et surtout par un autre immigrant comme lui qui ne voulait pas avoir son monopole égratigné par un nouveau venu, surtout lorsqu'il est Polonais. On ne touche pas impunément à la mine. On est toujours un ennemi présumé quand on n'est pas d'une clique. Un privilège menacé, ça pue la charogne et ça tue. Et l'on nous croit tous solidaires dans le bonheur tout comme dans le malheur, nous les immigrants". Il babille.

"Mon mari fut bien intentionné. Il n'était pas Haïtien, mais un Canadien avec un cœur à donner au malheur haïtien". Elle dit.

" Tu pouvais au moins le décourager d'aller vers cette pente-là". Il reproche

" Je pouvais, mais ne voulais pas". Elle dit.

" Pourquoi pas "? Il dit, exprimant un haut-le-corps.

" Mais il faisait du bien. Je ne contrarie pas quelqu'un qui veut faire le bonheur des autres. Il est si rare de trouver quelqu'un avec un cœur...D'ailleurs, je ne voyais pas venir la mort dans les mésententes...Je les croyais être d'un peu de bonne foi, ses détracteurs et que les menaces incessantes n'étaient que des foutaises dérisoires".

" Madame, on n'associe pas bonne foi et antagonisme économique aucune part dans le monde...Mélange-t-on carrément lait et citron» ?

" Je ne l'ai pas vu de cette façon". Elle dit, déconcertée.

"Trop tard pour t'obliger à le voir de cette façon...L'homme est bel et bien mort ; et tu l'as un peu sur ta conscience, selon moi. Ce n'est pas une critique, mais une observation honnête".

" J'avais compris sa lutte avant tout, et je ne regrette pas de ne pas l'avoir découragé d'être un homme avec un cœur, puisqu'il ne m'a jamais demandée de n'être plus une femme avec mes propres sentiments. J'adore les sentiments supérieurs d'où qu'ils viennent". Elle réplique

" Sentiments supérieurs ! » Il sourit puisqu'il en sait quelque chose. Sa mère les avait aussi des sentiments supérieurs.

« En tout cas, Il serait bien vivant aujourd'hui…" Il opine. " Peut-être qu'il allait un peu trop fort. Ceux-là qui ne font rien et qui ne veulent rien faire n'admirent pas trop de fougue de la part de ceux qui veulent faire quelque chose. C'est comme jeter de la poussière dans leur pois, comme ajouter une main de sel de trop dans leur nourriture, comme vont les proverbes haïtiens".

" J'ai honte de dire que ça revient au même, qu'il soit mort de cette façon ou qu'il vive indolent face à la catastrophe humaine…C'est quoi la vie quand on ne peut même voir la souffrance d'autrui et dénoncer le mal qui la provoque…Il est bien vivant pour nous, mon fils et moi. Il ne mourra jamais pour cette petite fille à laquelle il a donné la vie et pour laquelle il a donné sa vie. J'ai été enceinte de neuf mois quand il est mort, et quelques jours après, le destin l'a immortalisé à travers la naissance de notre fils. Ainsi, il est vivant à chaque minute de notre existence".

Un sursaut de surprise de la part de LeJac Mélien.

« C'est magnanime, mais…» Il grogne sans achever regardant le petit avec pitié ou admiration.

Il pense que le petit bonhomme au pantin, tout heureux qu'il est, est marqué par le destin, peut-être tout comme lui, moins que lui puisque lui au moins il a connu son père ou du moins il a encore un vague souvenir de son visage et de sa bonhomie toute polonaise.

"Prétendrais-tu que tu ne regrettes pas la mort d'un homme, de ton mari par surcroît "? LeJac demande

" Au contraire la mort de tout un chacun me consterne et la sienne me concerne; mais, quand une cause est noble, il faut la reconnaître comme telle. Mon mari est mort pour n'avoir pas voulu digérer l'assassinat d'une petite innocente du côté de l'hôpital de Chancerelles à Port-au-prince, prise dans les feux croisés des forces brutales". Elle dit tapant un peu rageusement sur ses genoux.

" Que faisait-il là"? Il demande.

" Maintenant tu me fais une question sensée... » Elle respira profondément, moins par lassitude physique, mais par lassitude de narration de ce malheur.

« Mon mari était médecin volontaire à l'Hôpital de Chancerelles. Il accouchait les femmes enceintes à l'ordre d'une dizaine par jour, certaines saisons. Un de ces enfants auxquels il a donné la vie dix ans plus tôt allait lui souhaiter bon anniversaire une serviette enroulée autour d'un pain sucré qu'elle a elle-même préparé pour mon mari en reconnaissance pour la vie.... »

« Reconnaissance pour la vie, tu dis? »

« Oui !

« Et comment » ? LeJac questionna plus loin

« Quelques années plus tôt, un autre médecin la déclara morte à la naissance et commanda déjà de chercher le chemin de la cour de l'Hôpital pour enterrer le bébé mort-né. Mon mari était dans le couloir, il prit la main du bébé présumé mort et, par un de ces bienheureux hasards, il perçut un rien de chaleur humaine. Il saisit son avant-bras pour sentir un battement de pouls. Il ordonna qu'on lui laissât le prétendu petit cadavre. Une dernière consultation pronostiqua que le bébé avait bien encore le souffle de vie. C'était une petite fille".

71

" Mh !pour une histoire, c'en est une". Fit LeJac Mélien, perturbé par la narration.

" Tu comprends alors que cet enfant devint pour mon mari, plus qu'un enfant, mais son propre enfant, et par surcroît un symbole typique de lutte pour la vie. Il ne pouvait pas la garder pour lui-même, mais nous prenions soin d'elle pendant que les procédures légales marchaient lentement mais sûrement pour son adoption définitive. Et cette même petite fille qu'il a sauvée d'une inhumation en vie est morte dans ses bras. Ce petit souffle qu'il a arraché à la terre s'évapora dans l'atmosphère en sa présence, contre sa poitrine, dix ans plus tard. Il l'a tenue dans ses bras, présumée morte, et la tint dans ses bras, morte pour de bon. Appelle-le comme tu veux; mais, n'y -t-il pas lieu de voir en tout ça la main du destin "?

" C'est triste". Il admet

" Triste, c'est tout ce que tu trouves à dire. C'est à rendre enragé, tu devrais dire". Elle s'enrage.

" Ainsi, tout comme qu'on verrait un lien entre la petite disparue et mon mari, j'ai le pressentiment qu'il y a un lien entre tous les enfants orphelins d'Haïti et mon enfant à demi orphelin".

" Ça, c'est une histoire pas comme une autre, pas comme beaucoup d'autres, je voulais dire". Remarque LeJac.

" Tu vois bien, on a tous une histoire à raconter que les autres ne comprendront jamais. Et sur ce, je paraphraserais bien un propos de Balzac que j'aime tant, celui qui n'est pas capable d'un grand sentiment ne le comprend jamais ou le comprend très difficilement chez les autres. Mon mari est mort parce que certains autres ne pouvaient pas comprendre". Elle dit les yeux embués.

" Ils pouvaient comprendre. Ils refusaient de comprendre. L'indifférence, c'est notre malheur. L'indifférence Madame, l'indifférence. Tout comme j'ai été indifférent aux rêves de ma mère. Indifférent, il était une fois, à tout ce qui est vraiment grandiose dans la vie. J'ai été trop mentalement étriqué pour avoir eu une âme à donner aux malheurs des autres". Il regrette.

" C'est que la vie doit cesser d'être ce que nous voulons pour être purement ce qu'elle est" Observe Marianne.

" Tu as raison" Acquiesce LeJac.

" Moi-même et tous ceux-là qui respectent la position de bonté de mon mari avions entrepris des démarches de réparation et de demande de protection formelle. Naturellement pas pour mon mari ou la petite, ils sont bel et bien morts maintenant, pas pour les Canadiens vivant en Haïti, mais pour les petits enfants haïtiens qui continuent de tomber soit sous des balles assassines ou de n'importe quelle autre manière. Ce gaspillage de vie, gaspillage d'adolescence, gaspillage d'innocence…Les consciences restent encore fermées, nous sommes en train d'essayer d'apporter un peu de lumière là où les ténèbres font encore rage en plein 21ième siècle. Selon les avis de certains de mes confrères Canadiens, on cherche à rendre la vie possible pour les petites filles haïtiennes tant qu'on peut, mais on ne devrait pas avoir à mourir pour eux, et les gens moins concernés en Haïti pensent tout bonnement que nous sommes des hallucinés. Ils pensent, conception combien hermétique d'ailleurs, que laisser le Canada pour s'occuper à faire des réclamations pour une petite fille morte ou vivante est une affaire de déments. Pour eux, nous serions tout simplement des dérangés mentaux et des confus aimables…Mais pour nous, c'est une question d'avoir un brin de conscience. Dans tout petit garçon, nous voyons un homme, un père, pour demain, et dans toute petite fille une femme, une mère, en Haïti ou ailleurs".

" Ça, c'est une démarche tout à fait céleste, il faut admettre" S'exclama LeJac Mélien.

" Exactement» Elle dit.

" J'ai ouvert un livre ou deux dans la vie. Des grands maîtres de la pensée humaine, j'ai appris à discerner et apprécier le sublime ". Il dit

" Très bien, et il me semble que ça t'a donné un bout de cœur en dépit des apparences". Elle admet

" Peut-être, et j'en suis parfois un peu fier…Mais je ne pouvais pas faire mieux…Bien que je fusse élevé par une mère esseulée par la mort de mon père, il y avait un peu trop d'abondance de commodités disponibles à moi. Ainsi, je ne m'efforçais pas assez à gravir la pente qui mène vers la bonne humanité. Je l'ai toujours trouvé un peu dérisoire d'être un philanthrope. Cette descente vertueuse qui mène vers les plus humbles, je la trouvais un peu pénible et je préférais me détourner d'elle. Je préférais monter vers les nuages, vers les faux-semblants et les faux-fuyants. Je le regrette infiniment aujourd'hui. Ça pourrait être autrement. Je ne me voyais pas mieux qu'une espèce de don juan. Je ne visais et ne vivais que pour l'outre-mer pendant que ce côté de la mer suffisait amplement pour être ce qu'on veut, don juan et philanthrope, léger et profond, vaporeux et philosophe à la fois". Il confie

" Il n'est jamais trop tard pour bien faire". Elle observe

"À certaines choses, il peut être trop tard. Le temps perdu est une défroque qui peut être rafistolée, mais le mal fait à soi-même dans le processus de perte de temps ne peut pas toujours être réparé". Il soupire.

" Pas quand il s'agit de faire le bien de toute façon… Il est toujours possible de se racheter et de se sentir moins coupable. Moi non plus, je n'ai pas été versée dans des choses comme l'amour du prochain. Jeune fille au Canada, je n'avais pas assez de temps pour de si supérieurs exercices cérébraux, et ça ne faisait pas non plus partie d'une certaine culture philosophique propre à ma famille. On n'était que riches. La bonté, c'était simplement être gentille avec ses proches et ses copains ; mais, mon mari était fait d'une meilleure étoffe que moi, et il m'a illuminée m'ayant initiée à la bonté pure, telle qu'elle doit être conçue et exprimée à l'égard de l'humain en général. Maintenant, je ne peux pas mentir d'être tout près de Sœur Theresa, mais j'essaie de donner une allure plus altruiste à mon existence. Me faire un cœur et une existence en quelque sorte, tu sais. Il n'y a pas que ce qu'on a qui compte, ce qu'on est et ce qu'on fait des autres et pour les autres ont leur place dans le concert discordant que nous jouons". Elle dit.

" Et tu es restée quand même en Haïti malgré la mort de ton mari"? Il demande.

" Mes parents m'ont conseillée de me rapatrier. Ils ont entrepris des démarches à mon insu auprès du gouvernement Canadien pour forcer mon rapatriement ; mais j'ai tenu tête, et j'ai eu gain de cause".

" Pourquoi, t'entêtais-tu à vouloir rester"? Il s'enquit, surpris.

" Parce que je me considère Haïtienne, mon enfant est Haïtien, et mon mari est enterré en Haïti. Nous sommes chez nous un peu ou en grande partie. Je veux que mon fils devienne médecin ici pour continuer les œuvres de son père. Je veux que mes restes moisissent sous la terre d'Haïti de même". Elle accentue.

" Quelle est la différence "? Il demande " Il n'y en a aucune. Et c'est parce qu'il n'y a pas une différence que je ne veux pas en voir une dans mon existence et dans mon inhumation au Canada ou en Haïti. On doit pouvoir vouloir faire ce qu'on veut de sa vie comme de son cadavre".

" Tu as raison, peut-être…" Il admet.

" Certainement j'ai raison "? Elle dit s'amusant.

" N'est-ce pas que tu as raison ?…J'entre dans ta logique magnifique, chère Madame" Il dit, amusé de cette accointance imprévue, ses yeux signalant que sa fatigue est à son comble. Il bâille pour confirmer son exténuation aussi morale que physique. Il enfonce prématurément sa jeunesse dans le trou de la vieillesse à force de penser et de veiller.

Ils se sourient et ferment les yeux. On ne soutient pas une conversation dans le ventre d'un avion de Canada à Haïti. C'est un long trajet, et la conscience plus que le corps a besoin de repos. N'est-ce pas que le ventre d'un avion est le lieu bien propice à cet épanchement désirable qu'est le sommeil. La traversée provisoire vers le néant est encore plus doucereuse en aéroplane. L'on devient un peu plus léger d'esprit et l'on flotte. Les trois compagnons ferment les yeux et sombrent dans un léger engourdissement.

Les sentiments déclenchés entre eux sont à fleur de peau, trop à fleur de peau pour les permettre de sommeiller profondément. Il n'y a que les yeux qui se ferment, mais les cœurs et les âmes planent pour s'ouvrir sur d'autres perspectives. On se cherche souvent dans le vide plus que sur du ferme. Le destin est à l'œuvre, et est en train de tisser une de ces toiles-là, une de celles qu'aucune main ne peut prétendre pouvoir ni tisser ni abîmer.

L'arrivée et le débarquement

L'avion pose en douceur comme il a décollé des heures plus tôt. On clapote comme à l'ordinaire, exclusivité qui devient culture propre aux petits peuples, sans grande envergure économique mais dans l'ensemble généreux et reconnaissants. On doit exprimer d'une façon ou d'une autre sa reconnaissance à Dieu ou au pilote ou les deux pour un décollage et un atterrissage sans complications.

Le soleil d'Haïti brille dans toute sa splendeur. Il est doux sur Port-au-Prince et sa douceur tiède et pénétrante cajole la peau. Une brise suave et tiède provenant de la baie effleure son visage, on dirait les doigts câlinement familiers d'une femme qu'on ne cesse pas de désirer.

Lejac traverse la piste comme un automate, ne prêtant désormais aucune attention ni à la dame ni à l'enfant. C'est comme s'il ne les avait pas rencontrés, que l'enfant n'avait pas forcé de lui des ricanements. À cette étape de sa vie, et aux prises avec ses préoccupations actuelles, ricaner pour lui serait l'activité la plus inappropriée, mais un enfant et son pantin en ferblanc a eu momentanément gain de cause.

Néanmoins, il est tout à Haïti pour le moment, il s'oublie et il oublierait le monde entier pour être davantage à Haïti. Et son âme est déjà en démarrage précoce vers Jacmel. Il plane, bousculé par les mains de son désir d'être déposé plus vite que possible sur les rivages de son adolescence.

Le spectacle qui l'accueillit à l'aéroport l'avait accueilli des dizaines de fois auparavant, mais ne le laisse jamais indifférent. C'est son nième voyage en Haïti depuis la mort de sa mère, mais il sent encore les mêmes sentiments de culpabilité qu'il a éprouvés au tout premier. La défunte serait là à l'attendre exprimant tout son amour maternel, arborant ordinairement un sourire beaucoup plus large que son visage.

Que c'est triste de ne pouvoir compter sur personne quand on est encore en vie ou de trouver seulement visage de bois quand on se croit attendu à destination. Le sentiment le plus proche du délaissement sentimental est donc l'envie de mourir. Et le délaissement n'est-il pas en lui-même trépasser un peu?

À l'approche du bâtiment principal à l'aéroport, c'est toujours une jeune femme, belle Haïtienne habillée de robe de calicot bleu pâle avec du *shooblack*[5] dans ses cheveux, on la dirait sculptée dans de l'acajou, svelte et splendide, souriant avec lui et avec tout le monde, laissant cette image de marque d'Haïti, payée d'ailleurs pour sourire même quand le cœur n'y est pas. Un groupe de cinq hommes habillés de chemises criardes, pour confirmer le jugement d'André Malraux qu'Haïti monopolise les couleurs, mène le branle-bas musical. Et puis la chanson plus ou moins véridique, tout dépend de l'angle sous lequel on se tient ou du prisme à travers lequel on voit la vie, qu'il n'y a pas dans le monde pays plus beau qu'Haïti.

Il est vrai que tout le monde n'a pas les yeux de Malraux, ce grand ami d'Haïti ou tout au moins de sa culture criarde à force de couleurs ou réveillant à force de ses nombreuses exaltations ethnographiques, ou de

---

[5] ***Shooblack :*** *fleur tropicale couleur velvet, une variété de bougainvilliers.*

Fred Astaire qui a chanté allègrement qu'il avait une fois laissé son chapeau en Haïti; mais, tout le monde voit qu'Haïti est grandiose dans le peu qu'elle peut offrir. Haïti fait de son mieux pour rester vivant dans certains cœurs et dans certains esprits.

Tout enchante à l'entrée, tout semble attirer pour ne pas retenir. Pourtant Haïti retient, mais il faut avoir l'esprit et l'âme initiée aux splendeurs d'un imaginaire hors de l'ordre commun pour être captivé. On doit voir Haïti avec plus que les yeux, avec plus que la lentille d'une camera. Il faut avoir l'âme presque métaphysique pour apprécier Haïti à sa juste valeur. Des yeux affables et innovateurs verraient des fables et des splendeurs partout et dans presque tout en Haïti. Une oasis exubérante est cachée au beau milieu du désert Haïtien actuel quand le cœur y est pour le voir.

C'est au moins vrai pour les Haïtiens et les étrangers entichés d'Haïti. Il y a toujours cette quelque chose de magique qui entame un dialogue fructueux avec l'âme et recommande de revenir sans cesse et de retomber sans cesse dans l'abysse mystérieux et profond mais toujours bienveillant à chaque fois qu'on revient.

La profondeur des nuits tropicales Haïtiennes ensorcelle, ses panoramas enchantent, ses belles plages, son eau turquoise ne laisse personne indifférent. En dépit des calamités sociales et politiques récurrentes qui attendent une fois franchis la sortie de l'aéroport et qui empêcheraient même aux plus tenaces d'avoir envie d'y remettre les pieds, Haïti est séduisant. Pour LeJac Mélien, tout comme pour tout le monde, Haïti est une femme qui retient péniblement, mais elle détient un monopole sur les âmes prédisposées à l'amour platonique. Elle attire par ces charmes discrets qui refusent de périr malgré la ténacité des malheurs.

Il y a jusqu'au parfum enivrant du jasmin de nuit, l'exhalaison hybride et accrocheuse des friandises nocturnes, qui accompagnent les pas du promeneur avec la complicité des charmes crépusculaires, à augmenter cette appétence pour le revenir, à chavirer l'âme de l'autochtone tout comme le visiteur dans un précipice mielleux. Haïti est cet univers douillet d'où l'âme ne remonte pas sans cette promesse formelle faite à son cœur de retourner à la plus prochaine occasion prendre ses ébats parmi les créoles d'Haïti Thomas. Même ce qu'on croirait incongru d'Haïti fait son unicité et constitue une facette indéniable de son imaginaire hors de l'ordre commun.

Quant à LeJac, il peut à peine attendre pour se replonger aussitôt que possible dans le gouffre agité qui ouvre l'œil de la conscience pour se dire que ce coin de terre, berceau d'hommes libres, mérite bien mieux que le sort qui lui est jeté au visage comme un aumône disgracieux. Pour lui, Haïti n'est pas un chancre à crever d'un poinçon bestial ou d'un poing châtiant, mais une boursouflure de l'existence à aplanir au moyen de doigts câlins. Haïti ne mérite pas le coup de butoir du fossoyeur ou la fausse sévérité du bourreau, mais la fortitude du juge d'instruction à prononcer le jugement approprié ou le bistouri, l'intelligence et la patience du chirurgien étranger ou local.

LeJac Mélien s'impatiente dans la ligne douanière. Il tape le sol des pieds et sa valise des doigts agacés. Les officiers de l'administration portuaire Haïtienne se fait fidèle à l'image de la bureaucratie partout dans le monde. Il prend tout un siècle selon lui pour avoir son passeport visé, scellé et signé. Il a envie de crier aux prunelles de l'autorité douanière. « Je reviens chez moi, ouvre-moi le passage bien grand pour l'amour de Dieu ».

Devant lui, l'enfant est occupé de même à vouloir le rendre moins préoccupé par les mille et une réflexions fugaces mais sagaces qui se bousculent dans sa tête. La durée du vol ni la fatigue n'a pas désarmé la fougue du gamin à vouloir replonger tout le monde dans le bain insouciant de l'adolescence. Le petit héros, bouffi de sa victoire sur les plus grands, récolte des explosions de rire comme on ramasse des lauriers. De l'aéroport de Québec à celui d'Haïti, armé de son clown multicolore en fer-blanc, il adore être un marchand de bonheur et continue de plus belle à l'être. Et à chaque fois qu'il remonte la chaîne du pantin, il saute en arrière avec lui, les ricanements coulent à profusion. Il ne pensait pas que l'adolescence pourrait exciter les mêmes effusions de rire en Haïti tout comme au Canada. Il pense que le rire doit être universel, l'envie d'être heureux doit être un programme humain en dépit des circonstances. Il sourit de cette réflexion et jure qu'il comprend un peu mieux pourquoi Molière et Languichatte mènent le monde mieux que Socrate et Jean-Price Mars.

"Où est-ce que tu vas rester pendant ton séjour ici"? Demande la mère pour détourner l'attention de LeJac de l'enfant. Quoiqu'amusée, elle aussi, elle exprime un brin d'agacement de peur que l'enfant devienne inopportun à la fin.

"Comment le saurais-je ? N'importe où, à l'Hôtel par exemple..." Répondit LeJac Mélien sans laisser l'impression qu'il plaisante, puisqu'il ne plaisante pas. Quand bien même il voudrait plaisanter, le cœur n'y est pas.

" Tu arrives chez toi, et tu ne sais pas où tu vas "? Se surprit la dame.

" Bizarre n'est-ce pas "? Il admet

" Pour le moins qu'on puisse dire" Observa la dame dans un sourire. Elle est douteuse de son sérieux, mais reste respectueuse de son humeur devenue soudain grincheuse et grimaçante toutes les fois qu'il fait allusion, même implicite, à certaines réminiscences.

" J'ai été Haïtien une fois, je pense que je ne sais pas désormais ce que je suis devenu. J'avais une maison aux Cayes, une à Jacmel et une à Port-au-prince, et je n'ai pas où reposer ma tête maintenant. Ce qui fait que je ne peux jamais rester trop longtemps en Haïti".

" Tu les as liquidées, tes maisons "?

" Oui, et j'ai englouti l'argent comme un fou, arpentant le monde, disséminant partout des illusions que j'ai confondues à des joies, des malheurs à des bonheurs".

" On dit qu'il n'y a que des biens mal acquis à se volatiliser si piteusement". Observa la dame plaisantant.

" Pourtant ma mère a travaillé dur. J'étais témoin de son odyssée quotidienne qui se déroulait devant ma conscience insouciante. Elle vendait de la toile au kérosène et au savon de lessive. Je l'aidais chaque jour après l'école à compter des centaines de pièces de monnaie et de gourdes huileuses et sales de ses transactions journalières. Une faible partie de la vente journalière était son butin et la plus grande partie allait à ses fournisseurs".

" Ainsi, tu as fait du tort à sa mémoire gaspillant sa sueur après sa mort".

" Oui, fils dégénéré de moi…Et elle qui me voulait demi-dieu, seigneur ou docteur, demi-dieu-docteur-seigneur…Je préférais être don juan auprès des donzelles et baroudeur fieffé auprès de mes amis profiteurs".

" Heureusement que tu as encore ta jeunesse et ta fougue…»

" Je ne me sens d'aucune prédisposition à réclamer ni l'une ni l'autre…32 ans n'est pas la prime jeunesse. Puis, aller au lit chaque soir à l'heure indue pour ne réveiller qu'au soleil du midi la plupart des fois ne dévoile aucune fougue pour la vie".

" Mais pourquoi ce délaissement"? Questionne la dame.

" Par dégoût". Il confie

" Je pensais que cela dépendait de soi de se laisser gagner si facilement par le dégoût…On contrôle ça, comme on contrôle n'importe quoi, comme mon enfant remonte la chaîne de son pantin quand il croit nécessaire". Dit la dame regardant son fils, amusée, et avec un commencement de soucis pour Lejac.

" Les mêmes choses ne sont pas toujours les mêmes pour tout le monde". Il réplique

" De toute façon je souhaiterais, si jamais le hasard nous mettait sur le chemin l'un de l'autre, entendre autrement de toi…On gaspille peut-être les choses, mais une vie ça ne se gaspille pas…»

" Maintenant, parlons sérieusement où est-ce que tu habites ». Elle ajoute, curieuse, animée et désireuse d'aider. « Dis donc, nous sommes les prochains à être appelés pour les formalités douanières "?

" Une chambre d'hôtel, c'est ma demeure. C'est tout ce que je peux dire, et je ne plaisante pas". Réplique LeJac Mélien avec le même sérieux sur son profil chiffonné et le même rictus grimaçant plissant ses lèvres.

La jeune veuve le regarde avec une fixité étrange comme se faisant des questions de lui ; et dans l'expression de sa stupéfaction, elle aperçoit soudain qu'il est beau quoiqu'ébouriffé. Elle le fixe jusqu'au tréfonds de ses yeux farcis d'un sommeil rassis. Comme une fenêtre s'ouvre soudainement sur un autre univers, elle se prend à être admirative et pitoyable à son égard ou à son sort. Elle le voit beau.

Il se sait beau Lejac et fort de cette connaissance, il comprend le ravissement soudain de la dame. Il lui sourit et sait qu'il la dévaste un peu. Et à une question de la dame ou de n'importe quelle autre personne autour de son élégance physique, il répondrait tout simplement « J'ai eu la chance d'avoir un père Polonais très beau de visage et une mère juive Française très belle, belle à couper le souffle ».

Bien qu'il soit considéré être de la couche sociale des immigrants Arabes de par ses accointances commerciales, ses ancêtres étaient venus plutôt de l'Europe. Notre héros est un hybride plutôt Européen. Naturellement, les rayons éblouissants du soleil tropical ont saupoudré sa peau de ce reflet de pistache grillée qui lui sied un peu bien selon les adhésions féminines.

Mais, à cette étape de sa vie, les attributs physiques de Lejac Mélien, beau, jeune, svelte, n'ont pas produit dans les cœurs le même écho qu'ils ont au cœur de Marianne. Dès qu'on a à offrir quelque chose, n'importe quoi dont le monde a besoin, argent ou autre, on n'est que fournisseur. Les intérêts changent avec la capacité de l'offre à répondre à la demande. Quand on cesse de faire le poids dans la vie, on ne devient essentiellement que la proie.

La pesanteur d'un homme gratifié d'abondances financières est plutôt mesurée en fonction de son aisance à délier la bourse pour acheter au lieu de se voir offrir les faveurs, féminines ou autres. Les défavorisés s'avèrent parfois les plus chanceux, et ils obtiennent des choses pour lesquelles les favorisés consentent des débours faramineux. L'on se croit riche de tout, puis un beau jour on se rend compte qu'on ne l'est de rien. L'amour s'enfuit à grandes enjambées quand on peut s'offrir des femmes à ne plus pouvoir les compter. Les femmes n'aiment pas être achetées, elles préfèrent se donner par amour. Les automates satisfaits se convertissent ainsi en tolérés mal-aimés parce que souvent ils supportent mais n'aiment pas.

La satisfaction ou sa notion, c'est une courbe de la raison que la raison digère mal. Ainsi, notre héros s'est fait jouer parce qu'il était riche une fois. Pauvre, il ne serait désiré que pour son élégance ou son intelligence; mais, riche, il paie par élégance et gomme son intelligence. On fend son cœur ou on vend son âme pour tout avoir, mais l'amour ou l'innocence des choses de la vie ne veut rien avoir à y voir.

" C'est ta faute alors si tu es sans demeure. On doit toujours tenir un pied-à-terre aussi insignifiant qu'il puisse être dans son pays pour quand on est forcé par la vie de rebrousser chemin…Un nid pour se recroqueviller et coucher bas quand on revient de ses folies, c'est raisonnable. Au moins un trou, faute de mieux, pour vivre courtement ou se cacher longtemps pour mourir vieux". Il sourit pour la première fois de cette remarque.

"Non. C'est la faute à mes parents…Je ne dis pas ça pour accabler leur mémoire. Au contraire, je les aime de toute la force de mon être…Ils m'ont tout donné pour faire de moi un homme comblé, mais n'ont pas fait assez pour faire de moi un homme heureux. Mon père, je l'ai connu à peine. De son vivant, il ne rodait pas trop autour de moi, ni moi autour de lui. Il était affectueux tout ça, mais toujours occupé et préoccupé, c'était une question de devenir riche ou de mourir pauvre, de saisir la vie par les cornes ou la laisser s'échapper essayant de l'attraper par la queue. On dirait rien qu'une question d'à prendre ou à laisser… » Il soupire profondément, puis enchaîne.

« Un sens trop exclusif du devoir familial l'empêchait de faire son devoir familial en de petits aspects plus expansifs, et il a laissé sa peau, vaincu par la fougue de réussite de sa part et par celle des autres…

« C'est souvent le prix qu'on paie à la destinée quand on veut réussir coûte que coûte… »

« Tu as raison, je n'arrive pas encore à trouver une bonne définition au succès. C'est quoi qu'elle est, la réussite ? Le sais-tu ? »

« Assurément quelque chose comme faire son malheur et celui de son entourage immédiat ou de tout le monde. C'est comme être élu en politique, un petit bonheur auprès d'un grand malheur. Rien que la merde en fin de compte. Il suffit de ne pas mériter ce qu'on obtient pour être en pays conquis et maîtriser toutes les forces de la vie". Il gratte sa gorge avec nervosité pour exprimer son amertume d'avoir remué des cendres bien trop chaudes.

" De enchanté à accablé, hein » Interrompt la dame soupirant de pitié, puis interroge « Et ta mère "?.

" Ma mère fut si empressée à mon égard qu'elle a oublié de m'insuffler l'amour du pays natal avant de mourir…Elle a toujours voulu que je devinsse médecin pour retourner vivre et prospérer en Haïti, mais jamais l'Haïtien qu'eux et les autres ont toujours refusé de voir en moi de retourner et aimer Haïti jusqu'aux fibres de mon être… Pour eux, je devais rester un métis Franco-polonais, sentant l'Arabe de loin, avec un diplôme de médecine pour conquérir davantage Haïti et les Haïtiens, mais jamais tout à fait devenir un Haïtien authentique….Et c'est un héritage lourd et malhonnête que de vouloir être résident chez les autres sans jamais essayer d'être à cent pour cent les autres, de vivre la beauté de leurs rêves et d'enguirlander quelque peu leur réalité".

" Ils m'ont dépaysé de l'adolescence, de ce beau pays qu'ils m'ont donné à conquérir, sans jamais avoir pu m'aider à en solidifier la conquête. Je vivais riche, mais métèque chez moi. La fierté d'appartenance qu'il faut avoir ne m'a jamais enivré de toute ma vie. Je me croyais plus Polonais ou Français qu'Haïtien, plus Haïtien blanc qu'Haïtien tout court, oubliant que là où l'on est appelé à vivre, l'on doit y vivre bien et porter les autres à y bien vivre. À l'école, mes camarades de classe et moi partagions toujours les mêmes instructions sans jamais partager les mêmes goûts et les mêmes intérêts… Le président du pays est une accointance circonstancielle de la famille, manigance farcie d'intérêts, sans être ni notre ami ni notre président… Nous autres et ceux qui nous ressemblent en Haïti évoluions ici sans être de nulle part…Ils n'ont pas su consolider à mon bénéfice leur option d'adoption d'Haïti. Un bon pays, mais sa bonté n'était pas ancrée dans leurs cœurs pour de bon. Un beau pays, mais sa beauté était comparable à celle d'une très belle jeune fille dont on descend la jupe un moment ou deux dans des ébats amoureux ou des rituels purement sensuels et l'oublier par la suite après l'avoir payée ou même sans l'avoir payée pour ses faveurs instinctuelles…Ça, c'est un reproche respectable, parce qu'honnête de ma part à l'égard des gens que j'aime de toute la force de mon être. Il prend beaucoup de courage pour reprocher les gens qu'on aime, n'est-ce pas ''?

'' Quels sont les gens qui comptent le plus pour toi pour le moment'' ? S'enquit la dame par curiosité. Curiosité un peu intéressée, dirait le sagace observateur.

'' Ceux qui n'existent plus malheureusement…Mon père que je connaissais à peine, et ma mère dont j'adore la mémoire plus que tout dans la vie…Elle a tout fait de moi et pour moi, mais elle a manqué de me faire être vraiment de quelque part. Aussi petite et aussi mystérieuse qu'est Haïti, mais surtout aussi historiquement grandiose. De cette appartenance, j'aurais peut-être été fier ; mais personne n'a jamais fait miroiter devant mon âme toute grande ouverte à cette possibilité la beauté d'une telle perspective. Donc, d'Haïti au Canada, de Port-au-prince à Québec, je reste le petit fils de riches immigrants étrangers…C'est à moi maintenant de faire en sorte que je devienne Haïtien tout court, sans tenir compte d'où mes parents viennent''.

'' Comment comptes-tu le faire…'' ? Elle questionne.

'' En me donnant un cœur différent, une conscience plus lucide…On ne fait rien sans un cœur et une conscience…Il faut un cœur à donner au malheur des autres et une conscience pour absorber le vrai, le faux, le laid, le beau, le relatif, l'absolu et en faire une symbiose remarquable, convenable à soi-même et aux autres…Tout n'est vraiment que dans le cœur et dans la conscience".

" Ne me dis pas, laisse-moi te dire de préférence un peu à propos des choses du cœur et de la conscience…J'ai un cœur Canadien et une conscience Haïtienne formée en Haïti et au Canada. Une entité hybride avec une cause unique qui n'est qu'humaine, don de mon mari et de la réalité Haïtienne qu'il a embrassée avec autant de véhémence et d'indulgence".

" Moi aussi, je veux en parler avec autant d'emphase et de conviction dans un avenir pas trop lointain". Se Promet LeJac Mélien

" Assez souvent, il ne suffit tellement que de vouloir". Observa la dame.

" Et je veux". Affirma LeJac

" Peux-je t'aider en ce sens" ? Elle insinue

" Comment pourrais-tu m'aider ? Tu es étrangère toi-même". Il remarque

" Selon ce que tu viens de raconter, je ne suis pas plus étrangère que tu n'es pas d'ici…Au moins, j'ai quelque part où habiter » Les deux rient, puis elle ajoute

« Ne t'ai-je pas dit que je suis citoyenne haïtienne et de bonne souche sociale haïtienne par surcroît ? Mes propres luttes pour sauvegarder plus que la mémoire de mon mari mais sa lutte pour qu'aucune petite Haïtienne ne tombe dans les rues comme une petite chienne sans maîtres m'ont procurée quelques relations valables ici, et j'entends en profiter à toutes fins utiles à mon adoption d'Haïti" ?

" Et par où veux-tu commencer à m'aider" ? demande LeJac Mélien.

" Par t'abriter chez moi durant ton séjour ici en Haïti". Elle offre

" Je t'en suis reconnaissant. Je suis dans mes mauvais jours il est vrai, mais je refuse d'être un cas d'assistance sociale". Il rit de cette plaisanterie.

" Qui parle d'assistance sociale ici ? Tout le monde invite un ami de temps en temps sans tenir compte des petites sottises ». Elle tempête.

" Je plaisante, tout simplement…La vérité est que j'ai déjà retenu depuis le Canada une chambre à l'Auberge du Québec. Le problème d'hébergement est résolu jusqu'à mon prochain retour". Refuse LeJac

"Puisque tu persistes à décliner et à résister, je dois désister à persister". Elle dit

" Tu ferais mieux". Il agrée.

" Mais tu as quand même quelqu'un pour répondre de toi en cas d'urgence de n'importe quelle nature ? Une accointance ou quelque chose comme ça". Interroge la dame dans une pointe de souci apparente.

" Oui, j'ai une petite amie qui semble être encore concernée par moi. Je ne sais ce que demain va apporter, mais mon aujourd'hui est assuré". Confia LeJac.

" Ce n'est pas ça qui te ferait défaut, les petites amies, je présume". Taquine la dame se référant à l'élégance de LeJac Mélien et aussi à ses propos d'avant quant à ses succès mondains qui lui ont coûté, entres autres, une rondelette somme d'argent héritée de ses parents.

" De toute façon, tiens ma carte…Appelle-moi quand tu as envie de bavarder". Elle dit.

" Quant à ça, je ne promets pas que je vais refuser…Je suis un de ces poètes qui ont besoin de confidence à leur inspiration".

" Poète par surcroît, hein" Elle dit sans surprise.

" Je dirais scribouillard, gâte-papier de préférence…Il n'y a que ma folie de grandeur qui me fait dire poète". Il sourit pour marquer qu'il ne fait que plaisanter

" J'ai l'impression que mon fils et toi feriez un bon couple d'enfants heureux". Remarque la jeune veuve

" Je pense bien qu'avec lui un voyage dans l'ambiance de l'adolescence, mon pays favori, me serait bon à quelque chose. Ça m'emmènerait jusqu'à la lune où je te trouverai". Il plaisante. Elle sourit. L'enfant badine toujours avec les gens.

" Appelle-moi demain avec le jour, ou j'appellerai. Donne-moi rien qu'assez de temps pour lessiver l'arrière-goût du vol et de m'acclimater à nouveau, et Jacky et moi serons tout à ton amitié". Elle plaisante, apparemment ravie de cette accointance fortuite.

" Tu aimes bien Haïti, hein". Il remarque, enchanté de l'éventualité.

" Pourquoi ne pas aimer Haïti en dépit de tout, le pays du soleil, des mangues et des couleurs…On n'a qu'à donner à Haïti la possibilité d'offrir une autre image d'elle-même, repolir la Perle en quelque sorte, et ce serait vite l'autre paradis qu'il faut conquérir…" Elle dit emphatiquement, sûre d'elle-même, confiante qu'elle dit la vérité.

" Ou à reconquérir". Il ajoute

" Toi, il me semble que tu vis chez les autres sans les aimer ou aimer leurs pays" Observe la dame.

" Mes désillusions n'ont pourtant rien à voir avec où je vis ni avec qui je vis…Ça a à voir essentiellement avec ce qui m'arrive, comment il m'arrive et ce qui le fait arriver…Autrement, j'aime partout et je n'aime pas Haïti plus que j'aimerais La France ou l'Angleterre ou le Canada, ou Les Etats-Unis ou l'Espagne où j'ai séjourné à tour de rôle avant de faire du Canada ma destination…" Il raconte

" Et pourquoi exprimes-tu ce désir de revenir avec tant de force et de véhémence " ? Elle questionne.

" Mais je reviens chez moi, c'est mon droit le plus entier d'en être excité ».

« Tu reviens chez nous » Corrige Madeleine, un peu enjouée.

« Dans mon envie de revenir, c'est mon adolescence ou la façon dont je l'ai vécue qui m'a marqué et qui fait toute la différence. Ce que je suis et qui je suis précèdent chez moi où je suis…Absorber ou aborder le quotidien d'une certaine façon tient beaucoup pour moi…N'importe où je ne trouve aucun écho de mon adolescence est nulle part qui vaille pour moi, peu importe combien bien j'y vis. Je peux retourner où je veux quand je veux, mais quant au pays de mon adolescence, chaque voyage est nouveau et meuble mon imagination d'une toute autre façon…C'est un livre que j'ouvre à chaque fois pour y découvrir de nouvelles sources d'inspiration". Il confesse

" Je n'ai jamais vraiment rencontré quelqu'un qui accorde autant d'importance à son adolescence". Elle remarque

" Tu en as rencontrés pas mal, je veux croire…On s'attache à son adolescence quoiqu'il en soit, même sans le savoir, même sans le vouloir. C'est la façon d'exprimer ou de ne pas exprimer ce qu'on éprouve qui fait la différence". Il explique

" Toi tu t'acharnes à ton adolescence, tu t'incrustes à elle comme une liane à une branche". Elle dit

" Que j'aime cette analogie, je serais une liane et mon adolescence une branche…Je m'enroule autour d'elle comme dans une étreinte amoureuse" Il exprime le ravissement de son âme à ce rapprochement juste dans un sourire approbateur.

" Je le prends comme un compliment alors…Dis donc, toi tu aimes Haïti à ce point et pour de bon" ?

" Oui, de toute la force de mon être, de toute la vérité de ma condition de veuve amoureuse qui exprime encore son amour sur les cendres froides de son mari. Je réponds pour mon enfant aussi qui ne sait pas encore comment exprimer son propre ravissement. Nous aimons Haïti de toute la force de nos êtres. Mon mari a aimé Haïti au point de refuser la direction administrative d'un des plus grands Hôpitaux de Québec pour occuper un minable bureau de coin à l'Hôpital de Chancerelles ici à Port-au-Prince. Tu vois…Fais-en la différence".

" Quoique la différence soit déjà établie dans ma tête, pourquoi un tel choix ? Si tu me permets ce surplus de curiosité". Il demande.

" C'est qu'il n'y a pas que la fonction qui vaille dans la vie. Il y a aussi la dévotion humaine et surtout les circonstances qui donnent lieu à leur pleine expression…Il a fait valoir que sa fonction en Haïti répondait mieux à ses aspirations humaines ou humanitaires qu'à ses accomplissements professionnels. Je l'ai compris, et j'ai abondé dans ses vues".

" C'était brave et noble de sa part". Il reconnaît

" Merci pour ce compliment…Il était de cette bonté et de cette noblesse, en effet. C'est le plus grand héritage qu'il a laissé à mon fils et à moi. Mieux qu'un manoir au Québec et une maison trop grande pour deux et sept serviteurs à Péguy Ville, sa volonté d'aller à la rencontre des déchéances humaines pour essayer de les enrayer autant que possible l'emportait chez lui". Elle explique.

" Riche et bon n'est pas toujours un ensemble parfait, mais certaines personnes sont nées pour être ce qu'elles sont, des anges qui ne volent pas mais qui marchent parmi nous…Qu'est-ce qu'il faisait avant, ton mari" Il demande, curiosité grandissante

" Médecin Général de l'Armée de l'Air Canadienne…" Elle répond dans une mince trace de fierté, non pour la magnitude de la fonction de son mari mais pour le sacrifice consenti qui dénote la noblesse pure de son âme.

" Une autre fois pour mieux comprendre, comment a-t-il été interpellé par ce choix ? On dirait une convocation de l'au-delà". Il demande, souriant d'incrédulité.

" Vraisemblablement…Il était venu en Haïti en mission officielle, après l'un de ces cataclysmes qui semblent particuliers à Haïti, puis en visite privée. Le deuxième voyage a mis son cœur dans l'écharpe de l'amour, de la raison et de la pitié, et il choisit de faire d'Haïti le paradis de ses rêves humanitaires…»

" Et comment t'a-t-il convaincue…Pas toutes les femmes quittent un manoir au Québec pour même une grande maison à Péguy Ville pour la vie, et surtout le spectre de la persécution politique à tout moment…"

" Ce n'était pas difficile… Lorsqu'on partage un même cœur et une même conscience, on tombe d'accord sur les mêmes choses. Et aussi, l'amour, que fait-on de l'amour dans de pareils cas ? L'amour aide à vaincre la peur quelle que soit sa magnitude et quelle que soit la rage aveugle qui la provoque… La peur est une affaire pour ceux-là non rompus à cette tradition de l'amour qui brave tout et tous. La peur est pour ceux-là qui n'ont rien à prouver et une excuse bien trop insignifiante quand on a une bonne conscience à se faire". Elle confie

" Tu prends un taxi ou je te dépose à l'Auberge du Québec ? Mon chauffeur va arriver instamment". Elle offre.

" Non, j'ai loué à l'avance une petite guimbarde de la Avis que je vais passer prendre…Ça fait partie des maigres budgets de voyage consentis à mon égard… »

Il regarde sa montre dans un début d'impatience. Il a hâte de commencer par jouir d'Haïti. Il se voit déjà dans les rues de Port-au-Prince, le dîner de ce soir, demain la route de l'Amitié puis les rues de Jacmel, et la journée d'après-demain qui prendrait soin d'elle-même. Il est un peu absorbé de félicité devant cette extase programmée.

"C'est le deuxième refus de la journée de ta part…C'en est assez pour aujourd'hui…Personne n'a jamais refusé rien de moi autant que toi dans un jour…" Elle sourit.

" En tout cas, appelle quand tu veux… » Elle ajoute.

LeJac passe sa valise sur son dos et laisse, disparaît presque dans son apprêtement à saisir Port-au-Prince par les cornes. La dame et le petit garçon le voient partir comme un trait. Ils sont amusés de ses caractéristiques naturelles et circonstancielles hybrides faites de gravité et de désinvolture intermittemment dévoilées.

La traversée, de Maïs Gâté à Bizoton

Il réclame, en homme pressé, sa location au comptoir de la Avis. Il chemine comme un automate à travers la foule aux abords de l'Aéroport, concède quelques dollars à qui en sollicite, comme à chaque fois qu'il arrive d'outre-mer. Il est l'un de ceux-là qui n'éprouvent aucun ressentiment d'être abordés par les nécessiteux…Il comprend trop les choses de la vie pour ne pas savoir décoder notre réalité. Ce qui se trouve à la base des succès et des échecs dans une petite société comme celle d'Haïti lui devient plutôt familier avec le temps et avec les départs et les retours.

Il n'a pas été qu'en Europe, il a fait aussi les Caraïbes ; et, il est arrivé à la conclusion que les choses comme les êtres sont les mêmes partout. La société parfaite ne vit que dans les romans, dans les peintures et au cinéma.

Partout dans ce vaste monde l'on a tout et l'on n'a rien. Ce n'est jamais ce qui fait la différence, et c'est ce qui fait pourtant toute la différence. Certaines personnes auront toujours plus que d'autres quoiqu'ils fassent pour ne pas avoir, même en gaspillant un héritage énorme sur les boulevards lumineux des frivolités humaines…Il est l'exemple typique de ceux-là …Il n'a rien pour le moment… Mais il sait qu'il n'a qu'à mettre un peu d'ordre dans son existence pour que son nom, la couleur de sa peau, et son appartenance sociale opèrent pour lui des miracles étonnants. De ces miracles que d'autres croiraient impossibles, d'autres les trouvent réalisables comme monnaie courante.

Pour certaines personnes, il n'y a qu'un pas entre le bonheur et le malheur, et ce pas-là est franchi au petit bonheur quand on veut ou quand les autres participent. Les ceux qui ont tout peuvent se permettre d'être solidaires parce qu'ils ont ce qu'il faut pour démontrer leur bonne foi. Les ceux qui n'ont rien sont souvent taxés de mauvaise foi ou de regardants parce qu'ils n'ont pas suffisamment ; mais certains ont quand même le courage de donner une parcelle du peu que rien qu'ils sont assez fortunés d'avoir.

LeJac Mélien est né sous l'étoile favorable des gens fortunés pour lesquels le destin ne demande qu'à faire preuve de sa générosité. Son nom de naissance, Robert Krosinski, changé par la mère dans un raisonnement salutaire et qu'il peut requérir quand bon lui semble, lui ouvrirait toutes grandes toutes les portes qui mènent vers la réussite. Il peut se comparer à tous les héritiers riches du monde, enfants prodigues que même leurs manquements sont avantageux. La machine à créer des sensations en fait souvent des livres best-sellers et des films rentables.

LeJac Melien le comprend. Il ne souhaite jamais de devenir le récipiendaire d'aucune faveur imméritée ; mais que pourrait-il jamais contre la volonté d'une quelconque Providence qui choisirait d'être zélée une fois de plus à son égard ? Eventuellement, il ne lui suffirait qu'à pouvoir gérer l'empressement du destin à son égard en mettant certaines des faveurs assurées à lui au service des plus humbles, les rendant ainsi rentables à lui-même et aux autres.

D'ailleurs, n'est-ce pas le but de toute vie que de servir et d'être servi? C'est une mission confiée à nous à la naissance quand, de plein gré, Dieu choisit de placer en chacun de nous une parcelle de sa propre divinité. Obligation à laquelle nous passons outre, néanmoins, quand nous choisissons, la plupart de nous, de cultiver nos propres jardins dans une indifférence spectaculaire et de laisser les autres être la proie de toutes les déchéances humaines.

La mère défunte l'a mieux compris que le fils frappé de dégénérescence morale. Elle a été marquée par des conjonctures exagérément injustifiables. L'expatriation, l'un des plus grands abus que l'homme puisse faire à l'homme, la persécution antisémitique, les meurtres de la plupart de ses ancêtres, puis celui de l'homme de sa vie. Adulé par une Providence qui a montré trop de sollicitude à son égard, ayant la plus grande partie de sa jeunesse joué au bon vivant, LeJac entend refaire surface moralement, se faire une nouvelle conviction qui rencontrerait un peu la logique de la mère défunte.

Fils d'immigrés étrangers versés dans le commerce de tout et de rien dans ces nervures grouillantes où la misère livre une bataille acharnée contre le quotidien, il a bien l'habitude de frotter son existence contre celle des démunis. Il les a côtoyés chaque jour durant son adolescence, leur a parlé, les a entendus pleurer, chanter crier, les a vus courir devant la police ou se faire abattre en pleines rues pour avoir dérobé un pain à une épicière, une chaudière ou une cuillère en bois à une ménagère ou une patate à une fermière. Il les connaît, il les a vus patauger dans leur misère, confronter jour après jour leurs détresses chroniques.

Des porte-faix de sept ans, le même âge que lui, l'âge de l'apprentissage scolaire, aidaient sa mère. Des vieillards handicapés gardaient les portes de leur maison. De vielles femmes borgnes aux mains calleuses faisaient leur lessive ou préparaient leurs repas. Des mendiants assuraient la sécurité autour du magasin familial au bas de la ville quand sa mère veuve flairait l'insécurité alarmante qui ne se désarme que rarement.

Être riches et être protégés par des pauvres réclame des pauvres aux cœurs d'or planant au-dessus des rancunes triviales. Noisette Krozinski et son petit garçon avaient vécu cette réalité au territoire paisible des pauvres d'Haïti, zone pacifiée au point mort par une déchéance séculaire qui leur confère une apathie qu'on dirait instinctive et presque bestiale. Pourtant, les pauvres d'Haïti, stoïques et émérites, se font une philosophie de déchiffrer que les misères de l'homme ne sont pas et ne peuvent pas être dans un homme en particulier, riche ou pauvre, mais dans l'ensemble des hommes. Ils savent plus que les lettrés que les hommes riches ou pauvres doivent travailler en concert pour détourner la rage des malheurs humains de l'Homme et faire de l'expérience humaine un bonheur pour tous, peu importent les différences dans les possibilités intrinsèques ou celles acquises.

Vaincre l'indifférence qui nous détruit, ce doit être la nouvelle mission du riche ou du pauvre, du mulâtre ou du noir ou du blanc, inculqué ou inculte. D'ailleurs, notre degré d'ignorance ne réside-t-il pas dans le refus de l'inculqué ou du doué d'instruire l'inculte et le non doué, puis l'inculte et le non doué d'apporter leur contribution quoiqu'elle soit au maintien harmonieux du Contrat Social Haïtien. La mission de l'Homme est celle de chaque être humain, nonobstant les différences, puisque ce sont elles qui assureront le triomphe de la diversité qui effacera un jour la morgue des indifférents.

Tout un Musée de déchéances humaines broyées par la mauvaise gestion chronique et les sautes d'humeur politiques périodiques étaient au service des Krozinski. Une société en révolution permanente contre elle-même ne peut produire que des atrophiés de toutes les teintes épidermiques, de toutes les mentalités et de toutes les couches sociales. À cause de nos incapacités morales, notre quotidien s'assoit sur un baril de poudre. Il suffit toujours d'une saute d'humeur, qu'une main approche la braise pour que tout saute et que notre société tourne tête en bas autour d'une réalité incendiée.

Aux abords de l'aéroport, LeJac Mélien fait l'aumône sans ressentir ce que d'ordinaire certains autres ressentent. Eux et lui avaient grandi ensemble aux deux extrêmes sans cesse contigus de la ligne brisée sociale Haïtienne. Eux, ils reconnaissent sans rancune le petit Kronsinski qu'ils avaient vu grandir et avaient aidé à faire grandir. Ils arborent toujours ce sourire naïf d'autrefois pour le petit Robert aussi vieux qu'eux mais toujours mieux fourni qu'eux. Ils fabriquaient pour lui des toupies qui rivalisaient avec les jouets somptueux qu'il recevait pour la Noel. Ils l'apprenaient à jouer à la marelle quand il revenait des excursions bourgeoises avec sa mère. Le petit Robert Krozinski a fait entre-temps son bonhomme de chemin, passant outre à son devoir envers eux.

N'est-ce pas qu'on a un devoir humain envers ceux-là qui ont sacrifié leurs vertus nues, qui ont consenti de ces héroïsmes injustifiés pour aider à faire de nous des hommes quel que soit le compartiment social où ils se trouvent placés ? Robert Krozinski avec un pincement de cœur admet son échec. Il les a laissés tombés lamentablement sans aucun degré de vergogne. Mais il les sourit toujours derrière la poignée de monnaie donnée comme une poignée de cœur, l'âme contrite, devant un mal qu'il n'a pas créé mais dont il en a joui les marques. Eux aussi lui sourient toujours au sein de l'aumône reçu dans lequel ils préfèrent voir une poignée de compréhension par gêne personnel, préférant fermer leurs consciences sur leur honte pour ne pas crever d'inanition ou de soif dans une île où même l'eau potable fait défaut. On vit la gorge sèche et la conscience desséchée dans un univers regorgé d'eau rendu rudimentaire par la politique. Ce qui fait que même l'eau ne peut pas être gérée dans cet univers entouré d'eau.

Une poignée de sous tendue à son bienfaiteur d'hier, le souffre-douleur social, l'éternel bouc émissaire des rages politiques procure à soi-même un brin de soulagement moral. Étrange expression de solidarité dans le malheur, mais quoi de mieux pour exprimer l'évidence de compréhension que, dans la vie, les acquis ne seront jamais égaux ? Quelle autre preuve de communauté d'humanité existe-t-il au sein de ces circonstances aléatoires propres à faire naître des piqûres de jalousie et des crises d'animosité?

Les reproches et les complaintes contre les choses de la vie, à qui les attribuer pour ne pas être injustes, où les placer pour ne pas les mal placer? À qui donner la paternité de la faute, la plupart des fois, est une question dont la profondeur est aussi abyssale que toute tentative d'en fournir une réponse satisfaisante s'avèrerait vaine. Assez souvent la faute impardonnable est imputable à qui l'on aurait bien du mal à l'en croire capable.

LeJac Mélien se rend à l'évidence, pour avoir vu sa mère faire sa fortune au beau milieu de la misère la plus extrême, que l'Haïtien ne hait pas la réussite. C'est lorsque l'incompréhension aboutit à l'excès, que les excès démesurés gâtent la conscience humaine que tout débouche en fin de compte sur le pourrissement des relations humaines. Il démarre la guimbarde en trombe en direction de l'Auberge du Québec, via Nazon, Turgeau, Boulevard Harry Truman, Martissant, Fontamara et Bizoton, parcours emprunté pour éviter retard et perte de temps.

De la réalité des rues de Port-au-prince, rien ne le prend par surprise désormais, il est habitué à la rengaine et à la dérive et à la rengaine de la dérive…Il n'exprime aucun dégoût malgré le changement abrupt en un seul jour, sans vraie transition, de sa maison au Québec à sa destination à Port-au-Prince. La différence est si présente sur tout le trajet de Québec à Port-au-Prince, de chaque chose à chaque être rencontré sur son parcours. La différence entre les physionomies et les infrastructures écœure, même les aéroports n'ont aucun point commun en dehors de l'avion qui l'emmène du point de départ au point d'arrivée.

Ainsi le dégoût exprimé à chacune de ses multiples rentrées au pays natal pour la reconquête d'hier, Port-au-Prince et son environnement mal tenu étalé devant ses yeux, ce dégoût va diminuant avec le temps jusqu'à son amortissement complet. C'est dur de s'habituer à une catastrophe sociale provoquée surtout par la mauvaise gestion humaine, mais l'habitude qui guérit à petite dose jette des gouttes de douceur dans l'amertume épaisse. La première goutte de citron, de sel or d'alcool camphré qu'on jette dans le malingre pour empêcher son pourrissement brûle davantage.

Il abdique devant le refus têtu, souvent exprimé bruyamment par lui, d'être mal vu et être traité d'incongru en terre étrangère à cause de la mauvaise gestion des hommes et des choses de son pays. Suis-je en quelque chose responsable du malheur de mon pays? s'entend-il demander parfois comme pour jeter un pont de soulagement entre son cœur et sa conscience. Oui il l'est, comme chaque Haïtien et comme pas mal d'étrangers.

Ainsi, le choc reçu au premier retour au pays natal a été absorbé en douceur à travers un mécanisme lent fait de routine, d'évidences indéniables, de compréhension et un semblant de résignation, comme on s'habitue ou l'on accepte une vérité. Parfois, l'on doit s'assujettir à une compréhension philosophique pour amortir les chocs sentimentaux, puis on se résigne tout à fait devant la rigidité évidente du fait accompli.

Il pourrait tout aussi bien se démarquer de cette réalité, ne pas se réclamer d'elle. Il a tous les atouts pour le faire - sa peau, son élégance, son arrogance dominatrice - pour paraître aux yeux du monde là-bas à un titre dérobé, à être plus ce qu'il voudrait prétendre être que ce qu'il est en réalité. N'est-ce pas que - quand on a sa peau et son maintien - est Haïtien qui veut l'être?

À la descente d'avion, après avoir laissé le terminal de la ligne aérienne, faute de pouvoir se changer en profondeur, on change, tant qu'on peut, tous les attributs superficiels en vue de contrecarrer les reniements et briser les barrières qu'on pourrait dresser à la barbe de l'Haïtien.

On aime être Haïtien davantage pour le riz noir[6], le riz national[7], le griot[8] de porc, le tassot[9] de bœuf, le cabri ou lambi boucané[10], le poulet nègre marron, la banane pesée, l'eau de coco sans se soucier de pouvoir trouver assez de cela au retour. L'on s'en va digérer là-bas, et l'on revient pour déguster le terroir plus que pour le nourrir. Puis l'on invite les autres à venir manger ce qu'Haïti fait mieux, donner à manger. Allons manger ce qui reste de l'Alma Mater, semble être le tacite mot d'ordre. Les épices d'Haïti qui mordent la bouche, qui font sortir les yeux de la tête et qui raniment les bas-instincts sans vigueur sensuelle, refusent de réveiller les

---

[6] Riz noir: mets haïtien préparé avec le riz agrémenté de champignons séchés au soleil pour la nuance noire et d'autres ingrédients locaux pour la saveur particulière.

[7] Riz national : mets haïtien préparé avec le riz agrémenté d'haricots rouges séchés au soleil pour la nuance rouge et d'autres ingrédients tels d'andouillettes et de lait de coco pour la saveur particulière..

[8] griot de porc: viande de porc hachée ou coupée, assaisonnée puis frite.

[9]tassot de bœuf : viande de bœuf hachée ou coupée, assaisonnée puis frite.

[10] le cabri ou lambi boucané : viande de cabri hachée ou coupée, assaisonnée puis boucanée.

consciences anesthésiées de manque d'indulgence à l'égard de chez soi.

Ainsi LeJac Mélien se dépouille peu à peu de tous les sujets et les critères de déclenchement de gêne de sa part pour s'arc-bouter tant soit peu à la réalité du pays mal aimé, pays qu'il aime de toutes les fibres de son cœur. Tout raisonnement ou décision demeure l'apanage de la conscience, il s'est dit une fois et se le répète souvent. Sa conscience devient alors un absorbeur de choc qui amortit les grincements de son âme devant les malheurs du pays Haïtien.

Une raison de plus pour ne pas accabler Haïti et ses hommes est l'universalisme des échecs individuels et collectifs. N'est-ce pas vraiment qu'on est le même partout, n'est-ce pas qu'il n'y a pas de sociétés parfaites, pas même une seule? Il se souvient d'une dame Haïtienne foncièrement religieuse, amie de sa mère qui partageait son expérience de veuvage. Elle venait souvent réconforter cette dernière de ses nombreux malheurs en tant que veuve dans un pays piégé par la politique.

L'un des passages bibliques auquel cette dame aimait se référer était : " Si nous disions que nous ne sommes pas pécheurs, nous nous séduisons nous-mêmes, et la vérité n'est point en nous". Ainsi, LeJac Mélien se fait confortable dans sa propre résolution que la société parfaite ne serait pas de ce monde. Toutes les communautés sont pécheresses et se démarquent des convictions altruistes et divines visant au bonheur de l'humain. Toutes les conventions sont trahies et piétinées, partout dans le monde.

Il n'y a toujours que ce qu'on a voulu faire pour soi-même qui a eu un écho répercuté et une brillance réverbérée partout où l'on voulait trouver son propre bonheur. Ce qu'on fait pour les autres est souvent ce qu'on entend faire pour soi-même, c'est ce qui explique l'aménagement des rapports du monde et la construction de toutes les infrastructures. Chez nous, l'on voudrait ne faire que pour soi-même et rien pour les autres oubliant que ne rien faire pour les autres, c'est un peu négliger soi-même puisqu'on oublie souvent de jeter le pont qui mène vers l'autre côté sans lequel l'on ne peut exister ou l'on existe qu'à peine. On doit bifurquer par l'univers insalubre de l'autre pour arriver jusqu'à son chez soi douillet. Et si le chemin était mêmement pavé et l'eau coulait potable pour tout le monde, au moins la bonne santé générale serait presque assurée.

Ainsi l'on ment à soi-même toute sa vie par égoïsme. Sa propre vérité est souvent le mensonge fragrant qu'on ne dit pas pour ne pas froisser et mortifier. Mais si l'on était imbu du contenu du cœur au moment de recevoir un baiser, une poignée de main ou l'aumône, l'on serait peut-être informé de l'état de l'âme humaine prise en flagrant délit de fourberie.

Toutes les sociétés sont frappées de maux incurables. Tous les hommes sont malades. Les symptômes ne sont pas les mêmes, les maux sont tout à fait différents dans leur nature et dans leurs manifestations, mais ils sont partout. De la Pologne, pays de son père, à la France, pays de sa mère, les malheurs de ses ancêtres sont la preuve que certains maux, parce qu'ils sont des maux humains, sont les mêmes partout.

Le déracinement brutal dont ils ont été l'objet, pour des raisons bassement raciales, politiques, économiques et autres, raconte avec véhémence la perfidie universelle des hommes, la fausseté de leurs doctrines et l'instabilité de leurs croyances. On fait partout des misérables des gens bien-intentionnés, on accuse d'hérétiques tous ceux-là qui prennent la chance ou l'audace de développer des convictions qui leur sont propres.

À l'Auberge du Québec

Il parque la voiture sur la cour de l'hôtel, environnement familier qui lui procure une piqûre de cœur à chaque fois qu'il s'y débarque. Ce n'est plus par accident désormais qu'il revient à ce pied-à-terre favori, mais par habitude, chaque fois que l'envie de se retremper dans le bain tiède de son adolescence le tenaille, il devient pour lui comme un lieu de pèlerinage. L'adolescence, ou toute allusion à elle, est le seul recours qu'il lui reste, devenir un homme n'ayant apporté que déplaisirs.

Il marche de pas lourds. Ses mouvements sont disjoints et fébriles, fatigue mentale ou contentement de cœur. Qu'importe. C'est qu'il est chez lui, en Haïti...le reste des soucis est pour bientôt, comme un enfant remet à demain les sources ou les raisons de ses déceptions. C'est qu'il ne veut pas donner une logique à son humeur actuelle pour ne pas perturber l'allusion alléchante au beau temps en perspective.

Maintenant, il s'agit d'être heureux, comme l'enfant à l'aéroport, il conclut. Il se rappelle un peu vaguement que la mère du gamin était ravissante, comme on jette un regard sur une carte postale pour admirer automatiquement la beauté d'un paysage. Il mêle un sourire à cette allusion. En quoi sa beauté importe soudainement ? Il voudrait être un homme total qui ne pense pas tant à son adolescence rien que pour cela. Qui veut rester un enfant, qui ne voudrait pas être un homme, un vrai, quand on pense à l'un de ces visages-là qu'on a vus minutes plus tôt ou des années auparavant ?

Certains visages, on dirait plutôt plus qu'une œuvre d'imagination, mais une vision. Le visage de Marianne répond indiscrètement á ces critères-là. Personne n'oublie de tels profils pour des années à venir. Il avale une grande gorgée de salive. Comme on fait quand on voit un fruit mûr qu'on aimerait croquer de mandibule affamée mais qui est trop loin de sa convoitise.

Lui ne peut pas oublier, pas après avoir admiré les traits de cette silhouette drapée de grâce et de simplicité qui restent imprimés à sa mémoire comme une aquarelle couleur turquoise sur un pan de mur, dans un coin de sa conscience. Qu'elle sourie, comme elle a souri en maintes fois devant ses yeux surpris, faisant bafouiller son âme agacée de sa splendeur primitive, et elle a le monde suspendu à son allure; et lui, il se prend déjà à penser à elle. Mais il secoue la tête comme on essaie d'arracher une pensée incongrue de sa cervelle. Devant le spectre de ce qui lui était arrivé auparavant dans ses relations amoureuses, il arracherait même de ses doigts les traits du visage de Marianne de son souvenir. Mais pourrait-il ?

Néanmoins, animé de cette pensée, il ne marche pas, il sautille plutôt de bonheur comme on marche allègrement à la rencontre d'un certain bonheur qui pointerait á l'horizon, comme lorsqu'on se croit soudainement maître et seigneur dans un univers où l'on ne s'est jamais mis les pieds auparavant. Il croit avoir décelé des moments heureux en perspective, mais c'est encore brouillé d'incertitude, blotti derrière une masse de doutes compacte et informe.

Comme il s'adresse à quelqu'un sur la cour de l'hôtel, il ne parle pas, il babille d'allégresse. Sa joie n'échappe à personne. Sans présomption, la coïncidence de sa nouvelle accointance ne le laisse pas indifférent, et l'avenir dira qu'il n'y a pas eu que simultanéité dans ce projet providentiel. Le destin, même sans sollicitation, a bien sa façon de préparer ses prophéties et les accomplir.

Assurément, il n'a pas la fièvre dans le sang; mais il l'a dans son âme et est en train de brûler vif de ses désirs qui se renaissent à chaque fois que la réalité de sa vie lui dicte un nouveau chemin à prendre ou de nouveaux projets à entreprendre ou de nouvelles idées à défendre à grands renforts d'arguments pour convaincre les récalcitrants quant à la certitude de succès d'un autre coup d'essai.

En quoi consisterait un quelconque nouveau coup d'essai pour lui? Il devrait pourtant le savoir à ce stade de son existence; mais il ne sait pas, indécis. Inquiet dans son incertitude, il admet toujours que ne pas savoir à 32 ans où mettre ses pas pour avancer vers cette maturité qui fait d'un homme un homme pour de bon est une attitude risquée.

La mère - physiquement et moralement affaiblie par le dur labeur et des préoccupations nées de ses bouleversements - fut sévèrement abîmée par les légèretés du fils. Le diplôme en médecine avec lequel elle braillait - emphatiquement aux oreilles de ses accointances - que son fils allait revenir un beau jour du Québec sous le bras se faisait attendre en vain. Elle ne pouvait désormais porter le poids de ses nombreuses déceptions en son cœur fragilisé; elle creva un beau jour d'accablement moral plutôt que de maladie ou de vieillesse, mais pas avant d'ordonner que son fils unique bien-aimé n'assiste pas à son enterrement. Son indignation atteignit ce niveau désespéré qui côtoie la haine. Quand la haine atteint son plus culminant dans l'âme de l'être humain, même un fils unique n'est pas épargné. Résultat, le fils ne fut informé de la mauvaise nouvelle que bien des jours plus tard et ainsi n'a pas assisté aux funérailles de la mère trépassée.

Il froisse son visage d'un rictus acide comme pour effacer cette réflexion désagréable, marche vite, court presque vers la réceptionniste pour compléter son admission à l'Hôtel. Avant de gagner sa chambre, il bifurque vers le bar, s'y assoit avec fracas en signe de lassitude plus morale que physique. Il commande un rhum-punch pour se remettre dans le bain tropical et sentir la chaleur d'Haïti brûler ses entrailles avant de commencer par la laisser brunir sa peau.

Il regarde le serveur exécuter sa commande avec un savoir-faire parfait...Amusé par un tout ou un rien, attitude compréhensible envers la vie pour être dans sa situation, il lève sa tête pour lire, pour la cinquantième fois assurément, l'inscription placée au sommet du bar : " Celui qui ne commet pas des folies n'est pas aussi sage qu'on le croit".

Il rit de cette vérité placée là pour inviter les admis au cercle des viveurs à s'y conformer, à commettre des folies aussi souvent que possible et à délier la bourse autant pour rendre leurs folies encore plus pécuniaires, donc plus classiques et plus dignes de respect, selon l'agencement des choses, parce que plus rentables. C'est vrai qu'on est admirable quand on peut offrir des largesses à soi-même et aux autres?

On doit dépenser son argent pour se procurer de quoi que ce soit : êtres et choses. L'homme qui peut ainsi sacrifier le fruit de sa sueur ou de celle des autres est magnanime. Autrement, on n'est que vaurien. LeJac Melien passe souvent par ce chemin conditionné vers l'accomplissement de soi-même à travers les autres, rien qu'á travers les autres. On n'obtient la notoriété souhaitée qu'en plaisant tout le monde, sauf soi-même ou son Dieu.

Il avale d'un trait le breuvage commandé. Il grimace. Le Rhum Barbancourt d'Haïti est aussi chaud que son soleil. Sa saveur fait à l'âme ce que la chaleur du soleil fait au corps. On pourrait aisément entendre les muscles de l'entité gastrique grincer et les vers grouillés par l'arrosage alcoolique. Il n'a rien encore mis de poids dans son estomac, excepté une tartine de beurre, une fraise, un œuf dur et un demi verre de jus de pamplemousse au moment de laisser chez lui au Québec. Trop peu pour les vers, il faut les nourrir, eux aussi, eux surtout. Et puis cette rasade alcoolisée qui tombe - tel un torrent de flamme - dans le tas de vers qui criaient famine dans son estomac. Ça provoque une ébullition diabolique; moins fort ou plus vieux, ce bain intérieur infernal l'aurait à coup sûr fauché.

Il refusa le mets, en toute apparence alléchant, qui lui a été offert dans l'avion. Queues de homard tranchées, assaisonnées de vinaigrette de framboise, blotties sur des quartiers d'avocat et de tomate, le tout sur un lit de laitue romaine, puis un bol de soupe au canard encore fumant et du vin. Il dit non à l'hôtesse par un vague signe de la main, avalant sa salive néanmoins, et ayant ses yeux rivetés dans le plat de la dame à côté de lui.

Le mets sentait bon, paraissait beau tout ça dans le plat mais pas assez pour le déterminer à changer d'avis. Mordre, mâcher, avaler, jouer au fin gastronome n'étaient pas dans son agenda pour le moment. Il n'en avait tout simplement pas la disposition. Son âme était tout entière dédiée et déjà blottie au pays du soleil. Mais un verre de Cabernet Sauvignon a contenté sa manie de bon vin.

Que le lecteur se souvienne qu'il fut fils d'une mère qui ne vivait que pour montrer sa largesse envers son garçon unique. À coups de débours hebdomadaires, il assouvissait ses avidités culinaires ; et, ayant parcouru de nombreuses grandes capitales du monde, il en ressort que LeJac Mélien peut s'enorgueillir d'être un fin gastronome. De toute façon, être fin gourmet ou pas n'est plus la question qui préoccuperait notre héros, il a bien d'autres chats à fouetter et ses méninges étaient tout à fait en liquéfaction. Il veut être heureux á sa façon, en faisant les heureux autour de lui, une sorte de regain d'humanité après avoir un peu trop ballotté entre les enthousiasmes et les catastrophes. Après avoir contemplé l'abîme de près, et passé tout près de sa destruction, on désire faire mieux dans la vie.

Dans la vie, on récolte davantage de reproches pour le peu qu'on n'a pas fait que de félicitations pour le tout qu'on a fait. La plupart des amis en compagnie desquels il gobait la fortune laissée par la mère, complices de ses ébats dans les clubs nocturnes se sont décampés une fois la fortune consommée. Personne n'est nulle part à trouver désormais pour le soulager de ses mauvais moments.

N'est-ce pas qu'on n'est que ce qu'on peut offrir? Il lui arrive de faire l'inventaire de ses possibilités, économiques et autres, et se rendre à l'évidence qu'il doit demeurer un peu plus longtemps ou définitivement dans le célibat. Et l'idée d'être célibataire pour de bon a assez souvent effleuré son esprit, mail il le laisse aux bons soins de mûres réflexions ; et puis, le passage du temps, ça ne fait pas que rendre vieux, ça améliore les choses aussi, pensées et actions, quand on s'en prend bien. L'âge, tout comme la nuit, est porteur de conseils salutaires. En la perspective de vie conjugale, il se résout à attendre davantage avant d'arriver à une décision formelle. La route qu'il devra investir pour atteindre cette destination n'a pas tout à fait été envisagée encore par lui.

Choyé un peu trop par sa mère dans le passé, il doit consentir aujourd'hui à partager le sort réservé à presque tous les fils uniques ayant évolué dans l'aisance, dans l'abondance et dans une nonchalance notoire envers les principes rigoureux de la vie. Le résultat est minable pour le moins qu'on puisse l'évaluer, et il n'y a que lui à souffrir du coup mortel qu'il a porté aux espérances maternelles et ultimement à ses propres espérances.

Il lui arrive parfois d'accepter, contre son gré, le verdict d'une autoanalyse ; mais se regarder dans un miroir pour une évaluation morale n'étant jamais une chose facile, il grimace devant la pesanteur de ses réflexions. Son examen de lui-même se solde souvent par des grincements de dents et des yeux humectés. La conscience coupable, ça corrompt les déterminations.

Les pleurs n'arrivent pas quand sollicités, tout comme la pluie ne répond pas toujours aux implorations ou simagrées surnaturelles des agriculteurs désireux de voir leurs champs se regorger de sa chute.

Ces mêmes secrets qui pourraient inciter ses pleurs ont de préférence endurci son âme qui devient plutôt un glacis en béton soumis selon la saison et/ou son parcours soit à la rigueur de l'hiver Canadien ou à l'ardeur du soleil tropical. Deux climats qui voient sa destinée se dérouler comme une bande magnétique dépourvue d'assez d'aimantation pour accumuler et retenir les nouveaux éléments de sa vie. Le quotidien tombe sur sa personne et glisse au loin, on dirait un flux et reflux aquatique. Il est devenu un homme sans mémoire. Sans mémoire est être vain á soi-même et aléatoire quant aux autres. Il est transformé presqu'en un dément heureux, cherchant en vain les raisons et une destination á sa démence.

Il grimace, abandonne son tabouret et laisse le bar comme un trait en direction de sa chambre. La boisson alcoolisée a creusé davantage le trou dans son estomac. Le ciel tourne autour de sa tête. Son malaise saute aux yeux. Il s'affale sur le lit dans ses habits de voyage, fatigué d'incertitude.

Il respire de grandes bouffées de cette climatisation généreuse qui emplit la chambre, se relève minutes plus tard, prend la direction de la salle de bain, enfonce sa main dans sa gorge, rejette dans le lavabo le contenu qui faisait grincer son estomac, rince sa bouche, lave sa figure, revient dans la chambre, ouvre le réfrigérateur, avale un demi verre d'eau bien frappée, respire longuement, se rejette dans le lit et se met à ronfler presqu'aussitôt. N'importe ce qui l'a emporté si vite dans l'univers nébuleux, sommeil, fatigue ou dégoût, doit avoir été à fleur de peau ou à fleur de conscience.

Il pense au réveil, les yeux rivés au plafond, qu'un portefaix - qui gagne son pain quotidien vadrouillant, à longueur du jour, à longueur de la vie, chargé comme un baudet - a un fardeau bien moins lourd à porter que ceux-là qui portent sur leurs consciences le fardeau des regrets de l'existence. D'ailleurs, contrairement au portefaix, ce n'est jamais la taille de la cargaison qui procure ni le bien-être convoité ni la désillusion recueillie, mais plutôt le contenu intrinsèque du fardeau, selon qu'il s'agit de miel ou de fiel.

Il s'était laissé aller trop loin sur une mauvaise pente, maintenant les rictus grimaçants, les soupirs, les sanglots de regrets sont impuissants à changer quoi que ce soit. Il aurait aimé pouvoir toucher le visage de sa mère, lui promettre de faire beaucoup mieux que de devenir médecin, mais il est bien trop tard. On n'obtient pas toujours le bénéfice d'une autre chance. Le loisir de recommencer ou d'essayer à nouveau, la promesse de faire mieux cette fois-ci est une commodité un peu trop luxueuse, une conquête un peu trop encourageante. Obtenir un nième bénéfice du doute quand il faut coûte que coûte regretter le mal qu'on fait aux autres ou à soi-même est parfois un luxe qu'on ne se voit pas offrir.

De petits coups sur la porte, à peine audibles et distancés d'abord, puis vigoureux et drus ensuite, pour attirer l'attention ou réveiller quelqu'un. Aucune réponse ne parvient depuis l'intérieur. Le gardien sait qu'il y est, il l'a vu entrer. D'ailleurs, par une logique simpliste d'hôtelier, il se résout qu'une porte fermée indique toujours que la chambre est occupée.

Le gardien insiste, LeJac Mélien consent au sacrifice de refaire surface, un moment ou deux, pour répondre aux cognements sur la porte. Le garçon lui remet sa carte de crédit qu'il a laissée sur le comptoir. Il grimace de plaisir. Ce serait le comble à ses malheurs déjà insupportables si de mauvais yeux avaient vu la carte avant le concierge. Lui, déjà si terriblement endetté, il le serait monstrueusement, quelqu'un aurait-il décidé d'en faire usage injuste.

Il remercie le garçon des yeux rieurs, voit en lui un sauveur de quelque sorte, lui allonge un pourboire appréciable pour prouver sa gratitude. Et le gardien d'exprimer sa propre gratitude inhumant à pleins poumons le billet neuf qui semble tomber des cieux pour juger de son authenticité, le froisse rageusement pour se rendre compte de sa réalité, souriant de cette largesse récompensant ses deux minutes de marche du bar à la chambre.

Les quelques vingt minutes de station couchée remettent LeJac Mélien un peu en aplomb. Il regarde sa montre, six heures trente presque. Il veut être en ville à huit heures du soir au plus tard pour son dîner et un peu d'amusements de n'importe quoi et dans n'importe quel ordre. Lorsqu'on revient chez soi, tout est au programme, l'imprévu bonheur tout comme le foutu malheur.

Port-au-Prince n'est pas comme avant, la nuit; mais ce n'est pas une bonne excuse pour se priver d'une heure ou deux de réjouissance nocturne à chaque fois qu'on revient. Port-au-prince mal éclairée la nuit vaut presque Québec bien éclairée mais sous la neige. C'est toujours une activité pénible que de balader dans le noir ou marcher sur la neige gelée. Donc, on prend ce qu'on trouve n' importe où pour se permettre le prétexte du beau temps. L'essentiel est de se faire humain assez pour pouvoir équilibrer les exigences, les sentiments et les circonstances. Une satisfaction ou une insatisfaction est souvent la même sans voir les particularités qui sont à sa base. Il y a toute une panoplie de mensonges et de vérités dans tout bien-être ou dans tout ennui.

Il faut pouvoir se conformer aux rigueurs comme un obsédé de survie en Haïti comme au Canada. Instinct de conservation quelqu'un l'appelle. La neige implacable ou l'obscurité épaisse, qu'importe, on tient le coup n'importe où, on s'habitue à toutes les conjonctures contre soi-même, contre sa volonté ou en dehors de ses culpabilités sans consentir la perte de son cœur, de son âme ou de sa résolution d'homme au profit de l'une ou l'autre.

Quand on n'y peut rien, on fait ce qu'on doit faire, on fait de son mieux. On n'attribue à personne ni à soi-même la paternité d'aucun malheur. On fait son bonheur et, dans une certaine mesure, celui des autres à travers le sien. Ce qu'il faut empêcher, c'est l'émiettement de son humanité, la dégénérescence de son âme au point de non-retour et le trépas de ses espérances.

Il frotte rageusement son visage pensant à ce qu'il doit entreprendre pour se donner ce beau temps qu'il se promet toujours comme excuse pour revenir au pays. On doit pouvoir expliquer aux autres son entêtement à vouloir rentrer dans un chez soi injustement ou justement réputé inhospitalier. On sort quand on veut avec la bénédiction des supporteurs ou la malédiction des opposants, mais revenir trouve difficilement des adhérents. Pourquoi revenir, c'est fou, un manque de sens de responsabilité, même quand on a son plan de réussite dans la tête et dans les poches. On ne vous souhaite pas de revenir. Le plus souvent on part en héros et adorable pour revenir miséreux et pitoyable. Le regretté patriote en partance devient plus tard le métèque non-désiré, tout dépend de la donne.

Il s'affale sur le lit une autre fois, se tord comme de douleur, mais mû plutôt par une secousse interne mitigée fait d'un début de plaisir de se sentir chez lui, dans son pays et une piqûre de regret d'avoir été à l'encontre des espérances de sa mère et de revenir sans ce qu'il était allé chercher chez les autres, un diplôme en médecine. Une licence professionnelle qui pourrait lui garantir un sentiment de réciprocité à un pays qui les avait acceptés quand chez eux les avaient rejetés, eux et des millions de leurs semblables, de voir mieux un peuple démuni de tout mais riche de cette bonté proverbiale qui leur a ouvert les bras tout grands comme un éventail de sécurité quand leurs congénères Européens les avaient forcés à foutre le camp; mais il retourne bredouille une nième fois plus pour se réjouir en Haïti et d'Haïti que pour procurer aucune espèce de solennité ou de bien-être, même morale, à Haïti.

C'est, pour lui, comme ayant fait fausse route. Il aimerait bien pouvoir remonter le temps et faire marche arrière ; mais qui peut, on est toujours poussé vers sa fin, jamais le luxe de pouvoir recommencer. La vie est ainsi faite, on doit foutre le camp d'une façon ou d'une autre, en douceur ou avec fracas. C'est peut-être dans cette acception métaphysique que résident toute son importance et toute sa vigueur romantique.

Une piqûre aigue au bas de son cœur lui fait comprendre qu'il ne peut pas attendre jusqu'à huit heures pour donner à ses entités gastriques quelque chose à broyer. Il commande un goûter qui servirait d'apéritif à un dîner plus substantiel plus tard, *kibbies*[11] sur un lit de cresson et de poivrons rouges grillés à la vinaigrette, et une gazeuse pour se débarrasser du fluide qui s'est accumulé dans son couloir digestif par sept longues heures d'abstinence alimentaire.

Il grignote sans appétit les kibbies dans des coups de mandibules indifférents, entrecoupés d'ingurgitations de gazeuse. Il est à l'Auberge du Québec, en Haïti, à Port-au-prince mais son esprit était bien ailleurs. Peut-être qu'il est au Québec ou dans l'un de ces quelques coins du monde où il a déjà traîné ses pénates cherchant quelque chose qui ne réside que dans son cœur. Peut-être qu'il est encore à l'aéroport ricanant encore selon l'humeur du petit garçon à ricaner ou faire ricaner les autres, ou même admirant secrètement le sourire philosophique de la mère devant la gaieté de son petit garçon le forçant à faire allusion à sa propre mère, à sa propre adolescence. Il est aussi loin ou aussi près que son humeur ou sa conscience lui permet d'être.

Il se souvient de Jeannine Cédric, sa petite amie de Port-au-prince qu'il s'est voué à ne jamais épouser, mais qui fait bien l'affaire quand il s'agit de laisser le

---

[11] *Kibby : espèce de croquette ovale faite de blé, farcie la plupart des fois de viande moulue, mais peut être farcie d'autres viandes ou de légumes selon les goûts.*

beau temps rouler à grand renfort de musique, de vins fins et de débats érotiques. Son appétit de plaisir s'augmente toujours en fonction de la disponibilité de la fille à répondre à ses exigences, elle aussi et peut-être plus gourmande d'aventures nocturnes que lui.

Les deux étant des couche-tard impénitents, ils deviennent avec le temps deux complices inconditionnels, l'un ne réclamant de l'autre aucune rigueur morale, ni aucun engagement. Mais le temps a changé, et Jeannine s'était faite de plus en plus exigeante moralement, voulant donner une autre allure à leur amitié décontractée. Ce qui a provoqué chez lui une sorte de relâchement qui ne plaisait pas tout à fait la petite amie.

Il décroche le téléphone et compose le numéro de Jeannine, un homme répond et, avec indifférence, allonge le téléphone à la fille sans exiger une identification de l'homme ni une explication de la part d'elle autour de cette voix masculine à l'autre bout du fil. Celle-ci répond d'une voix enjolivée, plutôt une trainée de langueur, qui annonce que la fêtarde érotique vient à peine de boucler un de ces moments chers à elle.
" Jeanine, c'est moi!»
" Naturellement, c'est toi ! Je reconnais ta voix, mais quoi de toi"?
" Je suis ici..."
" J'en ai l'impression. Où d'autre tu appellerais, si ce n'est d'ici pour ton plaisir "?
" Vais-je te voir "?
" Non... Pas ce soir ou jamais comme avant !» Elle vocifère
" Mais..."Il dit

" Mais quoi ''? Elle demande

" Pourquoi pas ce soir…Tu dis cela comme si toi et moi, c'est révolu''? Il demande.

« Tu as quand même un brin de discernement. Je pensais que tu étais tout fait creux ».

« Qu'est-ce que cela insinue alors? » Il demande.

« Que tu foutes le camp pour de bon et me laisse ma paix ».

« Tu deviens déraisonnable ».

« Toi LeJac Mélien trouve quelqu'un déraisonnable…Tu deviens philosophe par surcroît ».

« Je vais prendre ma guimbarde et venir chez toi ».

" Je te dis de toute façon de ne pas venir… Je ne t'ai pas prévu, et je ne t'attends pas". Elle s'enrage

" Même pas pour notre dîner habituel au Rond-point ou au Belvédère ou quelque part à Pétion Ville"?

" Même pas pour ça et pour rien au monde."

" Mais…»

" N'insiste surtout pas ou viens et fais face aux conséquences de ton caractère têtu". Elle allait raccrocher.

" Mais…" Il grogne

" Mais quoi ''? Hèle Jeannine.

" Je pensais que toi et moi pourrions…" Il marmotte. Et Jeannine sans lui donner le temps de répondre.

" Mettre le branle-bas de notre mariage sur pieds, enfin…Toi et tes âneries…En tout cas, si ça te tient vraiment à cœur, viens et fais-toi casser la gueule par mon copain…Je t'attends avec impatience, mon cher amoureux, futur époux de toujours. »

« De toutes les façons, ce ne sont pas tes menaces qui vont m'empêcher de venir… »

« Oh. Oh.., brave au retour hein ! Viens donc te faire coffrer, mon beau luron. Je ne peux pas attendre t'entendre beugler et appeler au secours".

Il panique sur cette menace évocatrice de douleur, voyant son visage baigné de sang et il raccroche rageur.

" La pute". Il lâche. Mais Jeannine ne peut l'entendre, elle n'est plus là, et elle ne le voudrait grief non plus. Elle n'est pas si attachante elle-même et n'a jamais exigé de l'attachement de LeJac Mélien ou d'aucun homme. Tout ce qu'elle veut est d'un époux pour demain. Autrement, elle voudrait bien naviguer la vie comme on navigue sur une mer belle et calme. Les mauvais moments, la face houleuse de l'existence, elle est avisée qu'ils viendraient; mais, en attendant pourquoi leur donner l'impression qu'elle les attend.

Et s'ils ne viennent jamais; mais elle doute qu'ils ne viennent jamais. On est aussi déçu à cause des malheurs qui ne viennent pas quand on les espérait. Être oublié par le malheur, c'est comme fini de vivre. Elle s'en fout pas mal, qu'ils viennent ou pas. Combien pires seraient d'autres malheurs d'ailleurs? Il ne faut jamais prendre les malheurs trop au sérieux. Ils sont accrocheurs les malheurs, ne lâchent pas prise et aiment être bercés.

Elle aussi, à l'instar de son concubin, a appris à prendre le meilleur et le pire de la vie, n'importe quand et dans n'importe quel ordre qu'ils viennent. Le pire d'abord, le meilleur ensuite ou le meilleur d'abord et le pire en suite, l'un à côté de l'autre, on s'en fout. Qu'importe, que leur importe l'ordre ou le degré de gravité des choses de la vie.

On pleure, on rit, on vit, on crève à tour de rôle, tout le temps, pour toujours, rien d'autre. C'était leur philosophie à eux de la vie. Ils ne se laissent pas dire que c'est à prendre ou à laisser, ils prennent et laissent, laissent ou ne prennent pas, prennent et ne laissent rien. Leur hymne favori à eux deux. " Je vis la vie que j'ai choisie ici ou ailleurs. Tout comme une chanson qu'on chante quand on est ivre, ivre de volupté ou d'alcool".

Pas ce soir-là, Jeannine est prise ailleurs, par un autre, pour d'autres perspectives. Il comprend qu'il ne peut pas insister. Il y a eu un peu d'ultimatum dans le ton de Jeannine. Il n'insiste pas. Il a eu le flair d'un peu de danger couvé sous l'attitude indolente du nouveau concubin. Répondant à l'appel, il sonne comme un coriace engourdi par les soubresauts sortis des spasmes instinctuels propres à Jeanine ou un de ces lambins imprévisibles qui vous enfoncent une chaise dans la tête dans un sourire mielleux.

Une présence d'esprit décèle que le nouveau client peut être l'un de ces hommes à pouvoir, pouvoir magique, de l'argent ou politique. Pourquoi laisser sa peau dans une aventure qu'il n'a jamais d'ailleurs prise au sérieux et qui ne vaut pas plus qu'une autre? Il souhaite retourner au pays pour vivre, pas pour se faire crever de chagrin ou de complications d'aucune sorte. Ainsi, il s'est promis de laisser Jeannine grouiller au rancart là où son indifférence l'aviserait de la laisser remuer pour un moment, pour un bon bout de temps ou pour toujours.

Il se tord une autre fois sur le lit, puis s'allonge sur le dos, déchiffrant le toit comme pour y découvrir le panorama de son existence par le biais de sa lucidité temporaire. Rien n'y est lu. Il y a comme une cloison étanche entre lui et sa conscience. Il se résout à ne pas se laisser torturer par aucune pensée trop déroutante. Il est à Port-au-prince avant tout, à peu de pas de son pays de rêve, son adolescence, quoique la réalité, sa réalité, le laisse penser qu'elle est aussi loin que la Guinée.

Il lui suffirait d'une tournée dans l'ordre du déroulement de son existence aux Cayes, à Jacmel et à Port-au-prince pour se refaire une nouvelle idée de lui-même et opter pour des perspectives un peu plus encourageantes ; mais la volonté de l'homme n'est jamais tout à fait son paradis, puisqu'il y a aussi les autres à mettre le bâton dans ses roues, à se mettre en croix sur la route de son héroïsme, à contrarier sa volonté de contemplation des jours meilleurs. Ils voudront tous être au courant et être rendus compte de sa chevauchée vers le succès ou vers la défaite.

Les autres, Ô pourquoi n'existent-ils que pour rendre la besogne un peu plus difficile chaque fois la tentative réamorcée. Les autres ont rendu, il était une fois, satisfaire sa mère une mission impossible, les autres rendront à coup sûr la tâche auto assignée de sa réinvention morale et spirituelle sans cesse difficile par leurs éternelles questions et l'importunité de leur présence.

Il se relève du lit pour de bon cette fois-ci, tripote son placard à vêtements pour voir ce qu'il a d'approprié à se passer sur le dos. Il ne souhaite pas porter son meilleur puisqu'il n'y a aucune présence féminine en perspective pour meubler sa soirée de sa beauté, photo opportunité, compagnie purement intellectuelle, accointance tout à fait bourgeoise, amitié instinctive pour l'apaisement des ordonnances inférieures.

Port-au-prince, la nuit

Un long bain tiède achève de le revigorer pour de bon. L'atmosphère est un peu humide, l'évidence de sa forte odeur masculine l'avise de se frotter le torse à grand renfort de Cologne. Bien-être a toujours été son arôme favori depuis le temps où sa mère l'en badigeonnait, de la tête aux pieds, pour leurs sorties. Il fait de même et barbouille copieusement ses joints de cette fragrance légère qui monte jusqu'à son nez en émanations bienfaisantes et qui force en lui ou en dehors de lui des réminiscences sagaces.

Quand il finit de se faire un nouveau visage, se mettre légèrement à neuf, il saisit la clé de la voiture, marche de pas pressés comme si le bonheur ou l'idée qu'il se fait de lui attend quelque part. Il marche vie, court presque vers la guimbarde louée et passe la barrière de l'Auberge du Québec en trombe, on dirait se passant l'ultimatum tacite " je vais pour ne jamais revenir". Mais il reviendra tôt ou tard, puisque tôt ou tard il tombera de sommeil et n'aura nulle autre part où aller.

L'Auberge du Québec saura donc comme d'habitude héberger sa soif de se reposer pour se réveiller frais sur un jour nouveau ou sur une clarté meilleure. Jour nouveau ou clarté meilleure, qu'importe, mais le jour meilleur ne s'ouvre pas toujours sur une clarté meilleure ni n'arrive jamais sans son propre cortège de désillusions et/ou malheurs. Il s'est bien habitué à se faire à l'évidence que le jour meilleur ou la clarté meilleure n'est qu'une idée, une volonté aberrante, à espérer tout et à n'espérer rien de quiconque et même de lui-même, parce que soi-même sans les autres n'existe pas et les autres ont tout le temps leurs propres chats à fouetter? Peut-on jurer au succès sans espérance d'un jour meilleur ? Le succès tout comme le jour meilleur est si souvent, trop souvent assujetti au pouvoir et au vouloir des autres à manipuler les circonstances qui conditionnent l'accès à une réussite irréversible.

Par conséquent, philosopher est une précaution qu'il ne juge pas de trop. Peut-être qu'il va danser, il se dit. Ce n'est pas une garantie, puisque Jeannine décline son invitation à le joindre. Mais qui sait? Port-au-prince est dans le noir il est vrai, mais la ville aux grandes chimères éclaboussées offre encore des possibilités qu'on croirait introuvables en ces temps difficiles.

Il pense que Jeannine a toutes les raisons du monde à préférer être avec un autre ce soir-là chez elle, chez cet autre ou n'importe où dans Port-au-prince. Il est un peu trop léger à bien des points de vue à son égard, ne montre aucun signe d'engagement sérieux et ne refait surface que quand il est à Port-au-prince. Jamais de ses nouvelles depuis Québec, pas même une fois pendant des mois, pas même un coup de fil hebdomadaire ou une carte postale mensuelle.

Lui veut vivre en bohême. Elle, elle voudrait rentrer en harmonie avec les principes rigoureux des choses de la vie, mettre un peu d'ordre dans son existence. Jamais trop tard pour bien faire ou se refaire. Donc, peu à peu, leur relation pourrissait jusqu'à la halte brusque et brutale de ce soir.

" C'est fini nous deux, LeJac". Jeannine avait dit un peu péremptoirement une fois auparavant, mais flancha par la suite. Les cajoleries flatteuses de LeJac ont eu bien souvent raison de son inconsistance dans ses refus de se joindre à ses flambées instinctives parfois désordonnées. Ça sonne autrement ce soir et tombe tel un couperet sur le cou de son attente à laisser le beau temps rouler en sa compagnie. C'est sans doute définitif, il pense dans une grimace farcie d'amertume. C'est compréhensif, son regret. C'est que Jeannine est experte dans ce qu'elle fait mieux, prodiguer le plaisir d'amour avec une ferveur toute singulière.

LeJac a dressé la guillotine par son indifférence visqueuse et Jeanine a exécuté la sentence durement, sans différer. Le sursis était dans la patience avec laquelle elle a subi son dictat de macho ça fait déjà 5 ans depuis qu'il l'a rencontrée à Le Florville à Kenscoff. Ils étaient partis à l'aventure à vive allure dès ce premier soir, puis le beau temps a roulé, on dirait sur le dos d'un camion à dix roues pendant cinq longues années. Ce souvenir est délectable, il le prouve dans une salive et un lèchement de lèvres. Jeanine fut juteuse et pas formellement exigeante jusqu'à ce soir. Une femme et ses rêves…c'est insondable.

Maintenant, c'est bien fini avec elle, comme ça, comme c'est commencé. Un coup de foudre fait place à un coup de colère, excepté qu'un coup de foudre serait plus encourageant pour le moment. Les coups de foudre produisent l'amour, l'amour sagace, les coups de colère produisent le reniement et la haine. C'est un peu leur histoire.

Il traverse la cour avec un excès d'empressement, comme un automate et s'engouffre dans la voiture, comme pris de folie soudaine. Est-ce la faim qui tenaille son estomac ou la hâte de se jeter dans les bras de Port-au-prince la nuit après sept mois? C'est son plan de vie actuel. Sept mois de froid au Québec qu'il considère son opportunité de se cacher pour travailler et ne pas vivre, et deux mois à Port-au-Prince pour vivre et ne travailler que par la pensée. Il se considère comme une machine à penser quoique ses pensées refusent d'être productives.

Il investit la rue en trombe, parcourt Bizoton, Fontamara, Martissant on dirait sur un circuit de course d'automobiles. Il emprunte le boulevard Harry Truman avec la vitesse et l'adresse d'un chauffeur de carrière, tout enfiévré qu'il est d'être dans les bras de Port-au-Prince. Malgré les cahotements et ne montrant aucun respect pour les règles les plus élémentaires de la circulation des véhicules, il va à vive allure. Il sait qu'il ne se comporterait pas ainsi à Québec ou ailleurs. Et c'est l'une de ces raisons qu'on doit se faire pour montrer son agrément à la volonté d'arriver au niveau de civilisation requis chez nous en vue de faire de chez nous une nation policée, un état de droit.

Conduire une voiture en Haïti doit égaler conduire une voiture au Québec, cela au moins. Notre culture d'usage des choses et de notre gestion des êtres doit changer une fois pour toutes. Ce n'est pas simplement avoir un chez soi où se retourner pour satisfaire ces instincts culturalistes en prestation phénoménale de l'épigastre et de l'hypogastre. C'est retourner avec la mentalité qu'il faut pour amorcer de se faire un certain niveau de civilité.

Il arrive à hauteur du Rond-Point. Il allait parquer quand une pancarte attire son attention. Carimi est à Le Florville, son coin favori, avec Jolicoeur à l'interlude. Décidément un grand rendez-vous de la musique locale, il se dit et décide de faire le sacrifice de comprimer son vide gastrique et sa soif de bamboche nocturne pour arriver jusque là-haut.

Il reste méditatif un moment tambourinant de ses doigts enfiévrés le volant, ruminant le plus court chemin à prendre. Il décide d'éviter l'autoroute de Delmas. La congestion du côté de Nazon pourrait être une anicroche à sa volonté de manger sous peu et de commencer ses inclinations jouisseuses sans tarder davantage, ce pour se donner l'impression d'une première nuit bien remplie à Port-au-prince.

Il atteint Kenscoff plus tôt que prévu. Le trafic était raisonnable. Le Florville bourdonne. Une orgie de parfums, de fumée et de senteurs alcooliques, mélange des volutes à l'arôme de Black Jack avec les effluves gastronomiques provenant de la cuisine. Il renifle à pleins naseaux cette senteur hybride qui s'engouffre en son âme en circonvolutions étourdissantes. Lorsqu'on éprouve de l'étourdissement, c'est que les vers qu'on porte en soi ont vraiment faim.

L'occurrence lui plaît et le fait sourire. C'est Port-au-Prince malgré elle, malgré nous, en dépit de tout. L'autre raison de retourner de temps en temps est bien ce qu'on vient chercher après des mois d'absence. Il n'y pas que la chaleur tropicale. Il y a aussi et surtout l'ambiance qui règne en agréments au soleil, la profondeur ténébreuse des nuits tropicales, le noir velouté du ciel sur lequel les étoiles adossent leur remarquable brillance argentée, son immensité bleutée le jour chamarrée de beaux nuages blancs, puis l'Assotor qui gronde de jour ou de nuit au loin à l'horizon ou dans son âme.

Il salue de la main certains visages familiers ou pas. Qui s'en fout lorsqu'on a l'impression qu'on est heureux ou qu'on veut l'être? Il se jette reniflant sur le bar avec le flair d'un chien assoiffé, inhalation habituelle, ingurgite une vodka sur glace amincie de l'eau de coco citronnée et comme un automate se glisse parmi les tables et au milieu des gens jusqu'à une table au fond du restaurant en une encoignure où voir son visage prendrait plutôt un Sherlock Holmes.

Une serveuse, qui n'attendait que lui ou n'importe quel autre, arrive en trombe, et LeJac, tremblotant presque de faim, récite comme une leçon apprise par cœur ce qui va être ses forfaits comestibles de ce soir.

" Des croquettes de pommes de terre au lambi séché, bien pimentées, une grande carafe de Burgonde comme apéritif. Puis lambi frais aux champignons, bananes pesées très croustillantes et une très petite portion de riz noir, le '*gratin*'[12] serait préférable".

" Pas de dessert, Monsieur "? Demande la serveuse de sa voix fluette.

" Non, pas de dessert".

" Pas même notre nouveau soufflé de chocolat aux amandes saupoudré de paillettes de noix de coco sur du Barbancourt brûlé".

Suggéra la coquette serveuse de sa voix fluette.

" Pas même ça, Mademoiselle ». Il dit quoiqu'attiré par la suggestion de Rhum brûlé. « Quand je suis chez moi après une absence de près d'un an, je ne prends que ce

---

[12] **Gratin** : le riz croustillant formé au fond de la chaudière á cuisson.

qui est rare chez les autres... Rien qu'une bière prestige avec le mets me conviendrait".

La serveuse sourit et de son profil longiligne, fait lestement des méandres dans le restaurant affairé vers la cuisine. LeJac Mélien sourit, se surprenant à la suivre des yeux, se demandant si jamais elle porte quelque chose à sa bouche, si petite qu'elle est. Il n'a jamais vu de sa mémoire d'homme quelqu'un d'une telle minceur travailler dans un restaurant. La plupart simplement bouffent. Il arrive à la conclusion que rester mince doit être pour celle-là une vocation autrement sacro-sainte.

Vingt minutes plus tard, après avoir siroté cérémonieusement sa Burgonde tiède pour débarrasser l'estomac de tout empêchement à déguster copieusement, il mord dans des croquettes qui grésillent encore de tiédeur et de croustillance sous ses dents. Un autre quart d'heure, le temps pour les croquettes d'entamer le système digestif, le lambi fumant dans une sauce épaisse de champignon aux *calalous*[13] agrémentée de piments d'oiseaux, une petite corbeille de bananes vertes frites croustillantes à point et un ramequin contenant une portion de riz pour enfant est posé au milieu de la table par la serveuse qui lui souhaite bon appétit.

Le souhait quoique jugé de trop, parce que LeJac n'entend qu'avoir bon appétit, était la bienvenue; et les occupants des tables avoisinantes pourraient aisément jurer que Monsieur éprouvait, pour le moins qu'on puisse dire, la faim d'un mets typiquement tropical.

---

[13] **Calalous** : gombos

LeJac Mélien était de ces types à ne pas se laisser intimider par les autres. Sa philosophie : à 32 ans, après avoir traîné ses pénates partout dans le monde, s'être frotté à toutes les sociétés, jouer à pas mal de jeux et brûler à tous les feux, on se soucie peu des regards posés sur soi et des pensées élogieuses, peu flatteuses ou dégradantes à l'égard de soi. On devient vite habitué aux critiques, aux renoncements et aux reniements.

Qu'importe ce qu'on dise de lui à ce stade de sa vie, qu'il soit gourmand ou qu'il soit sobre. Qu'importe vraiment, qu'importe ! Qu'on lui traite d'incongru ou de bienséant, il s'en fout par habitude même aux mensonges quotidiens qui meublent l'existence.

Il a appris de la plus dure des façons que le plus important est de faire son petit bonhomme de chemin en vie plutôt que mort. Il n'y a que soi-même et les autres, pas les autres et soi-même. La latitude à pouvoir se faire une idée de soi-même qui ne gêne nullement personne, c'est ce qui importe. Le reste, tout le reste, ne doit être qu'une simple formalité et des fétus de paille.

Il mord et mastique avec passion pour ne pas dire avec gloutonnerie. À Le Florville, on n'est pas glouton ou gourmand, on a de l'appétit, on est fin gourmet ou on apprécie la cuisine locale. On n'est pas affamé non plus, son estomac crie famine tout simplement. Certaines expressions, c'est l'affaire des petites bourses, et les petites bourses révélées ne viennent simplement pas à Le Florville.

Le repas achevé, il descend un peu trop bruyamment les dernières gorgées de bière, puis écrase un cube de glace pour refroidir sa bouche des morsures impitoyables des condiments indigènes qui s'attachent à sa langue, sa palette et ses lèvres, on dirait des crocs de crabes. À la table contiguë où une famille de trois, les parents et leur demoiselle mangent, les regards embarrassés des parents et les furtifs coups d'œil amusés de la demoiselle se posent sur son profil. Il feint de ne pas les voir.

Il n'est pas mal appris, n'est pas gourmand non plus, il ne serait pas à Le Florville. Monsieur s'amuse, c'est tout. Quoi d'autre pourrait-il être. Là où il est, le prix du plat qu'il consomme, la carafe de vin, son apparence, la suave odeur qui se dégage de sa personne, on dirait le vestibule d'un Hôtel de luxe. On n'est pas à Le Florville par erreur ou ayant fait fausse route. On est de plein gré à Le Florville. Soit qu'on a le fric à ras le bol tout le temps ou assez pour y être pour le moment.

C'est pourquoi certains individus font en sorte qu'ils arrivent jusqu'à Le Florville même en taxi, et *vendent un prêtre pour acheter un bedeau* [14]juste pour se payer l'opportunité d'être là où les succès sociaux, convaincus ou prétendus, se rencontrent, pour voir les étoiles qui brillent sur tous les boulevards du vedettariat artistique, économique ou politique haïtien et occasionnellement certaines célébrités d'outre mer, trinquer avec eux et se frotter vaniteusement ses épaules contre les leurs.

De toute façon, LeJac Mélien se sent heureux d'être à Le Florille, en bonne compagnie, après sept mois de dur labeur et de confrontation directe avec les difficultés climatiques inhérentes au pays Canadien. Qui

---

[14] **vendre un prêtre pour acheter un bedeau** : consentir un sacrifice énorme pour une raison bien déterminée.

dirait le contraire qu'il se donne du beau temps chez lui, au pays de son adolescence?

Droits inaliénables, aspirations légitimes trouvent leurs raisons d'être dans nos passions, et nos passions quand elles sont authentiques et bien fondées, qui peut nous interdire de les laisser se manifester et de les savourer? LeJac   Mélien se croit mériter les ébats naturellement instinctifs et gastronomiques ou ceux-là hautement culturels qu'il voudrait se permettre et pourrait s'offrir.

Après son dîner, il abandonne le restaurant, laissant la jeune fille amusée de sa performance gourmande de plus tôt ronger ses freins à travers ses yeux. Il est convaincu que son incongruité a captivé la donzelle. Ses œillades persistantes en sa direction et surtout ses yeux rieurs à son égard étaient éloquents. S'il pensait qu'il était aimé, il ne serait pas loin d'avoir raison. La donzelle était visiblement captivée par une certaine masculinité grossière qu'elle a cru avoir décelé chez lui. Parfois c'est tout ce qu'il prend, une démonstration d'attitude dépravée, conduite jugée inconduite dans d'autres circonstances, pour attirer l'attention sur soi et obtenir tout pour soi quand on l'espérait le moins.

Vient tout de suite à son esprit l'histoire d'un homme qui a rencontré l'amour de sa vie au sein de comportements équivoques. L'accouchement de toute une suite de propos malsains, le torse nu, et notre bonhomme fut en pays conquis. Sa musculation et son beau visage ayant été vus comme des critères irrésistibles de masculinité ont eu la prédominance sur ses petites vertus, s'il en avait eues, et la demoiselle fut ensorcelée.

Quand on est désiré dans la vie, même ses manquements moraux et spirituels deviennent des qualités irrésistibles, ses jurons disgracieux sont tout de suite des perles sonores et redoublent l'appétit de conquérir sa virilité et sensualité plus que son humanité. Eros alors au temple de Bacchus devient plus gracieux et plus émérite que notre bon Socrate en conversation avec Platon. Aux yeux du monde, nos LeJac Mélien en redingotes, ayant un grand verre de rouge en main et mordillant dans une petite pâtée de foie gras au sein d'une assistance restreinte trillée au volet, sont plus spectaculaires que nos Anténor Firmin ou que nos Jean-Price Mars ou que nos Roland Thadal.

Un dernier clignement en direction de la donzelle qu'il découvre encore perdue en lui le convainc qu'il pourrait aisément avoir un début de connivences avec elle et la conquérir. Il trouverait bien son chemin jusqu'aux portes de son habitat et de son cœur dès le lendemain, s'il le voulait. Succès certain, il s'enfle.

Mais il se ramène à la raison qu'elle est bien trop pucelle pour une mauvaise oie tel que lui, vétéran dans les affaires instinctives, et que ce serait méchant de sa part. Décidément trop virginale la demoiselle pour ce que le jeune géronte de lui veut désormais d'une quelconque relation amoureuse. Il se juge n'avoir pas assez de temps non plus pour un flirt, ni de ressources morales pour aucune relation amoureuse sérieuse.

Tout ce dont il voudrait, ce serait une autre Jeannine ou à peu près. Les filles bien aux hommes de bien ou à ceux qui ont du temps à consacrer à se mettre au diapason avec les menus fretins de l'existence, comme par exemple être gentil ou être sérieux. Sa sphère d'évolution est bien au-delà.

Les pareilles à Jeannine, Port-au-prince ne les manque pas la nuit comme le jour. Le Florville, en ce moment même, serait le repère favorable à la recherche de telles aventures. Mais pas ce soir, il n'a pas assez de temps à convaincre quelqu'un qu'il est l'homme qu'il faut pour la soirée ou jusqu'au prochain aspirant au bonheur maladif et hasardeux que l'amour peut être parfois. Il s'en fout ce soir.

La fille le regarde une autre fois d'un regard en biais pour ne pas mortifier ses parents. Il sourit, elle sourit. Il ne s'en fait pas pour autant. Elle sent trop et de loin ces filles moralement irréprochables qui ne voient le soleil qu'à travers leurs fenêtres et ne laissent leurs maisons qu'accompagnées de leurs parents, excepté pour l'école ou pour l'église. Son besoin sentimental actuel ne requiert rien de ce genre, son expérience passée et ses visées pour l'avenir l'en interdisent. La maturité importe dans son cas, et se révèle être le seul critère à succès possible.

Pour lui, le mal déjà fait à son existence a encore son remède. S'il doit redevenir riche, les circonstances à la base d'une telle éventualité doivent être autrement atténuantes pour s'ouvrir sur une débouchée colossale et irréversible. Les femmes prometteuses en ce sens n'ont pas seize ou dix-huit ans. Elles sont plutôt mûres et épouses des autres, veuves, héritières de richesses énormes, corruptrices et corrompues. Cette pucelle, qui aurait assurément une oreille à donner à ses fourberies à la voix tremblante de novice amouraché auxquelles il pourrait faire appel pour la séduire, n'est bien pas pour lui désormais. Ce serait un autre crime de sa part que d'empêtrer cette fille de bien dans ses filets d'amour puis la laisser tomber.

Il passe au bar après le repas copieux et culturellement apaisant, tout en se promettant de limiter les dégâts dans sa consommation d'alcool ou de n'en pas prendre davantage pour le reste de la soirée. Il commande une autre bière Prestige, deux bières Prestige n'enivreraient pas même un gamin il se dit pour se faire une bonne conscience. Bouteille à la main, il court se blottir dans un coin pensant que la pénombre est tout ce qu'il y a de propice à son humeur hachée.

Il désire tout à fait la posture retirée, s'absenter sur la scène de la vie un moment ou deux. D'ordinaire, il aborde sa tournée en Haïti avec plus de jovialité et d'entraînement, en macho avisé dès le premier soir, mais Jeannine a décliné cette fois-ci l'invitation au choc des titans épicuriens. Ainsi, la circonspection est à l'ordre du jour. Et aussi les complications vénériennes, qui veut d'elles?

Les difficultés, il en a déjà les mains pleines. Mieux vaut une petite vie comme derrière une lucarne qu'une grande vie problématique comme derrière une grande baie vitrée qui s'ouvre sur un océan démonté. Il a déjà parcouru en vitesse vertigineuse le boulevard lumineux, maintenant, il est sur le circuit à demi illuminé, un pas plus loin le mènerait un peu trop loin dans le noir. Mieux vaut ralentir, et peut-être rebrousser chemin que de s'aventurer plus loin dans ces obscurités visqueuses qui attendent toujours les non repentants.

Il est seul et pense avec raison qu'à quelque chose la solitude est bonne. Ça lui donne un peu de temps pour de sérieuses méditations quant à comment s'y prendre pour sauver ce qui peut être encore sauvé de sa destinée détournée. Une mère morte de déception sur sa conscience, une vie à repenser, la sienne, sur les bras. Il lui faut un grand renfort de détermination pour effacer pour de bon les réminiscences douloureuses auxquelles sa légèreté d'antan a fait place.

Il avale une gorgée de son breuvage légèrement alcoolisé et une gorgée de sa grimace compréhensive tombe aussi dans son estomac. Une piqûre de mortification vient toujours avec toute allusion au bonheur de sa part. Il y a toujours au sein de toute allure plus joviale à son existence cette trace d'agonie interne chaque fois qu'il fait rappel à la période de sa vie qu'il vénère le plus : son adolescence. Il a l'impression qu'il y a un abîme entre lui et son passé, et il est plus que déterminé à remettre le pont debout et le traverser vers l'adolescence.

Il pense qu'il y a un angle manqué pour compléter cette recherche de satisfaction, un variable qui se soustrait à toute possibilité de résolution de l'équation de son problème majeur. La complicité même instinctive du sexe opposé fut d'un grand secours pour lui en croisade constante vers une félicité éphémère qui pourrait déboucher sur celle définitive, et le refus catégorique de la part de Jeannine d'être avec lui ce soir constitue une autre brèche qui rend difficile sa volonté non seulement d'être dans le bain, mais de participer convenablement au rituel de l'insouciance spontanée.

Il cherche des yeux la jeune fille de tout à l'heure, pour taquiner un peu ses vertus pucelles, et se surprend de constater qu'elle continue de fouiller de ses yeux flambants de candide curiosité la pénombre de la salle de danse depuis le restaurant pour le voir. Il sourit de cette occurrence bizarre et préfère penser que c'est seulement une simple coïncidence, et qu'une telle fille ne saurait s'intéresser à un vieux rat de bordels, de restaurants, et de pistes de danse du monde tel que lui.

Le Carimi mène la danse de son rythme déchaîné. Le jeune homme à l'orgue est spectaculaire, il pense. Il tripote de ses doigts fébriles le clavier entier de la machine à sons pour provoquer des spasmes musculaires enfiévrés chez l'audience se dégingandant de ce plaisir paroxysmique. On ne peut s'empêcher de s'y mêler même sournoisement en balançant sa tête ou frappant le sol des pieds. C'est contagieux et à peu près tout le monde est atteint de cette épidémie d'effluves de joie.

Puis vient le tour de Jolicœur de baisser un peu le ton de sa voix chaude empreinte d'une masculinité corsée chamarrée d'une suavité qui invite aux rêveries des plus spectaculaires. Il interprète les Jolies Filles de Jacmel, et cette vague de réminiscences qui souvent étreignent son cœur à chacune de ses nombreuses résurgences refont surface et mêlent sa mélancolie aux notes plaintives du piano qui glissent sur sa solitude on dirait une brise fraîche et des droits câlins qui glissent sur une peau embrasée par la volupté amoureuse.

Il se félicite d'avoir obéi à l'impulsion dictée par la vue de l'affiche publicitaire près du Rond Point au bicentenaire qui l'a commandé de choisir Le Florville pour débuter la série de nuits enfiévrées qui sera la récompense comme toujours de sa tournée en Haïti. Il regarde sa montre, minuit et demie.

D'ordinaire, il laisse l'endroit de plaisance nocturne à deux heures du matin. Ce soir-là, il décide de faire exception à la règle auto imposée et de vider les lieux dans une autre demi-heure. Question de gagner une autre heure de sommeil en vue de se mettre physiquement à point pour une journée bien remplie.

Il doit se rendre à Jacmel le jour suivant. Rendez-vous auquel il se fait le devoir de répondre à chacune de ses tournées de plaisance en Haïti. Jacmel, un des hauts lieux de son adolescence, comment ne pas y aller et trahir ainsi ses convictions d'homme. Le jour suivant va être un samedi, et Jacmel le samedi, comment rater une opportunité si propice ? Comment rester sourd à l'appel de ses impulsions, érotiques, gastronomiques ou puritaines, de n'importe quel ordre qu'elles viennent?

Le Congo Plage, Raymond les Bains, Ti Mouillage, Cyvadier, temples de bonheur hebdomadaire pour les épris de Jacmel et de ses contours spectaculaires, lieux de plaisance embrasés de fièvre au rythme des troubadours locaux.

Sur la route du retour vers L'Auberge du Québec, après avoir laissé Le Florville, sa tête s'emplit peu à peu d'anticipations. C'est le prélude à ce que la prochaine journée va offrir de bien-être qui accapare son âme et le chavire déjà dans le précipice mielleux de demain. Son état d'âme accablé de bonheur au sein de ces réminiscences tantôt douloureuses tantôt catalysant lui projette déjà tous les détours de la journée qui s'annonce.

Arrivé à l'hôtel, il s'est fait un devoir de bifurquer par l'administration pour les ordonner de ne pas le déranger pour le petit déjeuner. Il insinue qu'il commanderait quelque chose au réveil au besoin. Il pénètre sa chambre en trombe, se déshabille à la hâte, enlève de sa bouche rendue pâteuse par l'alcool les résidus de la consommation de ce soir, éteint la lumière et se jette au lit avec l'intention de se lever tard pour entamer la Route de l'Amitié, 'aux environs de dix heures', il s'est promis. Question de ne pas tronquer son sommeil et se sentir assez confortable, physiquement tout au moins, pour entamer le jour prochain.

En route vers Jacmel

Le lendemain, LeJac se réveille en sursaut et plutôt tourmenté d'un rêve, un désordre de songe. Tous les gens qu'il a connus, chers à lui ou pas, furent dans ce rêve. Il suffit d'avoir effleuré sa vie - d'une façon ou d'une autre, à un point ou un autre - pour être part de ses rêves. Sa mère, Jeannine, même l'enfant et sa mère qu'il a rencontrés le jour précédent à l'aéroport y étaient, puis la jeune fille du restaurant avait eu le temps de s'arcbouter à ses rêves.

Un songe bienveillant par sa nature mais qui revêtit plutôt l'aspect d'un cauchemar à son âme angoissée. Il ne se promet pas de chercher à se rappeler l'intégrité du rêve ni l'interpréter selon sa fantaisie. Mais il l'a tenu pour confus, quant à lui et se promit de le laisser grouiller au rancart de ses préoccupations majeures.

Néanmoins, il saute du lit, s'inquiète de l'heure, neuf heures un quart. Il se souvient qu'il s'était promis d'investir la Route de l'Amitié vers Jacmel aux environs de 10 heures. Il commande un verre de jus d'orange depuis sa chambre, se décidant à ne rien prendre de lourd, car il entend se gaver de gastronomies indigènes tout le long de la route, comme d'habitude. Empressé de goûter une autre goutte de bonheur, il chavire, avec une vigueur compréhensible, une poignée de vêtements au fond de sa valise

Il laisse l'Auberge du Québec avant l'heure souhaitée. Il refuse d'emprunter la route principale, mais les détours intérieurs pour prévenir tout éventuel retard causé par le trafic réputé lent à certains points de la route de Carrefour. Il court lentement sur la terre battue, sur la voie tortueuse et   constate avec un air de dégoût les dégâts du temps, de la nature et du délaissement de l'Homme sur le milieu Haïtien. " Tout est abandonné à leur sort, aux caprices des éléments". Il soupire devant la magnitude de ce mal fait à l'environnement par ceux-là mêmes qui devraient pourtant s'assurer de sa bonne maintenance, puisque leur survie en dépend.

Négliger chez soi pour aspirer au paradis des autres, que ce paradis convoité soit artificiel ou vrai qu'importe, pourvu que l'on y voie l'endroit idéal pour se la couler douce, nonobstant la misère engendrée avant de détaler, quelle pauvreté intellectuelle ! Enlever ses propres tripes pour se farcir la panse de la paille culturellement inconsistante des éléments importés, quelle indigence spirituelle. Par une logique bancale propre á certains d'entre nous, á la plupart de nous, le champ est beaucoup plus vert chez le voisin ! Apporter chez les autres la verdure assurée par le travail dur d'autrui quand le temps de disgrâce créée par soi est arrivé, quelle mésentente énigmatique entre soi et sa conscience!

Le circuit secondaire emprunté aboutit un petit peu avant le pont de Carrefour. Là, la chaussée - mouillée d'une vieille eau sale qui coule interminablement sans que personne n'arrive à trouver sa provenance, les moyens techniques demeurent encore rudimentaires à ce stade de notre existence - répugne au nez, à la vue et au bon sens. Cette rigole d'eau sale ronge la chaussée comme sa puanteur ronge la santé humaine. Chaque fois qu'il revient d'outre-mer, il constate la mort dans l'âme que le milieu est dégradé un petit peu plus, et il finit par se rendre à l'évidence que l'incapacité de gestion est née plutôt d'une mauvaise foi caractéristique. Manque de conscience est plus lapidaire que manque de science, il constate dans un soupir qui fêlerait le cœur d'un statut de bronze.

Jusqu'où va-t-on dans le sens opposé aux principes qui régissent l'avancement humain ? Jusques à quand la solution définitive à nos problèmes séculaires? Ce refus de bien faire, de faire le bien et de bien faire le bien qui n'a que trop duré, quand finira-t-il ? Il se demande perplexe? Il refuse de se fournir une réponse ou un ultimatum. Rien ne dépend de lui ou d'un seul homme. Ce sentiment de devoir qui devrait nous préoccuper ne préoccupe pas beaucoup de nous.

Quelle catastrophe de quelle magnitude nous fera-t-elle découvrir nos points faibles et nous poussera à comprendre qu'il est temps que les consciences se refassent et se mettent au diapason avec les grandes enjambées de la science moderne ? Pourquoi doit-il prendre un malheur pour nous faire découvrir la nécessité d'une ruée collective, vraie et consistante, vers la recherche du bonheur. Ô ! La recherche du bonheur ! Il se souvient dans un vague sourire que cette prescription fut une foi l'une des garanties immolées de notre loi mère.

Il s'arrête un moment du côté de Mariani, à hauteur de la Mer Frappée. Au bord de la route, il ingurgite d'un trait '*un coco au lait*[15]'. Il gratte sa gorge pendant que les gorgées rafraîchissantes, serpent aqueux,

---

[15] un coco au lait : un jeune coco dont on boit l'eau (le jus) et mange la chair tendre.

déluge rafraichissant, dévalent en trombe le couloir gastrique vers ses boyaux. Avant-goût du bonheur en confection, il pense. Il s'achète un maïs bouilli et un de boucané qu'il grignote en conduisant. Il se résout à jouir des formalités triviales pour la sauvegarde de ses racines culturelles dans la mangeaille ordinaire. Animal culturaliste qu'il est, il souhaite prévenir tout surplus de détérioration des rouages déjà défectueux de son Haïtienneté.

Il s'était rendu à l'évidence qu'en dehors de tout attachement avec Haïti, il n'aurait qu'une peau, qu'un nom, mais pas de visage authentique, donc métèque pour de bon, puisqu'il ne pouvait en rien se réclamer de la Pologne ou de la France, terres de ses ancêtres. Il discerne avec amertume que ne pas pouvoir se réclamer être citoyen de nulle part est pire que bon nombre de maux humains.

Il admet qu'un homme de nulle part est un visage de bois, un homme de partout est un saltimbanque universel, peu importe son degré intellectuel ou son rang de fortune. Un homme doit s'assurer où reposer sa tête, un chez soi continu selon ses vœux au bout de la route. Contrairement à la végétation luxuriante mais éphémère aux bords de la route qu'un feu consumerait en cendres en quelques bonnes minutes, l'homme se doit une demeure consistante à sa fin. Ainsi, LeJac aime se réclamer d'Haïti, non pas par faute de mieux, par amour véritable ; donc, se gaver des réjouissances simples de cette contrée charmante se révèle une activité guérissant saupoudrée d'une couche de génuine fierté.

Il se souvient de sa mère qui a développé en lui ce goût des aventures simplistes et prolétaires, ce penchant naïf pour l'ordinaire, révélateur des filiations humaine, culturelle et folklorique plus que celle matérialiste. Il se rappelle leurs multiples randonnées un peu partout dans les provinces et à Port-au-Prince main dans la main, jouissant de ces privilèges réservés aux âmes simples mais imbues de valeurs intrinsèques palpables et vraies aux êtres et aux choses autour d'eux. Sa mère - tacitement, discrètement, ne s'étant pas contentée de leurs possessions matérielles - a fait, ou du moins a voulu opérer en lui, un travail formidable le transformant, tant soit peu, en un livre ambulant, un exemplaire humain, respectueux et dépositaire de valeurs immortelles. Elle voulait faire de lui un homme riche de vertus sublimes et de capacités intrinsèques, rompu à cette tradition d'indulgence envers les autres qui caractérise les grands hommes de ce bas monde en transition vers l'immortalité.

La Nationale numéro 2, cette route qui les a toujours catapultés- lui et sa mère - dans les bras d'un certain bonheur, vers un bonheur certain, il emprunte ce circuit emprunté tant de fois, dont chaque coin, chaque angle reste collé à son âme et provoque à chaque vue une vague de douces angoisses dans les entrailles. Ces images adorées que même les plus beaux coins du monde n'arrivent à biffer de son imagination, il les a là, plantées devant sa perspicacité rêveuse.

Il n'y a rien au monde à pouvoir l'empêcher de revoir à chaque fois son adolescence et les hauts lieux où cette adolescence prenait ses ébats dans le temps, où elle s'envolait vers les hauteurs sublimes d'où l'on ne redescend jamais par fantaisie tout comme en réalité. Peu importe combien énormes sont les différences entre ici et là-bas, il finit par se rendre compte que ses multiples frottements avec le monde le rendent vieux sans jamais pouvoir le rendre oublieux de son autrefois. Tout chez les autres est somptueusement ou modestement distinct mais jamais supérieur quant à lui.

Parfois, la simplicité est tout ce qu'il faut à quelque chose pour le rendre capable de déclencher ce mécanisme prodigieux dans les esprits et pour faire éprouver des sensations autrement inexplicables et totalement inoubliables. C'est la qualité de l'adolescence qu'il a vécue qui continue à hanter son existence d'homme, non son âge adulte. Il se plaint d'avoir cessé d'être mieux et de se sentir mieux en devenant vieux. Pourquoi est-il si difficile d'éprouver à trente-deux ans ce qu'on a éprouvé à deux ans, à douze ans ou à vingt-deux ans?

N'est-ce pas que grimper les sommets des mornes d'Haïti escaladés à douze ans à même les jambes, et aidé de ses deux mains signifie pour lui autant ou mieux que monter la Tour Eiffel en ascenseur. Les vues de Port-au-Prince depuis les tours de NOTRE-DAME de Port-au-prince aussi spectaculaires que celles de Paris projetées depuis le dôme de NOTRE-DAME de Paris. Une vue de la rade de Port-au-prince depuis Boutillier aussi prodigieuse que celle de la ville de Pise contemplée depuis la Tour de Pise. Le Musee du Panthéon Haïtien autant capable d'inspirer que le Louvre. Les fresques de l'église Sainte Trinité aussi intérieurement tumultueuses que le dôme de Saint-Pierre au Vatican. Le fleuve Artibonite serpentant à travers l'exubérance artibonitienne aussi splendide que la Seine ou le beau Danube Bleu. Nos sommets montagneux dénudés aussi spectaculaires que le Grand Canyon ou le mont Pelé.

Toute valeur intrinsèque est d'abord dans l'Homme avant d'être conférée aux choses. L'Homme doit pouvoir refléter sur les choses ses vertus exemplaires, ses essentialités propres; et les choses sont vues plus grandioses quand visionnées à travers le prisme d'une âme grandiose. Le génie n'est qu'un héritage, il est insufflé sur les choses par les êtres ou sur les êtres par les choses. Le génie n'est vraiment inhérent à quiconque ni aucune civilisation. Le mériter nécessite tant de souffrances et tant de tentatives avortées.

Tiga, notre fameux maître du Saint-Soleil, a transpiré autant que Leonard Da Vinci pour accoucher des chefs-d'œuvre. Préfète Duffaut et Valcin II autant visionnaires que Boticelli et Raphael Sanzio, Ti Paris autant que Georges Brassens. Jacques Roumain autant qu'Ernest Hemingway, Oswald Durand autant que Walt Whitman, Massillon Coicou autant que Federico Garcia Lorca. Le génie n'a qu'une patrie, et elle s'appelle d'un côté, l'imagination humaine et d'un autre côté, l'appréciation humaine. Il se souvient tout de suite qu'il y a une petite chose appelée talent et que certaines personnes l'ont, d'autres ne l'ont pas, et c'est tout ce qui fait la grande différence parmi nous, quels que soient le pays et la civilisation.

LeJac Mélien déguste à chaque pas l'innocence de ce plaisir qui ne demande pas beaucoup pour la fantaisie de sa révélation. Tous ses trajets sont parsemés de cette réjouissance naïve et sans prix dont il extériorise les grâces en exhalaisons de soupirs et ravissements à chaque tournant de route. Un enfant qui traîne un bœuf au bord de la route, une paysanne sur sa bourrique ou avec sur sa tête le fardeau qui contient l'écolage de son enfant. Le bonheur est dans tout; et il ne se vend pas, mais se donne.

Il suffit de l'état d'âme convenable, de l'esprit critique au lieu de l'esprit de critique, de la disposition de cœur propice à de tels épanchements pour jouir les félicités associées à sa disponibilité. Avoir la capacité de voir ou de percevoir le grandiose dans le simple, le riche dans l'humble, le beau dans le laid, le vrai dans le faux, l'absolu dans le relatif, l'essentiel dans l'accessoire, voilà ce qu'il faut à l'Homme parfois pour être heureux et faire le bonheur des autres, mais on est si ancré dans la revendication des opposés que l'on oublie d'ajouter foi à la possibilité des réciproques, et l'on préfère l'hasardeux au régulier.

Il s'arrête *chez Grosse Manman* [16]pour l'inoubliable lambi boucané à l'arôme sucré où la saveur maritime, grossière et presque répugnante, enchante la palette. C'est le pouvoir du culturel d'égarer et de cloîtrer l'âme humaine. On accepte volontiers ce que l'on rejetterait dans d'autres circonstances au nom d'une certaine obéissance aux valeurs culturelles qui habillent tout de couleurs plutôt grandioses.

Ainsi, les crustacées, emprisonnées dans leurs conques qui leur servent de chaudières et de tombeaux avant d'être ultimement massacrées par les mandibules

---

[16] **chez Grosse Manman** :situé entre Mariani et Gressier, un des temples de prédilection des mangeailles indigènes, il est très fréquenté, et les soumis au rituel culturel gastronomique, en route pour le sud ou le sud 'est, s'y arrêtent toujours pour se régaler de friandises du terroir.

humaines, sont prises dans la trappe d'un foyer de bois maintenu à même la grève par les pêcheurs pour l'assouvissement de cette soif de dégustation de friandises indigènes. Les touristes locaux ou étrangers en sont friands, ce qui confère son caractère rituel à ce plaisir sain et simple mais qui côtoie le malsain et le compliqué. Il en ressort que le culturel se fait spirituel et enchante dans tous ses modes de manifestation, incluant le manger et le boire.

Ce festin comestible, cette folie de conquêtes folkloriques, au nom du culturel, continue à être, pour lui, alléchant. Il arrête la voiture à Carrefour du Fort pour une douce Marcos – sans désir de la consommer - qu'il lance sur le siège arrière de la voiture, question d'obéir à un rituel spécifique à beaucoup d'Haïtiens, à pas mal de Jacméliens, donc à lui aussi. Une douce Marcos rappelle bien son appartenance à cette partie du terroir ou qu'on a été de ce côté une fois dans sa vie. Se soustraire à une telle exigence paraîtrait sacrilège et ce voyage serait un autre échec parmi tant d'autres jugés discutables au préalable pour la peccadille d'un rien de négligé.

Investissant la première rampe qui mène vers la Route de l'Amitié, il se souvient avoir lu un poème d'Ernst Delma, un Jacmélien authentique, et sa pensée galvanisée éjacule les vers de l'auteur.

La route vers le bonheur

Sur cette route qui inlassablement tourne,
Qui serpente et sillonne les sommets des mornes
Telle une couleuvre beige sur un lit d'herbe verte;
Sur cette route, j'ai écrit bien des chapitres du livre de ma vie.
Cette route en spirale, fameuse pour ses dangereux détours,
Où chaque détour est une merveille de splendeur, une source de poésie;
Sur cette route où chaque image, chaque scène de nature

Qui s'offre aux yeux est superbement admirable,
Où chaque pan du ciel, découvert à la sortie d'une courbe
Où s'adossent les masses sombres des cimes dénudées,
Est indiciblement bleu, merveilleusement accroché
Dans un coin de l'espace libre,
Où les courses joyeuses des nuages à l'horizon
Offrent aux yeux écarquillés de vraie surprise une peinture de Boticelli,
Ou de Préfète Duffaut ou une barbouillée multicolore de Jika
Sur cette route, j'ai raconté mes aventures au vent.
Cette route qui me donne toujours l'impression d'un éternel retour
Vers un certain bonheur, vers un bonheur certain,
À la recherche d'un temps perdu autre part;
Cette route qui me fait croire de plus en plus
Que rien n'est comme rentrer chez soi;
Sur cette route, des fragments de moi-même
Se sont volatilisés dans les soupirs exhalés au sein de mes contemplations,
Subtilisées par le néant dans les soupirs échappés de mes ravissements,
Tombés dans un gouffre amical à chaque impulsion de bien-être éprouvé.
Cette route qui m'a reconduit en maintes fois vers le paradis du Sud-est,
Éden perdu sans cesse au départ et reconquis chaque fois au retour.
Cette route, la Route de l'Amitié, c'est la route de mon passé,
Ce sera tantôt la route de mon futur.
Cette route qui m'a ramené tant de fois dans les bras de ma mère Jacmel
Pour boire un peu plus, de son sein, du lait bienfaisant,
Cette route qui m'a fait éprouver des sensations inoubliables
Me les fait éprouver encore à son seul souvenir.
La pente raide du côté de chez Makéli où je retourne à chaque fois
Pour jeter un dernier regard avant de perdre de vue la splendide baie,
Le marché de Dékouzé, ses calebasses sucrées, ses grenadines parfumées,
Ses pommes-lianne, ses figues Ti Malice, ses paysans affables;
Cette fontaine située en contre-bas des mornes Karaté
Abreuve-t-elle encore de son eau limpide, croustillante et fraîche?
Cette route que je n'arrive même un moment à enlever de ma mémoire,
La route qui mène vers Jacmel ou vers le bonheur
Semble avoir une philosophie toute cristalline qui abreuve la mienne et qui
me contraint d'aimer.
L'empruntant me comble à priori d'une éblouissante volupté,
Ce sera toujours pour moi comme un sentier de pèlerinage;
La Route de L'amitié, c'est plus qu'une route, c'est un sanctuaire.

Allègrement, ayant pour cette route l'âme de
LeJac Mélien, la voiture avale la rampe avec une rage

toute humaine, dans des vrombissements gais on dirait des grognements de plaisir, des feulements de volupté. Il a hâte de mener son conducteur à destination, dans les bras du bonheur convoité. Le prochain arrêt sera la source d'eau fraîche en contrebas du morne Karaté. Là, il s'abreuve toujours même d'une gorgée. Ensuite, ce sera le marché de Découzé. Griots, bananes pesées et acras de manioc sont donc en perspective.

À chaque arrêt, une spécialité culinaire est invoquée. Le friand de mets indigènes qui a pris ses repas dans les restaurants sophistiqués de l'Europe ne s'embarrasse jamais d'aucun scrupule mal déguisé quand il s'agit de démontrer dans des effusions gastronomiques son attachement à la terre natale.

Quoiqu'il ne puisse prétendre être un disciple de Socrate, il peut néanmoins se réclamer d'une certaine suffisance intellectuelle qui lui interdirait bien de vouloir se faire passer au monde à un titre dérobé, à se dire Européen et descendant de Bourbon quand il n'est que le fils d'un immigrant expatrié, né aux Cayes et ayant eu la vie sauve que grâce à la bonne foi des indigènes du pays d'accueil.

Culturaliste impénitent, il déguste à chaque coin de rue et pense vouloir soutirer à travers ses palettes enchantées l'âme du terroir dans chaque bouffée, dans chaque ingurgitation. Il se souvient d'un poème qu'il a composé dans le temps pour célébrer l'amour du pays natal dans ce qu'il offre de mieux, ses potentiels culinaires. Il récite par cœur.

Fruits et mets du terroir
Qu'il est agréable, qu'il est doux
De se lever le matin et de commencer sa journée
Avec un astringent de **chadèque** [17]au sucre rouge,

Au '*rapadou*'[18] ou au sirop de canne
D'enfoncer sa cuillère au sein de ce délice juteux et entendre crépiter
Les saillies gonflées de jus de ce fruit miraculeux,
Puis absorber ses vertus stimulantes par cuillerée,
Pour exciter l'appétit et ouvrir les nerfs aux voluptés gastronomiques
Dans la perspective d'une journée de victuailles bien remplie.

Qu'il est agréable, qu'il est doux
De lubrifier les parois digestives après un copieux petit déjeuner
De foie de cabri ou hareng fumé en sauce, banane bouillie
Agrémenté de cresson et d'épaisses tranches de tomates et d'avocats
D'une bonne rasade de jus d'orange bien glacé et sucré à point
Préparé par la mère, la femme ou la ménagère
qui gâte sans cesse de son savoir-faire irrésistible et irréprochable.

Qu'il est agréable, qu'il est doux
D'arpenter d'un pas oisif toute la ville jusqu'à l'embouchure ou jusqu'aux
portes de la ville
Guettant l'arrivée de paysannes nous emmenant les **mandarines** dorées du
terroir,
Croquer de dents affamées une tranche d'**abricot** tropical, **un jaune d'œuf,**
une **cirouelle**[19]
Craquer une **quenêpe**[20], fendre une **pomme à noix** ou une **cayemitte**[21] de
ses mandibules impardonnables
Eprouver la volupté d'avaler les graines boursouflées de jus d'une **pomme
lianne,**
Le goût mielleux de **calebasse sucrée**,

---

[17] **Chadèque : pamplemousse**
[18] *Rapadou :* espèce de sucreries faites du gratin solidifié de sirop de
canne enroulée dans de la chaume puis endurci et vendu sous forme
de tablettes rondes pour la consommation, caramel de sirop de
canne.
[19] **Cirouelle :** petits fruits ronds et sucrés, jaunes quand en maturité,
peut-être spécifiques à Haïti, une variété de raisins tropicaux.
[20] **Quenêpe :** petits fruits ronds verts, juteux et charnus à la fois, une
variété de raisins tropicaux.

[21] **Cayemitte :** fruit essentiellement tropical à chair glaisée, au jus
gluant et laiteux

l'aigreur atroce mais ragaillardissant du *zibling*[22], la chair spongieuse d'une
pomme citerne
Ou d'agréer avec le touriste qu'il n'y a rien au monde aussi délicieux
qu'une sapotille tropicale.

Qu'il est agréable, qu'il est doux de faire une escapade oisive de long en
large
Puis d'étancher sa soif et sa faim dans une collation de dix heures
Faite de pain chaud beurré au mamba pimenté ou au beurre Chalonnais
Puis lessiver le tout d'un grand gobelet de jus de **cachiman**, de **corossol**, de
grenadine ou de **papaye** comme pour favoriser sa descente vers le
précipice intestinal

.

Et quant au dîner de quatre heures dont les épices mordent le palais et
chamaillent l'estomac
Quoi de mieux qu'un grand verre de jus de cerise, de **grenadia** ou de
tamarin.

Qu'il est agréable, qu'il est doux de parquer sa voiture la nuit dans un coin
retiré,
Ou dans les alentours peuplés des places publiques, des stades, des night
clubs
Et, d'un signe de main, solliciter l'approche d'un marchand de cannes
épluchées
Aux brouettes diversement achalandées de ces tigelles aux relents fermentés
D'une douceur procuratrice de sommeil et dont la fermentation facilite
l'échappement
Par le haut et par le bas des effluves nuisibles au confort de l'organisme
humain,
De se gaver de leur liquide somnifère puis se rendre chez soi et laisser
l'empire de Morphée solliciter son corps lourd de voluptés fruitées.

Qu'il est agréable et doux d'être chez soi la nuit
sous une tonnelle, un hangar ou une pergola
Cloîtré dans l'intimité sereine de son arrière-cour, vautré dans un fauteuil
douillet
Ou une petite chaise de paille avec pour seul témoin la lune majestueuse
Promenant ses pas dans un ciel serein sous les regards embrasés du boucan
du ciel,

---

[22] *zibling :* fruit tropical terriblement aigre qui, selon la légende peut
même arrêter le cœur humain de leur âcreté.

De s'asseoir devant une corbeille de mangues bien mûres et agréablement
fermentées
Ô délice des délices, mangues **Francisques, Cornes, Rosalie, Madame
Blanc, Doudouce,**
L'odoriférant **Muscat, Biche de Bainet ou TiBlack**
De laisser sa mandibule procurer à sa palette puis à son corps des félicités
inouïes
Puis de sombrer à même son séant, la lune en sentinelle, dans une torpeur
mielleuse
Pendant que des mères à demi sommeillées et les voix graves de fatigue,
de l'autre côté du mur racontent à leur progéniture les aventures de Bouqui
et des histoires de Maître Kalfou, de Maître Minuit et de Baron Samedi.

Qu'il est agréable de se laisser bercer souvent et tout le temps
Par la saveur, la douceur et l'odeur de ces fruits qui enchantent
Qui flattent goût et odorat, fortifient nos muscles, et charment
Comme fascinent nos déesses créoles qui procurent ces sensations,
Émotions fortes comme celles soulevées par la magie
Des nuits tropicales qui font roucouler jusqu'à pleurer de bonheur
Nous jeter dans la futilité confuse des songes, loin des leurres de
l'existence.

Il se sent séduit, transi jusqu'au core toutes les
fois qu'on entame le refrain de " *Haïti chery, pi bèl peyi
pase ou nan pwen.* [23]» Haïti, femme multicolore, noire,
brune, marabout, femme multi-sensuelle aux mille et une
sensualités. Bien qu'il puisse aisément se faire passer
pour un étranger authentique qui n'aurait rien à voir avec
Haïti, il n'a jamais désiré que sa peau, son nom ou même
son âme constitue l'anicroche de division ni trahisse les
raisons de son cœur qui le portent à aimer Haïti comme
on aime une femme de laquelle on se veut inséparable.

Il arrête la voiture pour les inévitables sapotilles,
les calebasses sucrées, les grenadias. Il croque dans la
pelure d'une pomme-lianne et suce le contenu. Il ouvre

---

[23] *Haïti chery, pi bèl leyi pase ou nan pwen* Haiti chérie, il n'y a
pas de plus beau pays que toi

une caïemitte et mord dans sa chair laiteuse qui glue les lèvres de sa substance nutritive. Il demande une cuillère pour tripoter le ventre d'une grenadine. Il avale sans les écraser ses graines succulentes, puis il fend un cachiman en deux, mord dans le fruit et crache les graines après avoir sucé sa chair agréablement crémeuse.

Il pousse un soupir de satisfaction devant chacune de ces retrouvailles. Il allonge un billet à chacune de ces marchandes qui procurent ce sensationnel bien-être gastronomique sans réclamer sa monnaie et démarre la voiture comme un homme fortuné pour avoir collecté quelques bons souvenirs et quelques bonnes parcelles de son adolescence dans ces mets fruiteux.

Un antiquaire n'exprimerait pas mieux sa satisfaction devant des pièces dénichées dans cette recollection de raretés tropicales à prix dérisoire. Il ne fait pas que revisiter Haïti à chaque fois, il grimpe une autre fois, à chaque fois, les différents hauts lieux de son adolescence ; et, perché là- haut, il touche à chaque fois la silhouette vaporeuse de son jouvence, le seul terroir bien-aimé où il vivrait heureux pour toujours.

Puis, au moment d'investir la descente du morne Makéli où la baie de Jacmel est dévoilée dans toute sa netteté fascinante, son âme flotte et descend allègrement sur la Métropole bien-aimée, il croit descendre à allure mesurée vers le bonheur tout comme quand l'avion abaisse graduellement son ventre étincelant sur la rade de Port-au-prince vers le tarmac de l'aéroport Toussaint Louverture. Une agitation de félicité traverse ses entrailles, éblouit son âme et emplit sa bouche d'un liquide âcre. Que c'est drôle comme le bonheur s'exprime! On éprouve jusqu'à l'envie de vomir, se faire voler sa liberté comme on perd son âme sur les lèvres d'une femme quand on est heureux.

Il descend lentement la pente qui domine la plaine de Saint-Antoine. Il revoit l'étalage verdâtre et prétentieux des arbres véritables qui résistent encore à l'assaut du temps et des cataclysmes malgré l'absence de cette rivière impétueuse qui nourrissait leurs racines dans le temps. C'était quand les sommets des mornes et les racines des arbres qui les habitaient étaient une source d'eau pour nos rivières et nos lacs surtout à chaque saison de pluie.

Il ralentit au point mort l'évolution du moteur quand arrivé à hauteur de l'endroit que les anciens natifs de Jacmel appelaient autrefois Premier Pont quand laissant Jacmel et deuxième Pont quand l'atteignant. Il détaille le contre-bas pour remarquer dans un rictus amer et un hoquet de regret l'absence de ce flot aqueux jovial qui déambulait allègrement vers l'embouchure. Son impétuosité qui était annuelle devient seulement occasionnelle et saisonnière selon que la pluie tombe ou ne tombe pas. La pluie est rarement au rendez-vous dorénavant. Et la rivière qui coulait dans le temps, limpide et joyeuse sous le pont, est dorénavant remplacée par un filet d'eau, timide et embarrassé de son insignifiance qui glisse nonchalamment dans un lit trop grand pour contenir son rêve d'atteindre en puissance le Delta Jacmélien.

Au sein de ses rêveries, il se souvient brusquement qu'il s'est procuré un disque d'Adamo qu'il prend toujours avec lui dans ses périples au pays de l'adolescence. Il le place dans l'appareil, puis fredonne avec le chanteur d'une voix grave et rouillée : « Parle-moi de mon enfance, mon vieux ruisseau. Du temps où coulait ma chance au fil de ton eau ». Ses pensées sautent de même sur une chanson du Jazz des Jeunes : « Lè vakans, se lè wa le wè mennaj ou, lè vakans. Se lè nou fè ti renmen, se lè mayi boukannen, ak zaboka, keyi mango tonbe nan dlo, lè vakans »[24]. Il sourit de ces souvenirs qui reviennent comme reviennent les chansons qui les ont vulgarisées.

Tout comme la mode, les chansons et les souvenirs qu'elles provoquent reviennent toujours, mais chez certaines personnes, c'est un sacerdoce, un sentiment délectable que de dénicher à longueur de la vie les chansons d'autrefois et les souvenirs qui y sont attachées. LeJac Mélien est bien l'un de ceux-là. Il pense que tout raconte son histoire et l'histoire de son adolescence : la rivière, les arbres, la mer, les étoiles, les gens, les chants d'oiseaux. Son âme barbouille de plaisir, sa mémoire devient un disque déraillé, son esprit frétille tel un arbuste frêle soumis à la bastonnade d'un brise pétulante de Juin.

Il passe sans arrêt, donc sans encombres administratives, le poste de police du Portail Léogane. Il éprouve un autre pincement de cœur devant ce déclin de la culture administrative Haïtienne. Le fait de n'avoir pas à s'identifier au poste de police remplit son cœur d'une vague d'amertume. L'entrée d'une ville doit être sécurisée par un système d'informations approprié fait

---

[24] Pendant les vacances, c'est quand on va revoir ses amours dans les campagnes avoisinantes. C'est le temps de faire de nouvelles amours, de consommer du maïs boucané (rôti au feu doux) agrémenté de la saveur de l'avocat, cueillir les mangues avec des pierres et sauter dans la rivière pour se rafraîchir.

d'humains et de machines. Ce fut une bonne pratique, pourtant.

Il nous faudrait au contraire remanier les mesures de protection des vies et des biens pour les rendre plus aptes à avoir un meilleur contrôle du chaos causé par l'actuel débordement humain, mais voici qu'on élimine ce qui faisait une toute petite différence dans le passé pour ne pas les remplacer par rien. Partout dans le monde, on améliore l'actuel au moyen du plus adéquat, on refait ; chez nous, on élimine tout simplement, sans excuses. On dirait plutôt un délit contrecarrant au lieu d'un remue-ménage salutaire.

Un samedi après-midi riche en réminiscences

Il arrive à Jacmel, un petit peu plus après une heure. Il a pris son temps avec la route. Il ne voulait pas s'empresser pour aucune des vagues raisons du monde. On ne plane pas sous le ciel de son adolescence en oiseau empressé. On prend son temps pour se redécouvrir. Et LeJac Mélien entreprend cette démarche mû par cette disposition de bohême insouciant qui fait les plus heureux du monde. S'oublier ou oublier pour un moment ou deux. Que c'est magique !

Les plus heureux sont bien ceux-là qui ne laissent aucune saleté de l'existence rendre glauque l'eau limpide des légèretés disponibles? Cette rétrospective bienheureuse qui apporte toujours avec elle un flot de bonheur indicible, pourquoi l'entacher de ces dépouilles indésirables qui rendent la vie moins vivable donc moins propice aux désirs paroxysmiques. L'insouciance est en elle-même une extase et une réjouissance sans prix. C'est pourquoi tout enfant est souverain. Il n'a de compte à rendre à personne. Il hurle quand il a faim ou que les tout-grands lui tapent sur les nerfs, c'est tout.

Pour lui, la perte de son adolescence, c'est les autres. Pas tant chez les autres, mais la réalité vécue chez les autres. Ce n'est pas tant ce qui lui arrive non plus, c'est la réalité d'outre-mer à laquelle il s'efforce vainement de se bouturer et qui se révèle, jour après jour et par rigueur sentimentale, une greffe impossible.

C'est en fait la façon dont il a vécu son adolescence qui reste l'anicroche à son bonheur ailleurs. Ce n'est ni le plaisir d'y vivre, ni la possibilité de faire l'argent pour y vivre qui empêche de vivre intensément ici ou ailleurs, c'est la somme de soi-même qu'on apporte à l'équation qui empêche de la balancer. Les paramètres personnels, quelle misère ils procurent à l'être humain. Il se rend alors compte qu'il ne vit que de l'abondance de son cœur. Et bien vivre pour lui, c'est revivre, même une fois en passant, comme on a vécu dans le temps ; c'est évoluer selon la raison de son cœur.

LeJac Mélien sait qu'il ne peut pas vivre dans le passé, mais il entend revivre son passé. Ainsi, il fouine à travers les rues de Jacmel comme un chat perdu. Il fourre ses yeux dans le visage de chaque être sous prétexte de reconnaître en quelqu'un une vieille connaissance. Il inspecte chaque chose avec une minutie hors paire sous prétexte d'une familiarité qui, en toute apparence, n'existait même pas, puisque la plupart des visages détaillés par lui s'en vont leur bonhomme de chemin, indifférents à sa requête de retrouvailles sentimentales, insoucieux de sa recherche exaltée, insensibles à sa prétention de vielles amitiés retrouvées.

Les choses passées aux peignes fins de son imagination ne répondent pas non plus par le positif à son désir de rétablir la familiarité perdue, de reconstruire le pont effondré entre l'autrefois et l'aujourd'hui. N'est-ce pas qu'un homme doit être la somme de chaque étape de sa vie. N'est-ce pas qu'un homme qui perd son passé, n'est qu'une frimousse dans le présent et n'a certainement pas la garantie d'un avenir soutenu par une fondation solide. En quoi d'ailleurs constituerait cette fondation pour demain quand le passé est totalement effondré?

La génération qu'il a connue, avec laquelle il a évolué, est presque perdue dans le flot impétueux et vorace de la nouvelle réalité Haïtienne. On a tous laissé pour quelque part. Comme une boule de Crystal explosée, les parcelles de nous tous sont éparpillées partout où il y a âme qui vive, sans espoir d'être re-collectées. L'on ne revient que déshumanisé, fou, vieux, à demi-mort, tout à fait mort ou simplement mort.

Les quelques sourires qu'il reçoit en compensation ne découlent que de la politesse proverbiale des gens de Jacmel, pas de l'établissement d'un quelconque lieu commun entre les regards croisés et les sourires larges mais incrédules. À Jacmel, on rend le sourire un peu plus chaud que le sourire reçu. On rit avec ceux qui rient, on pleure avec ceux qui pleurent, et on laisse le beau temps rouler en compagnie de ceux qui en ont la disposition. Et la virtuosité Jacmélienne dans l'art d'être hospitalier et altruiste va jusqu'à pouvoir mettre sur la piste de réjouissance ceux-là dont les cœurs n'y sont pas? Donc, LeJac Melien n'est pas en territoire hostile, et il l'acquiesce dans un sourire.

Il se souvient de tout, mais les visages lui paraissent plutôt des bulletins de bord qui ne racontent rien de sa propre histoire. Les rumeurs de la brise maritime provenant depuis la baie n'offrent à son entendement aucune anecdote concluante de lui. C'est une nécessité impérieuse pour lui de se retremper dans ce bain tiède de la familiarité Jacmélienne. Chaque coin, chaque détour de son ancienne existence doit être parcimonieusement, minutieusement et méticuleusement visitée, inspectée et redécouverte, ce pour pallier à cette carence de témoignages humains qui entrave ses espérances de retrouvailles complètes dans les êtres comme dans les choses.

166

Sur la place Toussaint Louverture, il descend de voiture comme à chaque fois. Il constate heureux, la fièvre dans l'âme que les nouveaux malheurs d'Haïti ont défait un peu, mais n'ont pas totalement écrabouillé cette vue du bas de la ville depuis le coin Sud-ouest. Cette scène ensorcelante faite de toits peints de rouge éparpillés dans un éventail de verdure fait de cocotiers, de palmiers, de sabliers, de manguiers, d'arbres véritables, de cirouelliers, de quenêpiers, de pistachiers marrons, de Mombins[25] etc...Cette vue l'ensorcelle de même qu'elle l'a ensorcelée la première fois quand il était venu avec sa mère pour des raisons purement commerciales bien que ces raisons se fussent transformées plus tard en des motifs de conquête personnelle.

Puis ses regards sautent du bas au sommet de Morne Laporte jusqu'à la Montagne La Voûte pour revivre l'image de cette magnifique description du chantre René Delmas, qui a contemplé avec des yeux purement jacméliens cette " féerie Occitane d'une montagne qui adosse sa sombre masse aux confins d'un ciel rosissant". Botticelli ou Préfète Duffaut n'aurait pas fait mieux avec leurs pinceaux comment la nature et les griffes du temps immortalisent ce pan merveilleux de l'horizon Jacmélien.

Prochain arrêt comme à l'accoutumée, la petite batterie et dans le même ordre que sa mère et lui avaient tourné Jacmel à l'envers la première fois. Il laisse la place, descend aussi doucement que possible la pente du côté de chez Didier Jarbath, croise la ruelle Mathurin et

---

[25] Mombins : Grands arbres, parfois centenaires trouvées a Jacmel et ses environs tout comme dans bien des régions d'Haïti.

Lys jusqu'à hauteur du bureau de la Régie du Tabac et des Allumettes, tourne à droite, puis à gauche s'arrête un moment pour observer que la vieille prison est encore debout, continue au bas de la rampe et s'arrête un moment pour contempler la vieille bâtisse où Georges Palanquet tenait magasin. Il entrevoit comme au tems jadis cet aïeul du commerce Jacmélien, hélant, invectivant, disciplinant son troupeau de travailleurs.

Les réminiscences se font vibrantes dans sa tête; les rappels de l'autrefois, bons et mauvais, se bousculent pêle-mêle mais ne lâchent pas prise. Son estomac bouillonne d'une douce douleur comme quand on va revoir sous peu une femme aimée. Il prend son temps, roulant sur l'allée en béton conduisant jusqu'au portail de l'Ecole des Frères Clément.

Il le revoit comme bondée d'élèves attendant l'ouverture de la barrière pour s'engouffrer dans la grande cour jonchée d'acajous. Il les rétablit dans sa tête s'achetant leurs inévitables '**menthes la colle**'[26] qu'on partage entre amis, une petite dent limitée par le bout du pouce et le milieu de l'index à chacun selon son degré d'amitié ou de familiarité avec qui ou qui. Il se souvint, comme l'indiqua la mère dans son désir d'aider à maintenir ce pont social entre les Jacméliens, qu'il a eu un ami d'adolescence dans chaque couche de la société Jacmélienne, ainsi les coups de dents amicaux dans sa menthe étaient assujettis à des particularités sociales autrement importantes.

---

[26] Menthes la colle' : sucreries en forme de cordons de couleur rose ou blanche, faite de sucre blanc liquéfié agrémenté de menthe, vendue aux abords des écoles primaires à Jacmel

Toujours s'avançant au ralenti jusqu'à la barrière de l'école, il revoit le patriarche Père Madsen de descendance Allemande. Cet épris de Jacmel à l'abondante barbe grise lui apparaît net avec son embonpoint, ses petites lunettes rondes et ses bretelles proverbiales, assis derrière le volant de sa petite Volkswagen couleur ivoire. Les chiens qu'on lâche sur la cour après la rentrée pour la protection de la gent estudiantine. La recréation, les parties de football, les tablettes de noix de coco confectionnées par ces bonnes femmes originaires de La Vallée de Jacmel, tout est passé aux peignes fins de sa mémoire revigorée par tant de souvenirs agréables.

Ô l'adolescence, l'adolescence. L'adolescence n'est pas seulement une période de la vie. C'est aussi et surtout un pays de rêve. Pourquoi n'y a-t-il pas que l'adolescence dans la vie de chaque Homme. Utopie. Il le sait, et il se sait divaguant mentalement. Qu'on l'eût dit fou, il rétorquerait à quoi donc est réduit un homme sans son passé. Et il fournirait de même la réponse, à un automate.

Un homme sans passé est un homme sans avenir, fétu de paille abandonné aux caprices de tous les vents. Quand la fondation est minée, le bâtiment s'écroule et s'en va à vau l'eau, au gré des rigueurs atmosphériques; et pour une analogie humaine, la vie s'en va, rien ne rime à rien, au gré des rêves déchus et souvenirs emportés.

Il arrête la voiture dans la grande cour de l'école jonchée d'acajous qui jettent encore à l'éclatement de leurs fruits non comestibles leurs contenus, insectes volant en pirouettes spiralées s'écrasant mollement sur le sol qu'ils tapissent de leurs multitudes crissant sous les pieds. Il se tient pensif, juste en face du bâtiment qui abritait sa première année à l'école des Frères Clément de Jacmel.

Il revoit encore le regard scrutateur, austère mais veillant et bienveillant du grincheux Georges Lafontant, puis la sévérité de Joseph Pradel, la bonhomie enseignante de Georges Durocher, maîtres d'école proverbiaux, impayables et impeccables. Il obtient la permission du gardien – l'un qu'il n'a pas connu dans le temps, mais qui lui paraît somme toute familier parce qu'ils partagent à eux deux un endroit familier - de promener ses pas nostalgiques sur la cour de l'école en vue de donner libre cours à ses réminiscences lointaines. Cette cour, un des hauts lieux de son adolescence, est encore parsemée de résidus d'un temps qui s'en est allé pour ne jamais revenir.

L'Homme ne replonge jamais véritablement dans le fleuve de son autrefois. Il n'appartient qu'à chaque Homme de recréer les scènes propices à cette replonge à travers le prisme multicolore de son imagination. Le contenu exubérant de son inspiration doit entrer d'emblée en jeu pour polir les contours rugueux en vue d'atténuer les rigidités accumulées sur son parcours. Seulement un retour constant aux sommets privilégiés de l'adolescence donne lieu à une extase si guérissant.

Tout ce qui occupe l'âme de LeJac Mélien, c'est le désir de crier dans cette brise tiède venue depuis le couloir océanique qui caresse son âme à travers sa peau et le jette dans un épanchement à peine expressif, de lancer tels des spasmes de délivrance le glas de son agonie intérieure faite de tristesse, d'une couche de joie camouflée sous une couche de joie beaucoup plus épaisse, un embrouillement persistant fait d'allégresse et de tristesse qui blase son âme murie par la férule impardonnable de trente-deux printemps, trente-deux récoltes de café dit le bon vieux jargon du terroir haïtien du temps qu'on se servait de cet artifice empirique pour compter les années qui passent

Il admire, bouche bée, le panorama familier. Le spectacle sans cesse époustouflant qui s'offrit à son humeur et redouble sa nostalgie toujours renouvelée. Depuis le site historique aménagé là, marquant l'avènement du Venezuela au concert des nations indépendantes, un coup d'œil en contrebas lui ramène le profil de la douane de Jacmel, puis le wharf, verge grise faite de béton et d'acier pénétrant son érection inlassable dans la chair liquide bleutée et ondulée de l'immensité maritime, puis l'arrangement des cocotiers au bord de la grève dont les racines nombreuses à fleur de sable gênent l'empiètement de l'entité océanique sur l'espace résidentielle de la Rue Sainte Anne.

Au loin, le sable Cabaret où la mer se fait toujours un peu plus houleuse ouvre son flanc bleu tourmenté, bordé par une allée interminable de sable gris plomb, oú les vagues énormes et bruyantes s'abattent encore sur le sable dans un bouillonnement agréable à l'oreille tandis que leurs gouttelettes salpêtrées viennent humecter la peau au loin.

Ses yeux affamés de réminiscences voluptueuses continuent sa promenade panoramique. Il éprouve ce qu'un homme éprouve ordinairement à la vue d'une femme aimée. Ses yeux continuent de grimper allègrement et lestement le morne Titi, serpent de terre battue se faufilant sur son ventre poussiéreux et cahoteux entre les arbres et les rochers escarpés jusqu'à la Brésilienne passant par Chez Sampeur. Et dans des prises fragmentées, sa mémoire - appareil photographique impeccable - emmagasine dans des cliquetis inaudibles la beauté sans faille du paysage lointain allant jusqu'à la pointe Baguette où la masse sombre enfonce son extrémité longiforme dans la mer, jouissant de son calme tout bleu dans une finition harmonieuse et spectaculaire comme tombée du chevalet du seul vrai grand maître de la peinture, la Nature elle-même. Aucune imagination humaine n'est capable de la production d'une telle impeccabilité dans l'exécution artistique de cette extravagance impayable, ce tableau, autant vivant que la surface de la mer qui le lessive de son eau perpétuelle, scintille remarquablement.

Il soupire, abandonne sa position dans le but de reconquérir le sommet ultime des ses contemplations intimes. Là où le paroxysme des résurgences sentimentales est atteint à chaque fois qu'il se permet le même enchantement. Il entame la rampe derrière l'édifice principal de l'Etablissement Scolaire, la demeure du Frère Supérieur dans le temps, maître d'Ecole Canadien à l'âme grandiose, représentant authentique de Dieu sur terre, celui-là qu'il a connu qui le punissait pour ses manquements sans faillir de le gratifier d'un sourire éternel farci de bonté pour ses succès scolaires ou sa bonne conduite. L'imposante architecture blanche s'adossant à la verdure menant jusqu'à chez Wolff à proximité du grand Cimetière de la ville était, il était une fois, pour lui un temple de punition et de pardon. Il s'en souvient; et il sourit largement, dans un hoquet de plaisir secret, du caractère hybride de l'enchantement.

Ce plateau de verdure fut une fois le haut lieu des réjouissances sportives de l'Ecole des Frères. Il se le rappelle parfaitement. C'est encore si présent dans sa mémoire, comme si c'était hier. Le vendredi fut un jour béni. À trois heures de l'après-midi, un coup de sifflet annonciateur ordonnait chaque maître de mettre leurs élèves en rang, en discipline, préférait dire le Frère Supérieur, le rang rituel, discipline sacro-sainte, formalité absolue à laquelle passer outre aurait été sacrilège puisqu'on mettait lors l'emphase sur la formation adéquate des âmes pour Dieu et de citoyens dignes pour la patrie. Les petits étaient conduits là-haut sur le terrain béni, repère hebdomadaire des ébats sportifs de l'adolescence pour amortir pour quelques trente bonnes minutes le bourrage de crâne réglementaire du crâne amassé pendant toute une semaine.

Là, on s'adonnait à de multiples jeux sportifs. La course, l'inévitable football étaient les plus demandés au menu, aussi l'observation ou la contemplation était permise, recréation cérébrale pour les adolescents fortunés d'être là, dont lui-même, de faire partie de la catégorie des bienheureux de l'heure. LeJac Mélien se souvient de ses soupirs nés de son ébahissement devant le repos immense bleuté de l'entité océanique s'étalant devant ses yeux écarquillés toute sa limpidité époustouflante, majestueux repos aquatique sans bavure ni souillure.

Ô la splendeur de cette beauté panoramique qu'il ne pouvait décrire par des mots ! Il n'y avait que ses yeux à pouvoir danser avec son âme le tango de ce bonheur intense. Il n'y avait que le bleu infini entre lui et la pointe Baguette. Sa peau surmontée de chair de poule par la frénésie provoquée par le moment et le lieu, cette déclivité vertigineuse terminée en un escarpement abrupt, cette mer livrée à une lutte séculaire corsée avec le flanc de la pente qui limite son expansion, tout fait son bonheur.

Perché là, transi de bonheur, il revoit, dans un plaisir indiscret et composite fait de rire et d'exhalations bruyantes, ce qu'il a vu tant de fois mais qui n'en finit pas de l'attirer. Ces sons qu'il a entendus tant de fois mais qui ne cessent de l'enchanter Ses yeux, ses poumons, ses oreilles, sa peau, enfin tous ses sens et organes deviennent des réceptacles de ce bonheur parfait, de ce qu'il a vu tant de fois dans le temps et qui refuse de le laisser indifférent ou de pâlir dans son imagination.

Il sourit du plaisir intense d'avoir retrouvé ce pan intact quoique vermoulu du mur de son adolescence. Il a saisi en conquistador satisfait ce bout de son adolescence. Il arrive à la conclusion que seul le retour aux différents points de son départ procure à un Homme le bien-être recherché mais jamais retrouvé du sein de ses cheminements vers la destination ultime.

Tout passe, tout se fane, tout est détruit par l'Homme qui est construit par l'Homme. Il n'y a que ce qui n'a pas besoin de l'assistance humaine pour subsister à pouvoir contrecarrer l'outrage du temps ou l'offensive des éléments dévastateurs. Les cataclysmes naturels et les grandes angoisses créées par l'humain n'ont de remèdes que dans la concession des êtres aux sommations des choses.

Une horde de rossignols volent bas sur sa tête et l'enlève de sa manie irrémédiable de philosopher. Il les regarde, amusé, se jeter d'une vitesse folle et insouciante vers la mer. Un déluge d'autres réflexions s'abat sur lui. Il pense qu'il voudrait être comme ces bipèdes ailés, aussi libre dans le vent, aussi insouciant qu'eux, aussi délibérément voltigeant vers quelque part ou vers nulle part, chantant aussi allègrement le refrain de la vie et du bonheur sans fin.

Entités éphémères et sans cesse éternelles, les oiseaux. Sans parenté durable, sans attachements essentiels à quoi que ce soit Ils s'envolent vers l'éther, prennent leurs ébats au sein de l'éther et sont engloutis par l'éther, sans éprouver ni n'exprimer aucun regret. Leur joie est éphémère tout comme leur chagrin est futile.

Un rien les emmène dans la vie, un roucoulement, une union de deux becs et un accouplement d'oiseaux, et un autre rien, un coup de tonnerre, une bourrasque les emporte, pailles volantes pourchassées par le vent vers n'importe quelle destination; mais ils reviennent toujours à la vie, plus nombreux et plus heureux que les hommes et en espèces plus variées, fidèles inconditionnels d'une religion appelée Nature. Les oiseaux, nous avons besoin d'eux pour des raisons enchanteresses ou égocentriques, pour leur chair, pour la beauté ou le confort de leur plumage et pour leurs chants; eux, ils n'ont pas besoin de nous. Nous sommes leur enfer plutôt que leurs bienfaiteurs. Et la nature est pour eux un vacuum de bienfaisance et de malfaisance, un lieu de disponibilité et une tombe.

Là-bas, les petits bateaux de bois, la plupart enjolivés de coquetteries multicolores de toutes sortes à hauteur de la coque sillonnent la mer à longueur de journée, depuis l'aube jusqu'à l'Angélus comme il les a vus vingt ans plus tôt et comme d'autres yeux les verront vingt siècles plus tard. Leurs mariniers, marronniers d'un espoir aussi immense que la mer, promenant leurs chimères sur la surface de l'eau aussi changeante que les heures de la journée, sombre le matin comme leurs illusions, ardente de soleil et argentée comme leur vision de la vie et dorée l'après-midi plutôt saupoudrée d'emails brûlés de ces beaux rêves qui meurent avec l'approche de la nuit. Ravitailleurs têtus, cherchant quotidiennement à récolter du ventre de l'océan ce qu'ils n'ont pas semé à aucun moment de la durée, berçant inlassablement l'aberration infinie qu'ils appellent leur existence, livrant une bataille quotidienne extrêmement risquée contre l'immense entité aqueuse.

Journaliers de l'incertitude, ils laissent en arrière chaque matin le mensonge déloyal de la terre ferme, partent à la recherche de ce qui n'est ni promis ni certifié, arpentant l'infini onduleux avec leurs âmes farcies de chimères pour retourner bredouille ou avec de plus grands rêves dans l'après-midi après avoir tripoté, sans trêve, la journée entière, les entrailles aqueuses de l'océan. Ils n'espèrent rien à l'aller parce que non équipés des instruments de pêche adéquats qui garantiraient quelque chose au retour.

Il fait allusion à lui-même arpentant le monde avec espoir de retourner chez lui avec de quoi remettre sur pied les activités commerciales si chères à sa mère comme à sa mémoire, comme pour chérir un patrimoine

176

familial. Comme ces oiseaux qui volent encore vers nulle part qui soit concrète, pareil à ces trieuses de café et portefaix du bord de mer qui bêchent sans cesse des illusions dissipées l'après-midi et collectées à nouveau la nuit en sommeil tout comme dans leurs nuits de veille qui portent plus de bravoure que de sagesse, au moins la bravoure qu'il faut pour braver d'autres illusions encore plus tenaces. Que c'est dur de vouloir récolter ce qu'on n'a pas semé, d'être tributaire du désir de réussir des autres et/ou de leur appât du gain, d'ambitionner sans avoir les moyens de son ambition.

Lui, il se promet de toujours continuer à livrer bataille tout comme ces braves marins jusqu'à victoire totale pour permettre à sa mère de reposer en paix. Tous les héroïsmes consentis pour la réussite quoique livrés sur d'autres terrains sont à peu près les mêmes. Et ça lui fait penser à cette flagrante précarité à la base de nos sentiments de supériorité.

Qu'est-ce qui justifie nos prétentions dans la vie? Rien, en réalité. Nos victoires et nos échecs sont les mêmes, il n'y a que nos égarements personnels à les habiller différemment. Nous ne sommes nullement intelligents ou dupes, nous ne sommes qu'intelligents et dupes à la fois, à tour de rôle. Question de temps et l'un ou l'autre se révèlera de nous pour nous prouver que celui qui ne se croit pas dupe n'est pas aussi intelligent qu'il le croit.

Pour lui, LeJac, faute du diplôme de médecin que la Mère a espéré, il se promet de faire en sorte que sous peu il se réhabilitera aux yeux des vivants et à la mémoire de ses ancêtres défunts qui ont payé si cher la folie d'autres hommes à vouloir se faire un nom du bec et des ongles. Il réinscrira le nom de famille, Krozinski, sous forme de rétribution, de contribution ou d'acte de contrition, dans les annales du commerce Haïtien. Qu'importe l'endroit, à Jacmel ou quelque part d'autre au pays du soleil, mais Jacmel serait meilleur.

Il éprouve un respect sacro-saint pour son nom d'adoption. LeJac Mélien, par amour pour Jacmel, et pour combler ce chapitre des vœux de sa mère qui a voué une prédilection pour Jacmel sur toutes les villes du monde, mais son nom de naissance Robert Krozinski le tient encore à cœur. C'est ce nom qui l'aidera éventuellement à refaire surface en dépit de l'épaisseur du danger qu'il couve encore au-delà d'un demi-siècle plus tard. Un Krozinski est un Krozinski n'importe où dans le monde, un nom justificatif de bonheur ou de malheur, un alibi de fortune économique ou de misère ethnique, suivant la donne, selon l'époque, suivant la direction de la girouette qui gouverne les humeurs humaines. En vertu de ce relent suspicieux de la saveur Polonaise qui sent et laisse pressentir de loin un Juif errant en lui. Il se croit un atout certain et un revers séculaire dans l'imaginaire ethno-socio-économico-politique universel, à l'instar de tous ses congénères dans le malheur.

Quand il décide de redescendre la pente jusqu'à sa voiture pour le reste de sa vadrouille à travers Jacmel, il est déjà trois heures. Les ébahissements, les réminiscences, les pensées amères et celles douces ont creusé un trou dans son estomac. Il n'a pas faim pour ainsi dire, mais il mordillerait volontiers dans quelque chose de plutôt solide en vue de se refaire une énergie pour le reste de ce périple mentalement exaltant.

Il s'affale sur le siège arrière de la voiture dans la cour de l'école et croque une figue Ti Malice qu'il a acquise depuis le marché de Découzé. Dommage, c'était l'été, il aurait aimé voir les tout-petits dont il était l'un d'eux une fois s'adonner à leurs jeux, là devant ses yeux ébahis, enchanté de rêveries indicibles. Il reste pensif un moment, ressassant où il va reposer sa tête la nuit une fois tombée. C'est ça l'existence humaine aujourd'hui propriétaire et nanti demain sans demeure ni le sou. Néanmoins, il se soulage sur le champ se faisant à l'idée que ce ne sont ni les lieux d'hébergement qui manquent à Jacmel ni l'espoir de redevenir qui ne veut pas décamper.

Après la banane, il mord dans une pomme-liane, puis une sapotille, frénésie gastronomique fruiteuse plus pour apaiser sa faim du terroir, sa soif d'indigénisme. Il fait bouchées doubles de tout comme cherchant à rattraper les délices perdus, à se rassasier des délectations tropicales gaspillées par son absence du pays. Il emplit sa bouche d'une grande gorgée d'eau de la fontaine sur la cour de l'école, grimace de sa tiédeur et de sa saveur rouillée, la secoue dans sa bouche puis envoie écraser sa viscosité sur la terre. Il fouille les coins et recoins de sa mémoire pour se rappeler son prochain arrêt puis redémarre la voiture.

Tout est propice à ses épanchements, tout entre de façon ordonnée dans la logique de son besoin de se refaire une contenance morale par se retremper dans le bain mielleux de son adolescence. Et il entend le faire aussi souvent que possible jusqu'au jour où la nature jugera bon d'enlever son âme de son corps. Si tout marche bien, ce n'est pas pour demain sa fin, il pense se référant à sa jeunesse, à ce flot d'énergies qu'il a encore à laisser s'effriter sur les avenues incertaines. Il y a jusqu'à son maintien physique un peu encore impeccable sur quoi compter, en dépit de ses peccadilles outrancières sur les boulevards de la nonchalance. Dieu seul sait que le sexe opposé est pour beaucoup à voir dans ses déboires de toutes sortes

Tout entre dans l'ordre et dans la logique de cette nécessité de réminiscences propices à ce besoin de se regrouper moralement. D'aliments absorbés aux gens rencontrés et aux endroits revisités, rien n'échappe. Tout tombe par enchantement dans ce schéma de renaissance personnelle à impératifs revivifiant. Il se sent renaître à chaque fois qu'il se retrempe corps et âme dans l'ambiance de son adolescence.

Il redescend, l'âme enjouée, la Petite Batterie. Il contourne la douane, arrête la voiture une autre fois devant le magasin de chez Madsen, bastion du Directeur d'opérations lors Victor Cadet, où les trieuses et les portefaix s'attelaient autrefois à la besogne au nom de l'incontournable pain quotidien à même le glacis chaud. Il y a encore tant soit peu une fin d'activités commerciales, c'est samedi avant tout. Tout est loin d'être à l'image d'un samedi d'autrefois, mais tant bien que mal commerçants et travailleurs, en petit nombre bien entendu, tiennent encore le flambeau.

Accrocheurs impénitents au tronc abîmé d'un temps économique meilleur, aujourd'hui révolu semble-t-il pour de bon, ils espèrent encore vivre, faire vivre ou faire revivre le commerce Jacmélien qui a atteint entre temps presqu'un point mort de ce côté de la ville. Donc, ils doivent lutter puisqu'ils doivent vivre, fidèles aux prescriptions de Victor Hugo, et ils luttent du bec et des ongles pour rendre agissante cette perspective bienveillante quant à la santé économique de la ville. C'est navrant que c'est loin, des milliards de coudées, d'être comme le temps des ancêtres du commerce Jacmélien, noms restés gravés en lettres indélébiles dans les annales des démêlées quotidiennes, dont sa mère jusqu'à un certain point.

Les trieuses, forcément squelettiques, tournant dans un univers commercial également désossé et loufoque, assises à même le glacis encore un peu chaud devant leurs piles de café – s'efforçant de rester debout. La rage de ne pas vouloir mourir pour de bon tient en vie? Elles chantent, zombifiées par la rigidité de leur condition d'existence, têtes baissées sur leur besogne, des refrains qui font monter en LeJac Mélien des sentiments tendres envers la plèbe laborieuse. Hommes, femmes qui rendent la vie quotidienne possible semant leur chair et arrosant de leur réserve de sueur et de leur sang le quotidien pour récolter la merde, l'insipide, la crasse, et ce qui reste du fond de la marmite économique.

Une femme, juste dans sa trentaine à peine, mais à qui l'on donnerait cinquante par flatterie ou par pitié, enchaîne un refrain de Boukman Eksperyans.
" Donnons gloire à Dieu pour ce qu'il fait pour nous, donnons gloire à Dieu pour toutes ses œuvres. *Aibobo, Aibobo[27]*»

---

[27] **Aibobo, Aibobo :** l'équivalent d'alléluia apporté depuis l'Afrique lointaine du temps de l'esclavage dans le vernaculaire culturel haïtien.

Une autre commère qui écoute attentivement, laisse son âme s'épancher des vertus découlant de cette sagesse qui commande sa commère à vouloir donner gloire à Dieu. Mais le refrain non souhaité d'Aibobo la renverse d'un coup, la suffoque et la commande de répliquer.

"Paix-là, toi ! Pourquoi faut-il toujours commencer bien pour finir mal ? Est-ce un défaut qui nous appartient, nous trieuses de café de l'enfer. C'est une belle chanson que tu chantes-là, chère commère à moi, donnant gloire à Dieu. Tu as bien commencé, en vérité ; mais, tout d'un coup tu gâtes et mon sang et le ton de la chanson avec ton Aïbobo". Elle dit dans une pointe de mépris.

« Mais ce sont les mots authentiques de la chanson. On ne peut pas aimer une chanson sans ses mots » tempête la commère.

« Je ne parle pas de la chanson mais ce qu'elle invoque, ma commère ». Répond la commère reprochant.

« À ce que je sais, la chanson évoque la grandeur de Dieu et je dois la chanter dans son intégralité pour respecter l'intégrité de son invocation ».

Une autre commère trieuse cesse son boulot un moment, jette à l'autre un regard en biais qui traduit tout son dégoût de son interprétation du refrain entonné par l'autre.

" Quelle est ta religion, toi "? Elle demande se mettant debout, agacée, ses mains sur ses reins, son chapeau penchant d'un côté.

" Je suis protestante. Je vais à l'église Eben-Ezer". Elle confie un peu emphatiquement.

" C'est ça ! Tu es protestante".

" Normalement, je suis protestante".

" Mais tu es Haïtienne, n'est-ce pas ?...Tu sais que les haïtiens parlent créole pas vrai"?

" Naturellement je sais. Tu dois être en train de perdre la tête me demandant si je parle créole pendant que je te parle chaque jour en créole ici-même". Puis elle se retourne, hausse la tête un peu, tient le rebord de son grand chapeau large qu'on dirait un parapluie de paille, pour s'adresser à une autre commère trieuse à quelques pas.

" En quelle langue je te parle chaque jour ici, ma commère Francide le créole n'est-ce pas, "? Puis un mouvement circulaire rapide, vers une autre

" Attends, commère Elvina, sois mon témoin pour l'amour de Dieu ? Quelle langue je parle ici chaque jour, le créole n'est-ce pas ?".

" Quelle autre langue, tu connais ma commère a moi. Hé. Hé ...La prétentieuse, quelle langue je parle ici. Donne-moi la paix de ma tête, mes bonnes commères. Laissez-moi faire cette petite pénitence et rentrer chez moi en paix, s'il vous plaît". Elle rit de toute la force ou de la faiblesse de son être. Elle pose la main sur sa poitrine pour éviter une crise de toux

" Peut-être qu'elle en sait une demie douzaine" une autre jacasse. "Hé, hé...il y a beaucoup à dire dans cet enfer de nous-mêmes, par nous-mêmes et pour nous-mêmes, mais pas assez de bouches ni assez de temps pour les dire... Et dire que même son créole n'est pas correct". Elles explosent de rire ensemble.

" Réponds donc commère, quelle langue je parle toujours dans cette petite démêlée de bord de mer ? Le créole, n'est-ce pas"?

" Oui, c'est ce que je dirais. Comme on est chrétien, on ne doit pas mentir".

" Et pourquoi est-ce que tu me demandes si je parle le créole "?

" Et moi, je te demande est-ce que tu sais que nous sommes des petits-enfants de l'Afrique et que le créole a des mots Africains aussi? Réponds-moi.»

" Parle-moi de ça commère "Dit une autre sans la laisser répondre, poussant du feu. " Tu es une négresse avec sa langue toute bandée. Dis-lui ta façon de penser. Certaines commères d'ici pensent que Dieu n'est pas le même partout, et que le même Dieu n'est pas pour nous tous."

" C'est pas vrai. Dieu est le même partout et est pour nous tous...Mais ce n'est pas ce que je suis en train de discuter maintenant..."

" Moi-même j'ai été à l'école particulière chez Guéma Thebaud quand j'étais petite. Il nous a expliqué de très bonnes choses. Il nous a dit que certains mots que nous utilisons viennent tout droit de l'Afrique avec les esclaves...Et concernant ce mot d'Aïbobo, c'est la même chose qu'Alléluia, excepté que l'un est Latin, l'autre est Africain."

" C'est vrai, et les deux veulent dire la même chose. Nous donnons gloire à Dieu avec l'un tout comme avec l'autre. L'Aïbobo ne fait pas de nous des diables tout comme l'Alléluia ne veut pas dire que quelqu'un d'autre est un meilleur enfant du bon Dieu. Il n'y a que ce qui est dans nos cœurs qui fait une différence. C'est seulement une question de préférence entre la langue à nous-autres et la langue des autres» Renchérit une autre commère.

" Parlez-moi de ça, ma commère à moi, ce n'est jamais un mot qui va nous faire perdre ou gagner le ciel, c'est plutôt ce que nous disons aux autres et des autres avec les mots que nous savons. C'est ce que nous faisons aux autres, nos affronts qui font gémir avec ou sans les mots. La Bible dit qu'il ne faut pas faire aucune méchanceté à son prochain, et qu'il nous faut nous aimer les uns les autres".

La discussion va s'enchaînant et fait le tour du glacis. Une effervescence verbale prend place. Le commis s'en rend compte, laisse sa chaise où il s'assoit à longueur de journée telle un sentinelle du haut d'une tour, supervisant la troupe au travail.

" Regardez bien mes bonnes commères. On n'est pas payé ici pour faire des discussions. Faîtes votre travail ou allez chez vous et ne revenez pas lundi. Il y a beaucoup de personnes qui veulent travailler sans parler dans ce pays".

" Mais il faut bavarder entre nous, commis, sinon on crèverait de mauvaises réflexions."

" Moi, je dis que non, ou je vous rapporte au comptable pour qu'on vous enlève quelques gourdes sur la paie de la journée... Le travail, c'est le travail". Il toussote et grimace.

À ce mot, le commis coupe court à ses remontrances. Travailler sans toucher serait un autre problème encore plus grave que préférer l'Alléluia à l'Aïbobo ou l'Aïbobo à l'Alléluia.

" D'accord, je vais rester la bouche bée, commis; mais, une explication est une explication, je devais faire comprendre à ma bonne commère que Dieu accepte aussi l'Aïbobo dans son programme tout comme son

Alléluia, aussi longtemps que nous ne faisons de tort à personne. Dieu est bon et grand, mais il me semble que ma commère veut réclamer sa bonté et sa grandeur pour elle toute seule dans une guerre de mots...Dis donc ton Alléluia, laisse-moi dire mon Aïbobo, et Dieu va nous bénir pour nos bons actes ou nous punir pour les mauvais...Aussi longtemps que nous ne péchons pas contre lui et que nous ne faisons de mal à nos semblables, il viendra nous chercher tous un jour. C'est le mal que nous faisons l'un à l'autre qu'il punit durement, le bon Dieu. Notre Dieu, mon Dieu n'est pas un taureau grondant. Son cœur est dans ses mains, et il connaît nos tourments".

" C'est vrai commère...Taisons-nous pour le moment comme l'a ordonné le commis. Sinon nous allons perdre cette petite démêlée, et il nous prendra bon coup d'Alléluia ou d'Aïbobo pour en trouver un autre en ces temps difficiles où le travail n'existe presque pas...."

" Oui, mais...."

" Je te dis de te taire..." Accentue le commis, puis elle se tait la commère.

LeJac Mélien écoute amusé à la conversation et secrètement n'appuie pas l'intervention un peu à cheval du commis. Mais que peut-il faire, c'est vrai le travail avant tout. Les approches culturelles peuvent toujours attendre et ne paient pas le loyer. Aussi, qui mange jamais son Alléluia ou son Aïbobo ? Personne ! L'on prie Dieu, puis l'on fait de son mieux. Prier Dieu sans faire de son mieux, c'est comme laver ses mains et les essuyer par terre.

Il reste pensif, pour de bonnes raisons. Ces personnes-là trieuses et portefaix, enfants d'un dieu amoindri et humilié, victimes de toutes les barbaries à l'Haïtienne, tout comme ses ancêtres étaient victimes des barbaries à l'Européenne, il était une fois. Qu'il s'identifie bien à eux, mais il préfère le garder pour lui-même. Se rapprocher des plus humbles se révèle suspect parfois. Être taxé de sympathisant à la plèbe ou communiste dans d'autre temps n'est jamais trop loin et emmène toujours très loin au sein du malheur.

Il s'arrête sous l'amandier dont les fruits prolifiques jonchent le sol. Il ramasse une amande à peine tombée sur le glacis chaud, court vers sa voiture et la lave de l'eau de sa bouteille. Il la mord. Il sourit, pensant que les fruits du vieil amandier sont encore aussi juteux et aussi sucrés qu'au temps de son adolescence.

Il se revoit sur sa bicyclette à quatre, trois roues d'abord, puis sur celle à deux roues faisant des tours infinis du glacis tiède le dimanche après-midi sous les yeux concernés de sa mère. Il se souvient qu'il était tombé une fois de sa bicyclette, sa mère pleurait à fendre l'âme et qu'une femme de pêcheur a cautérisé sa blessure moyennant deux gouttes de jus de citron et une concoction de gingembre mâchée à même sa bouche.

Cette réminiscence l'attendrit davantage sur leur sort, solidaires même au plus profond de leur misère. N'est-ce pas eux les faiseurs du quotidien chez nous ? Et qu'ils ne se lèvent pas du lit, morts ou malades, et la marche de la vie ralentit considérablement, proportionnel à leur volonté de trimer dur pour survivre.

Il contourne la douane, s'arrête à cette fontaine en acier placée là pour abreuver les passants et travailleurs fatigués, là où lui et ses amis savaient apaiser leur soif quand ils vagabondaient dans les parages après l'école. Il déambule les mains dans les poches jusqu'à hauteur du restaurant Congo Plage. Il y pénètre. Il s'arrête au bar, commande une gazeuse comme il savait si bien le faire au temps où le Congo Plage, haut lieu de réjouissances, vénéré par tout Jacmélien, jeune ou vieux à n'importe quelle saison de l'année, savait être l'endroit où se trouver pour réellement s'épancher et étancher sa soif d'allégresse et d'amour.

C'était le temps où la plage et ses environs étaient toute la sainte journée pour Jacméliens et visiteurs ce que la place Toussaint Louverture allait être pendant l'après-midi et une bonne partie de la soirée. Assis sur un tabouret, il sirote son breuvage cérémonieusement, en conquérant désœuvré, prend son temps, n'est pas pressé. Tout comme la mer, il ne va nulle part.

Le malheur établit son éternité et son royaume sur la vie. Pourquoi l'humain ne doit-il pas donner au bonheur où à son semblant de bons quarts d'heure de temps en temps pour siroter son vin ou son eau sucrée, comme une revanche sourde sur l'acuité du quotidien après nous avoir fait siroter son fiel dans une lenteur perverse ?

Il sortit sur la plage par la grande barrière grillagée de l'arrière qui donne sur la mer ventilant les gens et froissant arbres et plantes de sa bourrasque généreuse. Il laisse la ventilation marine, saturée de son salpêtre guérissant, souffleter son visage. L'air frais joue dans sa chemise de soie et caresse bienveillamment sa peau. Il laisse faire la brise dont le flot enlève sa chemise de son pantalon. Les doigts virtuoses de demoiselle zéphyr glissent sur sa peau tiède, jouent du piano sur ses côtes surmontées de chair de poule. Il frétille comme un arbrisseau soumis à la raclée d'une pluie de Mai.

L'épanchement est trop savoureux pour ne pas le laisser durer un moment ou deux. C'est comme les doigts experts de cette femme aimée qu'il n'a jamais rencontrée qui caresse son visage puis sa nuque. Expertise dont même Jeannine - qui, dans ses meilleurs jours et au faîte de sa virtuosité dans les affaires sensuelles, arrache les dents de la tête de sa provision de tendresse - ne peut en prétendre.

Il respire profondément, puis se sent soulagé et libéré. Soulagé de qui et de quoi, libéré de qui et de quoi ? De n'importe quoi ou de rien. Il s'en fout. Peu importe. Il s'approche d'un marchand qui coupe les cocos à des clients étrangers. Il en commande un. Il savoure de tout et de rien, des comestibles locaux comme la vue des êtres et des choses. Il se ravitaille de bien-être.

Quand on revient, on est inexplicablement gourmand des trivialités gastronomiques qu'on dégustait ou qu'on ne dégustait pas avant. On redécouvre toujours certaines choses, et l'on s'initie aussi bien à d'autres. On veut tout jusqu'à satiété. L'exigence est toujours aiguisée au retour, puisque rattraper le temps perdu atteint toujours une ampleur particulière, et ce qui est nouveau a sans cesse une saveur exemplaire et procure une volupté sans pareille.

Ses yeux s'arrêtent à chaque tournant de rue, sur le visage de chaque personne rencontrée. Il voudrait pouvoir dire bonjour à tout le monde et sourit avec chaque profil humain jusqu'à devenir niais de civilité, mais il ne retient l'attention de personne. Tout ce qu'on voit en lui, c'est qu'il est un autre visiteur baladant, insouciant. Mais au fond de lui-même, il sait bien que l'étiquette 'insouciant' ne lui irait pas.

La résidence trop prolongée chez les autres efface bien sur la silhouette du natif les accents autochtones, mais au fond l'originaire demeure. Il marche en homme non pressé jusqu'à l'embouchure, là où la rivière de Jacmel, se jette dans la gorge gourmande de la mer des Caraïbes toujours assoiffée de son eau douce qu'elle avale à longueur de la vie depuis des siècles. L'embouchure de Jacmel offre toute sa nudité aérée, ses angles parfaitement dégagés, ses bordures qu'on dirait sans limites à ses appréciations de baladin-illusionniste s'épanchant des rêveries cherchées et trouvées.

Il promène ses regards circulaires jusque du côté de Bassin Caïman, là où les jeunes Jacméliens, adolescents et jeunes adultes, allaient se plonger dans le temps et se gaver d'eau sale du matin au soir tout le long des vacances d'été. Il ne goûtait pas, proprement dit, de ces délices, pour ne pas avoir été de cette génération, mais il en a entendu parler. Il n'était pas non plus de cette catégorie d'adolescents à jouir pleinement de l'adolescence comme beaucoup d'autres en avaient le loisir.

Lui, évoluait dans un univers plutôt quadrillé, prisonnier de sa mère, de l'aisance financière de la famille, virtuellement incarcéré par sa classe sociale. Il était surveillé de trop près pour se réclamer d'avoir eu cette opportunité de galvauder vraiment dans le voisinage, dans les plaines ou sur les champs de jeu propices aux ébats formateurs d'homme. Il aurait aimé avoir été rompu à une certaine tradition de petit ambulant romantique. Sa position de fils unique et d'appartenance à cette poignée de gens économiquement en sécurité lui a coûté bien de moments de douces rêveries propres à faire fleurir l'adolescence et laisser des empreintes indélébiles sur la personnalité de l'homme de demain.

La formation de son caractère était laissée plutôt au hasard de la fortune et des principes trop rigoureux pour vraiment influencer l'âme humaine au gré de cet arrangement caractériel qui garantit cette ferme constitution physique, morale et spirituelle dont un homme a besoin. Les délaissements parentaux, les laisser-aller circonstanciels ou médités, forment l'homme là où les prédispositions tolérantes familiales le ramollissent. Tout comme la pureté intrinsèque de l'or le rend inconsistant tandis qu'un peu de résidus et de souillure lui procurent l'endurcissement désiré, l'enfant doit être solidifié dans le moule à altérations de la vie. Il faut ce pourcentage de gangue salutaire, cette portion de grossièretés qui rend robuste pour pouvoir affronter le jeu brutal de la vie.

Quand on est né dans une famille économiquement aisée, socialement triée, mise à l'écart, on en hérite une âme un peu sèche. On monte l'avion tôt dans sa vie, on est initié tôt à certaines choses dont certaines personnes ne sauront jamais leur existence. On touche au caviar dès le berceau, jamais un morceau de pain sans fromage ou un bol de soupe sans épices, mais les simples plaisirs qui forment l'être total manquent. Tout enfant trop choyé est comme du bois mal travaillé, un objet difforme s'en sort. D'un garçon trop dorloté sort un lambin. Une société qui gâte ses fils et filles, les élève en agneaux et princes, sans ce niveau de dureté qui ne fait pas de quartier, ne grossit que des serpents et des bouffons.

L'enfant élevé dans une atmosphère essentiellement cossue et selon les principes sociaux trop austères devient les mets qu'il a mangés, mou et inconsistant, les livres qu'il a lus, ceux-là qui racontent des histoires de rois joufflus, de princes charmants, de belles au bois dormant, et les individus qu'ils ont connus, prétentieux, vaniteux, et - assis au sommet d'une montagne de privilèges - traite le monde avec une suffisance déshumanisante. Il faut quelques rayons de souillure, un peu de poussière pour enlever le caractère fragile qui rend maladif, tousseux, intellectuellement simpliste et aveugle, spirituellement indigent, physiquement gringalet donc caractériellement morbide. Il faut répandre des émailles d'acier sous la soie de l'adolescence pour fortifier les contours de l'homme qui va faire face aux péripéties de l'existence sous peine de laisser au monde un mou propre à être transgressé et piétiné par les autres. Le monde n'a jamais manqué de médiocres, donc a un médiocre, il faut avoir un autre médiocre sous la main pour établir et maintenir la balance.

LeJac Mélien pense qu'il a été un peu trop câliné, vénéré par sa mère, adulé par tout le monde parce qu'il a eu la chance mais l'insigne malchance d'avoir été né avec la peau qu'il faut, le visage qu'il faut, le nom qu'il faut et l'entourage qu'il faut dans la société qu'il faut pour que des attributs de ce genre aient une résonance autrement fantastique tout de suite mais catastrophique par la suite.

Un peu de laisser-aller, saupoudré de duretés véritables de temps à autre durant son jeune âge aurait assurément fait une différence. Peut-être que la mère serait morte dans un sourire au lieu de cette mine renfrognée qui fixait le plafond depuis le cercueil. Une série de réflexions juxtaposées revient à la mémoire mettant aux prises les vœux d'hier de sa mère et sa propre réalité d'aujourd'hui.

Il grimace pensant que sa mère n'est pas rentrée contente dans l'éternité, riche infortunée. Elle a traîné sa misère partout, le sourire sur les lèvres, une valise bourrée d'argent sous les bras et trimbalait à ses côtés un petit garçon aux joues roses et cheveux pommadés, cajolé par elle et adulé par le reste du monde.

Résultat, il est sorti édulcoré et un peu empêtré dans ses élans mondains dans un premier temps. C'est souvent comme ca quand on est adulé enfant, on hérite une allure gauche et bête. Plus tard, trop tard, sous l'instigation de faux amis, conséquemment pas toujours bien pensants l'on devient arrogant quand on se croit fier, prisonnier de ses habitudes équivoques et de celles des accointances profiteuses quand on se croit libérés, participant à et fournisseur de la jouissance de la vie des autres quand on se croit fournisseur et jouisseur de sa propre vie

Elle n'était pas morte dans un sourire comme elle se le promettait toujours. Ce n'était pas l'argent qui manquait, mais l'humeur propice à sa jouissance a pris belle lurette la poudre d'escampette. Elle a perdu goût à la vie et tout engouement pour des distractions légitimes depuis qu'elle a assisté, sans même avoir eu la chance apaisante de fendre sa tête pour hurler devant ce malheur, la scène fatidique de son feu mari mourant dans son sang, son estomac rageusement troué par une bonne demi-douzaine de cartouches.

LeJac Mélien savait écouter ses amis d'adolescence raconter leurs ébats enfantins, les écoutait attentivement pour pouvoir rêver de ses propres rêves d'enfant. Il les écoutait narrer les épisodes sans pouvoir partager son propre épisode de ces gracieusetés enfantines rendues possibles par un certain degré de libertinage. À Jacmel, il a vu des adolescents de son âge courir dans les rues quand il devait seulement monter sa bicyclette sur le glacis du magasin Madsen en fin d'après midi sous la supervision empressée de Madame sa mère.

Il a vu d'autres enfants moins fortunés, mais pourtant riches de ces simples plaisirs à bon marché, faire des sauts de mouton sur le sable mouillé ou balader allègrement, insouciants dans les vagues mourantes sur la grève comme si le malheur n'existait pas, faisant échec à la ténacité macabre de toutes les privations imaginables auxquels des enfants de leur catégorie peuvent être soumises. Lui ne pouvait simplement pas, Maman tenait à maintenir une certaine rigueur morale qui étouffait l'homme dans la peau de l'enfant adulé, empêchant son émancipation complète. Le résultat est qu'il n'avait jamais atteint une maturité coulée au moule des expériences mauvaises mais requises. Il n'avait jamais fait l'expérience de cette philosophie qui veut que le caractère d'un homme se fait au sein de la douceur saupoudrée de douleur ou de douleur saupoudrée de douceur.

Le fils de Madame ne pouvait se permettre de galvauder ainsi sa réputation sociale courant comme ces petits cabris égarés sur la grève, quel crime abominable ce serait pour la santé morale de la famille. Et les gens de la même catégorie qui regarderait, quelle excuse les fournir ? L'enfant voudrait bien, mais la mère tenait à ne pas aller ou laisser son fils aller trop à contre-courant des principes du contrat social tel appliqué dans les sociétés provinciales. Les cliques conventionnelles étaient trop restreintes, à l'intuition morale trop étriquée donc elles se font toujours impardonnables quant aux manquements désapprouvés.

Ainsi sa présence dans cette ambiance qu'il n'a pas tout à fait connue possède deux volets et a une double connotation psychologique, découvrir et redécouvrir ; et il fait bouchées doubles de toute opportunité qui lui est donnée de contempler le connu et l'inconnu. Il est en train de reconquérir un paradis qu'il n'a jamais eu, mais qu'il a perdu. Comment peut-on un jour perdre ce qu'on n'a jamais eu.

Il n'a même pas partagé de manière vraiment fougueuse cette expérience farfelue dont il se réclame, cette atmosphère spectaculaire qui lui faisait défaut toute son adolescence, comment éprouver maintenant quoi que ce soit de vraiment sensationnel en son sein ? Parfois, on n'a qu'à écouter l'impression des autres pour éprouver ce qu'on n'a jamais vécu, pour se faire une émotion, vaporeuse bien entendu, mais sans cesse formative quant aux choses de la vie.

À l'embouchure, juste à l'endroit où la grande rivière de Jacmel concède sa belle eau, tumultueuse et cristalline, à la gorge salée de l'océan, il voit ces bonnes dizaines de silhouettes féminines, drapées dans leur appareillage de circonstance consistant en un tablier fait de quartier de vieux sacs de sucre ou de farine. Elles jonchent le passage dangereux de la grande gorge ou l'eau douce pénètre dans l'océan avec une impétuosité destructive de vies et de biens, endroit quand même stratégique pour la collection de ces petits vers d'eau grouillants appelés '*pisquettes*'[28] qui y pullulent. Les oiseaux marins, tapageurs et accrocheurs, se mêlent aussi frénétiquement au pillage et se gavent de ces poissons minuscules à raison de milliers par jour.

La cuisson et vente des " pisquettes" sont concoctées à même la grève. Saison bénie pour ce petit commerce circonstanciel, providentiel, accidentel parce que née à la faveur des intempéries et des rivières en crue. Plus dangereuses sont les ondes plus de pisquettes à cultiver, et ces marchandes, celles-là qui, gagnées par l'appât de récolte plus mirobolante, s'aventurent un peu trop loin dans cette gorge aquatique à ondes agitées où les rivières viennent concéder leur eau douce à la mer, sont souvent emportées à raison de une ou deux par saison. Que c'est pénible de vouloir récolter beaucoup quand on n'a rien semé. Même la nature ne pardonne pas la moisson gratuite.

En tout, le malheur d'autrui fait le bonheur de son prochain, drôle d'équation à paramètres brutaux. Collectrices noyées et disparues, pisquettes mortes par millions, consommateurs, démunis et riches, satisfaits. Quant à LeJac Mélien, il en achète une bonne quantité servie dans un plat fait de feuille de banane flambée pour être rendue flexible puis froissée à la main. Il mâche

---

[28] **Pisquettes :** *petits poissons d'eau douce, grouillant comme des vers, qui pullulent les rivières d'Haïti quand la saison est à la pluie et que les rivières sont en crue.*

gourmandement cette curiosité gastronomique du terroir. Il aime l'arrière-gout agréablement citronné, assaisonné de piments forts et/ou agrémenté de *roucou*[29], condiments consacrés à en enlever le fort relent poissonneux. Ô les petits plaisirs, si les riches du monde savaient, il se dit en rinçant ses gencives de sa langue en flammes sous la bastonnade impitoyable des aromates tropicaux

C'est que, personnellement, quand devenu adulte, il s'était créé l'opportunité, de par cela même qui a fait sa richesse, de meubler sa curiosité sur les trivialités de l'existence. Aussi, il n'était pas de la plèbe, n'avait pas pleinement participé, pour ainsi dire, au déroulement du quotidien des petites gens, mais il a vécu un peu au milieu de la crasse populeuse, et il s'enorgueillit de cette convenance de rien selon les standards, mais merveilleuse, formative et informative. Il grouillait indirectement, acteur distant mais spectateur attentif, au sein de cette atmosphère prodigieusement spectaculaire là où ces travailleurs têtus, bêcheurs de misère, taquins impénitents de la sourde Providence sociopolitique refusent de lâcher prise. Il les a vus lutter pour vivoter, livrer un corps à corps serré et morbide, parfois mortel contre un quotidien menteur qui les grimace de loin en guise de les sourire de près.

Né au milieu d'une situation qui le ferait noble, il était drapé par le destin de ces dispositions cérébrales à le rendre prolétaire selon les circonstances, et il s'est acquitté - plutôt avec élégance - de cette mission inavouée. Ayant satisfait toutes les inanités culturelles

---

[29] *Roucou :* ingrédient colorant rouge foncé ajouté aux aliments pour rehausser leur saveur et leur apparence.

imposées par le ventre, par le cœur et par l'âme, LeJac décide de regagner sa voiture ruminant dans sa tête l'urgence décrétée par le coucher de soleil s'approchant de trouver, une fois la nuit tombée, où allonger son corps fatigué et son âme débordante de réminiscences pour un repos bien mérité. Une pancarte publicitaire qu'il n'a pas vue à l'aller attire son attention, et adieu l'idée de visiter l'empire de Morphée avant le petit jour.

Pourquoi aller au lit et comment trouver le sommeil quand Les Jouvenceaux et Les Invincibles vont se produire en tandem au Congo Plage le soir même pour une cause tout à fait humanitaire? Les deux orchestres se donnent la main en vue de donner un coup de pouce financier à une organisation qui décide de prendre en main le devenir de ces enfants et adolescents de Jacmel et des campagnes avoisinantes que le dernier ouragan a rendus orphelins. LeJac ne donne aucune garantie que sa conscience serait en paix assez à recouvrer le sommeil sachant qu'à deux pas de La Jacmélienne, le Congo Plage hébergerait une véritable corvée musicale.

Le beau temps à laisser rouler, le plaisir à savourer et la grandeur de la cause le déterminent à être coûte que coûte de la partie. N'est-ce pas formidable de faire d'une pierre deux coups? Replonger d'emblée dans le bain de son adolescence et donner un coup de main économique à l'adolescence des autres. Ces petits orphelins qui n'ont pas la chance d'avoir l'adolescence qu'il a eue ou qu'il n'avait pas la chance d'avoir la leur, il veut contribuer à donner forme à leur adolescence et à leurs rêves, s'ils en ont, question aussi et surtout de fournir un prétexte à sa présence en Haïti, à Jacmel, au Congo Plage et dans la vie.

À l'idée qui, un peu plus tôt, commença par bourgeonner dans son esprit de chercher refuge jusqu'à Cyvadier pour la soirée, il donne son vote à l'Hôtel La Jacmélienne, mieux que pour être au cœur même de l'échauffourée musicale en perspective. Il pense qu'il pourrait laisser le bal à une heure très avancée ; et, au cas où il se serait gavé de rhum soda, du night-club à l'hôtel, il n'aurait que quelques pas à faire. Il pense, tout en souriant de cette pensée désordonnée, qu'il pourrait quand même tituber jusqu'aux rebords de son lit ou même se faire traîner jusque-là par un quelconque volontaire, l'enivrement incohérent se serait-il advenu.

Avant de regagner sa voiture, il pénètre dans la cour de l'Hôtel pour la réservation d'une chambre avec 'vue sur mer', il exige .Ce qu'il obtient moyennant quelques dollars en plus. Il s'assoit autour de la piscine, commande un rhum punch pour lessiver l'arrière-goût poissonneux des pisquettes agrémentées de *roucou*[30] et des quartiers de piments. Un arrière-goût récalcitrant mais agréable, quant à lui, retarde au fond de sa gorge. Il prend la décision de se vautrer un moment dans le confort d'une chaise longue placée là pour de pareilles circonstances. Que c'est beau la vie quand on peut payer les doux moments de sa paresse, de sa nonchalance ou simplement de son repos bien mérité. Il pense à la voiture qu'il a laissée à proximité de la douane et se promet de la récupérer un peu plus tard dans l'après-midi.

S'empresser, à quelle fin quand on est à Jacmel, sur la plage du centre-ville,   admirant la féerie

---

[30]*Roucou :* ingrédient colorant rouge foncé ajouté aux aliments pour rehausser leur saveur et leur apparence.

spectaculaire de la baie en fer à cheval? Pourquoi hâter quoi que ce soit quand on est dans les bras de l'adolescence, bercé par cette nonchalance éprouvée à l'idée d'être chez soi malgré les rigueurs actuelles des choses qui rendent le chez soi d'aujourd'hui difficilement propice aux rêveries d'hier.

Un coucher de soleil à la Jacmélienne, contemplé depuis la grève

Après s'être prélassé une bonne demi-heure au bord de la piscine, il jette un regard sur le cadran de sa montre. Il peut à peine ouvrir ses yeux rougis, tuméfiés d'un vieux sommeil de deux jours qu'on dirait de deux siècles. L'atmosphère, le rhum punch, les circonstances à la base de ses déambulements périodiques entre Haïti et le reste du monde, tout jette en son âme un spleen compréhensible.

Une vague d'amertume dont il ne saurait objectivement toucher l'origine du doigt l'accable à ce moment précis. Bonheur, confusion sentimentale, il ne sait comment interpréter son état d'esprit. Tout est jeté en pêle-mêle au fond de son âme façonnée par de tels élans d'insouciance qui contiennent un avant-goût de lendemains meilleurs sans savoir d'où, de quoi ni de qui viendront ces lendemains porteurs d'espoir.

Il y a de ces circonstances où l'on ne saurait trouver des mots aptes à l'expression de leur contenu. Le mieux est de se laisser envahir par leur manifestation et laisser aux autres la peine de les déchiffrer. Une autre langueur accapare son âme et le catapulte dans un univers mielleux fait de rêves, de réminiscences et d'envie de sommeil. Il sent soudain la nécessité d'une âme sœur qui pourrait lui donner un coup de main du cœur au sein de cet épanchement aigre-doux, pour l'aider à gravir la pente raide qui mène vers le paradis des hommes puis vers celui de sa conscience.

Il pense à Jeannine et esquisse un rictus de dégoût. Elle serait avec lui à Jacmel, comme à chaque fois. Jeannine revient toujours à la mémoire, comme une guigne bénie, comme un enfer désirable; et il sait pourquoi plus qu'elle-même ne saurait le savoir. Il ne l'a pas aimée au point de vouloir faire d'elle une épouse, mais elle était de loin la plus qualifiée pour donner à sa masculinité l'élan qu'il faut vers les sommets exacerbés de fureur de vivre, pour donner des ailes à ses épanchements instinctifs.

Elle était toute une forteresse de féminité toutes les fois qu'elle était sollicitée pour le mener érotiquement à bon port. Chaque fois que son existence de bohême aux soifs immodérées réclamait du formalisme trivial et le jette sur les grèves Haïtiennes en Épicure insatiable, elle était la virtuose aux commandes sans jamais se faire prier ou payer. Il n'avait qu'à claquer les doigts à chaque atterrissage à Port-au-Prince. Voici que cette fois...il grimace, l'atterrissage devient comme forcé.

Jeanine répondait toujours présente pour la photo-opportunité, une pierre angulaire sur laquelle s'accrocher pour ne pas tomber trop fond dans un abîme sentimental. Il voulait sa présence pour des motifs injustes, et elle n'abondait pas gratuitement dans ces logiques exclusivement jouissives. Elle avait un rêve, une ambition pour demain, mal gérée bien entendu, exprimée avec légèreté, mais camouflée en dessous de ces provisions de tendresse apparemment désintéressées de sa part.

Elle n'avait jamais écarté, même au sein de la marée montante des plaisirs tumultueux, la possibilité d'entrer un beau jour dans les principes normaux de la vie, se mettre au diapason avec le côté moral et spirituel de l'existence humaine. Elle aimait le plaisir et se raffole d'être jeune, mais la jeunesse n'est pas une garantie éternelle. Personne ne reste jeune pour toujours.

Il faut un brin de bon sens pratique au sein de toute débauche. Mieux vaut se reprendre à temps pour ne pas laisser casser les pots au point d'impossibilité de rapiéçage. Jeannine pensait si justement, mais LeJac Mélien est trop exclusif dans ses propres ambitions et ses propres dérives pour y apporter un brin de compréhension. Il écumait de rage à chaque allusion de plus de normalité et de formalité dans leurs relations, et elle patientait. Elle rongeait ses freins, semblait être totalement désintéressée sans jamais lâcher prise quant à sa volonté de mouiller le bateau avec lui dans un port propice et y jeter l'ancre pour le reste de la vie.

Puis, elle s'est décampée abruptement, intempestivement, peut-être à temps pour les deux, en vue de contempler d'autres perspectives, se nourrir d'ambitions plus solennelles que d'être la compagne aux débauches de quelqu'un. Beau, élégant et instruit, LeJac Mélien est tout ça, mais Jeannine voulait un peu plus que ça. Les critères de beauté, d'élégance et d'instruction atteignent parfois le point où ils deviennent creux et ne valent nullement le gaspillage de toute une jeunesse, de toute une vie.

Il se relève de son siège, s'étire de sa torpeur, et marche câlinement sur le sable gris de la plage. Il regarde l'horizon là-bas et se promet de parcourir Jacmel du coucher de soleil jusqu'au crépuscule pour porter à leur comble les épanchements rêveurs de son âme et donner libre cours à son humeur excursionniste et bohémienne.

Il admire un moment le soleil, oriflamme majestueux, descendant nonchalamment à pas mesurés, dans une torpeur tiède, vers les rebords embrasés là où les sommets des mornes rencontrent l'horizon bleu dans un contraste spectaculaire. L'astre flamboyant armé de son pinceau laisse sa marque sur tout, applique à toutes choses sa touche. Chaque arbre du morne Laporte jusqu'aux contours de la Brésilienne et de Pointe Baguette qu'il enflamme on dirait d'une torche enflammée porte l'empreinte de cette pluie spectaculaire de rayons dorés.

Et saupoudrant la surface tumultueuse de l'immensité océanique, parsemée de reflets vacillants faits de paillettes d'or embrasant les petites barques lointaines et incendiant les silhouettes barbues et fatiguées des marins retournant bredouille au bercail au rythme de la brise maritime, laisse l'impression d'une vaste toile vivante, un tableau avec une âme à se faire complice de l'âme humaine. Les réflexions du soleil s'élancent allègrement et grimpent les pentes donnant une apparence automnale, allumant un boucan aux confins des arbres de la partie occidentale de la baie célébrée.

LeJac enlève ses mocassins, marche pieds nus sur les cailloux de la grève avec lesquels le chuintement des vagues mourantes vient se combiner pour former un fond mélodieux. Il arpente le sable mouillé de la grève et se réjouit de la tiédeur et du frétillement de l'eau salée sur le sable bouillé et le tapage continu des oiseaux marins couvrant l'Albano de leur présence séculaire. L'intensité folâtre de cette contemplation le chatouille de bien-être.

Un éclair mitigé, fait de douceur et de douleur, parcourt son estomac.

Il se retourne pour se souvenir mieux de l'Albano. Cette présence figée, porteuse de réminiscences, témoin indolent d'un temps qui a fait son temps et que sa présence refuse de laisser s'en aller, possède une majesté secrète, vétuste et sclérosée en elle-même.

Il le regarde un long moment avec envie ou pitié. Ce patient taciturne rendant son âme métallique jour après jour dans une rouillure à compte-gouttes, aux prises avec les assauts répétés des ondes maritimes, monarque d'airain rongé par les griffes mollement acérées de l'entité salée, ouvre tout grand son cœur à une tendresse indicible. Il aime la patience et la détermination à survivre de l'Albano, il adore son héroïsme têtu.

Ce supplice séculaire de l'entité acérée, cette attente patiente de la fin l'écœure et l'émeut à la fois. Ô! Si lui l'homme pouvait, comme la chose métallique, défier le temps et la cognée des vagues en toutes saisons ? Il pourrait, tout au moins, prétendre avoir une âme qui comprend la sienne qui ne la forcerait ni d'aimer ni de haïr mais simplement survivre et laisser survivre.

Puis vint le tour d'explorer le wharf. Ce qu'il a fait d'innombrables fois durant ses ages d'adolescence et de jeune adulte. Il s'aventure jusqu'à son extrémité comme allant jeter ses chimères dans la mer, là où il savait exécuter ses plongeons spectaculaires le dimanche matin en compagnie des dizaines d'autres jeunes Jacméliens, plongeurs amateurs se faisant disciples de Jacques Cousteau, des émules de Greg Louganis.

Une poignée de filles exécutaient aussi des plongeons à la Becki Rhuel. Il se souvient que son avancement en âge diminuait les soucis de sa mère quant à son bien-être moral et spirituel. Elle était devenue moins concernée quant aux accrocs qu'il pourrait causer aux principes familiaux et sociaux établis. Elle relâcha un peu sa poigne sur la garrotte autour du front du jeune homme, et LeJac tirait bien prérogative de cette diminution de rigueur maternelle. Et cette partie de la baie avait été témoin de bien de ses prouesses de plongeurs amateurs

Debout sur les poutres en bois du wharf qui servaient de garde-fous aux cyclistes et automobilistes qui choisiraient éventuellement d'aventurer jusque-là, il admire la vaillance corsée des crabes, leur héroïsme bête et têtu, s'arc-boutant au béton de leurs jambes longues insignifiantes mais drôlement cramponnant et fortes, ballotées par-ci par-là, aspirées par le vacuum des vagues intermittentes qui se cognent bruyamment au wharf.

Spectacle fabuleux du temps de l'adolescence et qui se reproduit encore au gré du temps sans que la mer se fatigue ou que le béton chancelle ou se détériore ou que les crabes abandonnent la course futile, vingt ans plus tard, sous ses yeux encore étonnés de la fréquence et de la turbulence des eaux fuyantes retombant dans la mer dans un recyclage permanent et les brachyoures bousculées qui tiennent encore bon, courant de travers se chercher refuge dans leurs abris éphémères. Ce spectacle était là avant lui et sera là bien longtemps après lui. Il le contemplait avec avidité tout le long de son adolescence, le contemple encore au moment même et le contemplera à coup sûr durant des années avant que ses yeux l'abandonnent ou que la vie chancelle. L'océan restera là fidèle à ses séculaires marées hautes et basses et les crabes reviendront sans cesse à la vie pour braver les cognées intempestives des ondes contre le béton du même ou d'un nouveau wharf.

Son âme sans cesse étonnée s'enquit de la provenance et de la destination des choses de la vie y inclus la permanence et l'infatigabilité des ondes océaniques et la lutte des crabes dans leur résistance affolée. Ce qui dure des siècles, sans désuétude ni lassitude, n'a toujours pas d'explications et peut-être n'en aura jamais. Certains phénomènes de la vie se contentent d'être persistants et changeants à la fois, pour le bonheur et le malheur de l'homme, conjugués ou à tour de rôle, comme les changements de saison et de climat, les préjugés, les amours, les haines et les déceptions, les victoires et les défaites.

La mer, la mort, l'amour, la vie elle-même, tous enfin prennent tout leur temps du monde, épuisant toujours l'Homme sans jamais s'épuiser. L'acier ou le roc perd petit à petit leur materialité originale devant la constance rongeuse des vagues de la mer, l'être humain perd son sang-froid devant l'amour tout comme la perpétuité et l'inévitabilité de la mort abîment la vie. Et la mort elle-même qui se revêt encire de sa générosité suprême envers les nombreux malheurs de l'Homme, la mort, faucheuse impardonnable devant laquelle tout le monde s'extasie encore, malgré ses traits cruels.

Depuis le wharf, LeJac admire le soleil continuant de peindre d'orange, de teinture pale, vivide á foncée, lentement à l'avance du crépuscule, dans une splendeur remarquable. Cette image fabuleuse, dans une extravagance toute naturelle et sentimentale, s'offre quotidiennement, excepté en temps de pluie, aux yeux des arrivants par voie de mer. Le Bel Air de la Métropole du Sud-Est vu depuis la baie, panorama architecturale adossée au pan Nord du firmament Sud-Estiste, reposant sa silhouette toute florentine sur les épaules de la Douane tombée en désuétude, régénérée entre-temps, sans doute fatiguée de porter sur ses épaules toutes minérales ce flanc de la ville telle une croix de splendeur.

Spectacle époustouflant qui efface toute croyance à la possibilité de misère humaine cachée derrière ce panorama mural sans cesse admirable. On l'eût dit un paradis artificiel, et l'on aurait raison. La Provence des Antilles, c'est bien ce que représentait hier et représente encore cette vue majestueuse de l'ancienne Douane en contrebas, les maisons accrochées à l'escarpement rocheux contre lequel s'arc-boutent des maisons s'élançant jusqu'aux clochers de l'église Saint-Jacques et Saint Philippe d'où l'on peut admirer, des yeux incrédules, l'âme charmée, l'historique Jacmel.

Cette splendeur étalée là devant ses yeux qu'il a vue des centaines de fois de sa vie mais qui renouvelle à chaque retour une sensation déjà éprouvée mais fraîchement ressentie. Il la revoit comme il l'a vue la première fois. La nouvelle fois n'est jamais de trop et la même émotion jamais trop éprouvée et toujours nouvellement ressentie. La seule rivière dans laquelle il pourrait jurer s'être replongé en maintes fois pour éprouver la même tiédeur doucereuse, le même choc tumultueux dans le cœur et le même tapage sentimental virant ses entrailles à l'envers.

Rien de changé dans cette image de Jacmel et dans ce qu'elle fait éprouver. Il n'y a que l'intensité de l'émotion et les soubresauts internes qui ne sont jamais vraiment les mêmes. L'émoi de l'Homme est toujours teinté de relents propres à des circonstances particulières qui procurent des sensations différentes.

Devant cette contemplation alléchante, l'âme de LeJac s'élance vers les hauteurs sublimes où revenir sur terre est un supplice. Une allusion à sa mère achève d'humecter les commissures de ses paupières. Il se souvient de cette ordonnance qu'un homme ne doit pas pleurer. Il ne pleure pas. Il laisse simplement son âme grincer d'amertume et de regrets de n'avoir pas tenu parole à sa mère.

C'était au milieu d'une extase pareille, au cours d'une promenade vespérale au Champ de Mars à Port-au-prince, qu'elle lui avait fait l'aveu de ses engagements à faire de lui un médecin avant sa mort. Un médecin tel que son grand-père l'avait été avant d'avoir été abattu par des soldats Allemands au cours d'une descente des lieux durant l'Occupation de la France et qui avait contraint le reste de la famille à s'éparpiller, fourmis en démence, un peu partout dans le monde pour ne pas attirer sur eux la foudre du ciel n'importe où qu'ils se feraient dénicher ensemble. Idée géniale de sa grand-mère qui a persuadé le reste de la famille que la méchanceté a les bras longs et que la persécution n'a pas de patrie.

Les juifs étaient des juifs partout et étaient persécutés partout sur la planète terre. " La persécution est notre lot. C'est la seule chose qui nous revient vraiment de droit. La persécution est aux juifs ce que l'esclavage fut aux noirs, une mauvaise guigne séculaire. Peut-être qu'elle nous attend dans l'éternité» était le plus substantiel et le plus convaincant des arguments de la bonne aïeule pour déterminer ses descendants à choisir la citoyenneté universelle à la mort certaine. " Mieux vaut nous perdre de vue momentanément ou pour toujours que de périr en un coup tous ensemble et notre nom de famille avec nous".

L'accablement de son âme, dû à ces pensées atroces qui endolorissent son cœur, ne peut tout à fait l'empêcher de se gaver de ces effervescences sentimentales et romantiques offertes par ce coucher de soleil fantastique et cette promenade à travers, non le pays de son adolescence, mais l'adolescence, son adolescence qui est tout un pays en elle-même. La nature est au rendez-vous pour fournir son appui intégral à son état d'âme actuel. Toute une armature de réjouissances était pourvue par l'atmosphère comme une mère enveloppe son enfant d'un manteau d'amour pour le protéger des écueils de l'existence.

Coucher de soleil jacmélien

Il parcourt à pied, à l'inverse cette fois-ci, le même circuit qu'il a parcouru plus tôt en voiture de la Douane à la Place Toussaint Louverture. Il a hâte d'admirer depuis son coin favori la splendeur dorée du coucher de soleil sur les toits rouges et l'exubérance verte, vue spectaculaire devant laquelle ses ravissements ne cessent jamais d'être ce qu'ils ont été la première fois. Il s'est rendu à Jacmel à cette fin, pour laisser son âme s'enivrer du crépuscule spectaculaire typiquement Jacmélien.

Jacmel à la tombée de la nuit est la suite logique de ce qu'est Jacmel à tout moment, farcie de tendresse, de bonheur indicible et de joie immense. Il reste là, appuyé sur les balustrades en béton armé de la place pour admirer le soleil plongeant son disque attiédi derrière l'Ouest incendié par sa flamme mourante vers un repos bien mérité. Le monarque va se coucher, il pense, se suffoquant de sa propre chaleur et s'alourdissant du poids de sa fatigue ardente. Lui s'imbibe de cette splendeur impayable.

Tout ce que la nature exige c'est à l'Homme de maintenir sa magnificence, d'aider à renouveler sa beauté et d'être fidèle, mais l'Homme ne fait pas de son mieux pour garantir quoi que ce soit à la nature. Au contraire, nous la sacrifions à nos vœux mesquins et pour nos besoins, nous l'assassinons selon notre humeur et proportionnellement à l'illégitimité de nos fausses prouesses.

Là, son âme ingurgite à travers ses yeux la splendeur du soleil saupoudrant de paillettes dorées la surface des arbres avant de se jeter complètement dans l'abîme de son coucher vespéral. Les oscillations dorées des feuilles et des branches cadencées par la brise jettent des gouttes de sérénité dans chaque âme qui entre peu à peu dans la logique de l'heure, et dans la suavité sensationnelle de l'atmosphère. Il hume une grande bouffée de ce zéphyr amical qui pénètre ses naseaux et parcourt d'un élan joyeux le circuit respiratoire jusqu'à ses poumons qu'il sent soudain vibrer de régénérescence.

Une forte odeur hybride de fruits fermentés, de feuilles aspergées de salpêtre, de fleurs et de terres arrosées montant depuis la cour du Manoir Alexandra achève de le catapulter vers les hauteurs propices aux rêveries. Cette fragrance de fin d'après-midi vient toujours en prélude au jasmin de nuit et l'ilang-ilang du crépuscule Jacmélien, apportant dans son sillage toujours les mêmes délices et le même état d'âme, une hébétude ineffable.

Depuis morne Laporte, des paysans invisibles, trop éloignés pour les voir, mais dont il devine les mains, s'acharnent à brûler des champs pour le prochain labourage. Il les imagine en sueur, torses nus, *mahogany*[31] humains confrontant leur pénible réalité, musiciens fourbus exécutant dans une improvisation mal synchronisée la cacophonie baroque de leur existence, parlant - sans pourtant jamais le comprendre-le langage fâcheux de leurs vies faites de grandes et persistantes misères et de petites joies inconsistantes. Les filets de

---

[31] *Mahogany* : sculpture de bois vernis.

fumée, montant en volutes vers l'azur, le font penser à leurs propres vies, minces filets de fumée livrant une lutte acharnée pour percer un chemin à travers l'opacité opiniâtre de l'éther existentiel haïtien.

La réalité de l'homme de la ville n'est-elle pas entachée, elle aussi, de ces mêmes taches indélébiles qui encrassent le tissu présumé inférieur de l'existence de l'homme des mornes. N'est-on pas arc-bouté, citadin et villageois, à la queue visqueuse d'une même destinée rancie qui ne renvoie que les reflets de ces lendemains moqueurs qui enveniment toutes les espérances. Pourquoi ne pas prévoir un programme social pour créer un univers commun où les multiples univers de ce même pays se rencontrent et se donnent une poignée de main de compréhension et de collaboration, où tous les côtés du périmètre national s'équilibrent, s'additionnent merveilleusement et se donnent le cœur dans les grands malheurs tout comme au sein des petits bonheurs, un plan de vie commune pareil à une ceinture de sécurité, un cordon de solidarité ?

Il se surprend à philosopher. Il n'est pas venu pour ça. Pas pour philosopher surtout quand il sait que les philosophies font mal et chavirent davantage au fond de l'abysse atrabilaire qui corrompt les joies et entrave l'envol de l'âme vers les petits bonheurs réservés à ceux-là qui n'ont que trop souffert. Il est venu pour rêvasser et laisser ce retour à son adolescence caresser de ses doigts souples les contours rugueux de sa vie d'homme.

Mais peut-il aspirer à quoi que ce soit sans les autres ? La vie peut-elle être l'un de ces rêves qu'on rêve sans les autres? Le rêve d'un homme ne vaut-elle pas les rêves de tous les hommes sans tenir compte des différences entre eux tous? La vie d'un individu n'est-elle pas le reflet de la vie de toute une société vu à travers un prisme diminué? On est ce qu'on fait des autres, il se souvient. Nos humeurs comme nos actions rendent les autres pauvres ou riches, blancs ou noirs, seigneurs ou saltimbanques.

Les vies humaines ne sont-elles pas associées même au sein de la dissociation des moyens, bien réparties autour de la mauvaise répartition des privilèges, et se ressemblent en dépit de la dissemblance des échecs et des réussites humains ? Assez de questions, trop de questions, bourrage de crâne inopportun qui verse plutôt dans l'accablement. LeJac Mélien en a marre de tituber dans les détours harponnés des labyrinthes philosophiques ; mais il y est condamné. Il devient un animal pensant, une machine á réflexions multiples, mal incurable, condition pitoyable. Penser beaucoup, c'est mourir un peu, un lent suicide.

Son bonheur actuel au sein de son adolescence vaguement retrouvée n'est que le miroir fatal qui lui projette les reflets malsains des malheurs autour de lui. Son acharnement à trouver son bonheur n'est-il pas conçu en signe de preuve que le malheur existe quelque part et qu'il est créé par l'homme pour aider l'homme à vadrouiller plus vitement vers la tombe ? Pourquoi le bonheur ne peut-il pas être aussi un accomplissement de l'homme pour l'homme ?

Les félicités créent les calamités, et les malheurs n'existent que pour justifier la nécessité des bonheurs. Observation déplaisante contre laquelle personne ne peut rien. Serait coquin un quelconque dieu qui présiderait au sommet des destins miséreux et tolèrerait que leurs malheurs soient autant inévitables que sont justifiables les bonheurs d'autres hommes.

En tout cas, il se sent heureux d'être là, au sein du vaste malheur qui rend sa présence insignifiante et inaperçue. L'homme s'extase souvent à plein cœur au sein des contrecœurs écœurants. LeJac savoure les traits guérissant de son bonheur actuel peu importe combien malheureux qu'on est à quelques pas de lui, et il sait d'expérience que le malheur, n'enfantant toujours que le malheur, n'est pas trop loin pour corrompre sa félicité, pour menacer d'alourdir les ondes ardentes mais fluctuantes de cet instant. Il chérit cette abondance de joie enfantine retrouvée au sein des réminiscences.

Début d'un crépuscule jacmélien

Le coucher de soleil, affublé d'abord d'une lourdeur épuisante due à l'humidité régnant, se fait par la suite délectable comme la surface de la mer entame de ventiler la ville d'une brise cajoleuse. À gouttes mesurées, le crépuscule jette son charme sur la ville léthargique, d'abord comme un voile gris pigeon, puis une couche plus épaisse - coup de pinceau gracieux de l'artiste aux mains agiles qu'est la nature. Il décore tous les contours de l'horizon qui se confondent avec la masse sombre des sommets vert forêt des montagnes. À cette heure de l'après-midi, la nature Jacmélienne a bien de gracieusetés dans son réservoir à offrir aux observateurs soumis au spectacle bienfaisant de ses charmes habituels.

Il se retourne vers le milieu de la place pour voir les premiers mordus de l'inévitable promenade crépusculaire du samedi soir arriver en têtes parsemées puis en groupes éparses, et finalement en masses compactes. Il regarde sa montre, sept heures et quart. Le parfum de l'Angélus suinte par toutes les plantes et plantules, arbrisseaux et arbres en fragrance enchanteresse, élément clé de la vespérale Jacmélienne sans laquelle la ville au grand cœur ne mériterait pas sa renommée telle que sortie de la plume de Jean Métellus. O Jacmel au crépuscule quelle splendeur, quelle gâterie de la nature. Il soupire largement et son âme étonnée de son bonheur grince sous le poids de sa joie.

Jasmin de nuit de toutes parts baille ses effluves sur toute la ville. En contre bas, l'ilang ilang grimpe dans l'atmosphère sur les ailes d'une brise tiède soufflant drue depuis la baie. Il respire à pleins poumons cette bonté naturelle régénératrice d'intuitions et d'émotions toujours renouvelées.

Il s'est convaincu, sans peine aucune, que Jacmel n'est pas un accident dans sa vie, que sa vie n'est pas un accident de l'existence et que le bien-être qu'il éprouve au moment même n'est pas un accident du bonheur, ni un ricochet de malheur. Ses émotions, ses épreuves, les épisodes composites de son existence et les circonstances qui ont concouru à leur palpabilité sont des occurrences découlées de la gestion de son destin.

Absorbé par ses rêveries, il perd pour un moment toute notion de temps et d'existence. Il cesse d'exister pour lui-même en vue de donner une existence à ses errements cérébraux. Il flotte et se réjouit de l'opportunité qui lui est donnée de flotter. Où est la place de l'homme dans l'existence, dans sa propre vie, si ce n'est dans l'intimité vaporeuse des désirs inassouvis et des bonheurs convoités, ceux bousculés tout de bon et ceux qui tardent à se matérialiser?

Il voit des amants se déambuler main dans la main, cœur dans le cœur, étalant devant ses yeux à la fois inquiets et attendris le charme de leurs accointances amoureuses. Ils mêlent sans le vouloir, sans le savoir leur tendresse passionnée à la magie de l'Angélus Jacmélien ; et cet ensemble fait naître à ses sens captivés la plus belle symphonie jamais conçue, la plus belle scène d'amour que Jacques Roumain lui-même n'aurait pu imaginer, plus beau qu'Annaïse et Manuel, plus beau qu'aucun tableau qu'aucun maître de la peinture Haïtienne n'aurait pu peindre. Il pense avec raison que les meilleurs chefs-d'œuvre sont ceux jamais sortis de l'imagination de quiconque, mais accouchés spontanément par le sortilège d'un quelconque spectacle du moment présent. Même la laideur revêt au fond de la somptuosité d'un spectacle à voir, à vivre et à admirer.

Le cri d'un hibou l'arrache du sein mielleux de ses rêveries. On eût dit de cette fâcheuse occurrence qu'une main perverse passant soudainement l'éponge sur ses félicités, l'arrachant brutalement de ses rêveries, biffant les vers fabuleux que son âme était en train d'écrire sur le parchemin de son cœur. Pourtant, il trouve dans cet arrachement impromptu un peu de poésie. Une " chouette" [32]qui fait tressaillir; c'est chouette, il se dit railleur à lui-même. Ça fait penser qu'on porte encore en soi un restant d'humanité. Je frémis, donc j'existe, il se dit.

Au loin, une cacophonie désorganisée, vacarme hybride, fait des litanies musicales des troubadours parvenues jusqu'à ses oreilles, apportées en saccades intermittentes par la brise et un stéréo depuis une résidence en contrebas de la place diffusant dans n'importe quel ordre toute une gamme de mélodies française, espagnole, anglaise et créole lui rappelant le temps de Métropole by Night et Melodias en la Noche de Radio Haïti Inter. Cette occurrence le chavire dans d'autres précipices, fait naître d'autres souvenirs lointains, fait rejaillir les feux ardents du vieux volcan des émotions et passions enfouies.

Tous les sons lointains, tintamarre guérissant, jetés pêle-mêle à ses ouïes charmées, versent dans son

---

chouette [32] : hibou dans l'imaginaire haïtien, mot associé au cri poussé par le volatile.

âme l'humeur propice à une langueur visqueuse et enchanteresse.

L'Angélus du soir Jacmélien est sans cesse convenable à tout état d'esprit et fait de tout amoureux ou de tout malheureux, une personne comblée, donc un poète virtuel. Il savoure ce simple plaisir, inhume de tous ses poumons la brise salpêtrée qui vient tout droit de la baie et s'engouffre à tous les coins du grand Bel-air, traverse l'Avenue Baranquilla, rue des Cayes autrefois et serpente dans tous les couloirs jusqu'au Portail La Gosseline pour finalement atteindre Siloé et Sainte-Hélène. Son âme ingurgite avec gloutonnerie les gorgées fraîches de cette euphorie qui glisse dans sa poitrine à travers tous ses sens. Son âme s'agglutine à ce plaisir bénévole. Don de la nature. Personne ne paie pour ça. Il suffit d'être un amateur de plaisir vrai et simple et un croyant au bonheur.

La profondeur toute tropicale de la nuit jacmélienne

Il regarde sa montre une autre fois. Huit heures presque. L'heure de partir. Il soupire le regret du temps qui passe. Comme Lamartine en face du Lac éternel, il voudrait que le temps ait suspendu son vol, que ce rectangle précis de la place Toussaint Louverture fût devenu le temple de ses contemplations infinies.

Il songe que la pièce de résistance du premier jour de ce nouveau séjour à Jacmel va être la soirée dansante au Congo Plage. Il a failli changer d'avis, passer outre à ce rendez-vous pour se permettre de jouir à une heure tardive le charme velouté d'une promenade vespérale à travers toute la ville. Mais la noblesse de la cause qui commande les deux éternels rivaux de la musique Jacmélienne de joindre force à sa réussite ne peut le laisser indifférent. Cette fois, ce n'est plus le choc du siècle, mais l'entente du siècle, occurrence rare mais toujours anticipée quand rendue possible par un motif magnanime. Il doit être de la partie, lui aussi, lui surtout pour marquer son retour, lui donner un peu plus de sagesse, en faire un alibi grandiose, comme il aime être témoin de l'extraordinaire et de l'inaccoutumé.

Sa résolution prise, il laisse la place, descend les marches en béton armé, dans le dos de la maison des Maximilien, qui débouche sur l'Avenue Barranquilla. Il se souvient sans s'alarmer de la voiture laissée du côté de la douane. Il désire parcourir les rues sinueuses, en réminiscences des promenades vespérales de son adolescence quand main dans la main en compagnie de sa mère, les deux savaient goûter le charme de ce crépuscule précieux à chaque natif, sortilège sacré à chaque visiteur.

Il bifurque du côté de la maison d'Edouard Cadet. Le glacis, énorme lit d'argent dédié à l'assèchement des denrées d'exportation, où le soleil le jour darde ses rayons brûlants, où la lune le soir miroite sa brillance veloutée, est encore tiède et lui renvoie la senteur familière de pelures d'orange, de vétiver et de safran et le spectacle de leurs matchs de football et de leurs courses au patin des après-midi ensoleillés ou pluvieux. Il éternue, débarrassant son âme, sa conscience et sa tête du trop plein de l'exhalaison fortement poivrée mais agréablement bienveillante de cet effluve hybride. Quand il atteint le sommet de la rampe, un petit peu en avant de chez Madame Stephen Baptiste, une bouffée de brise maritime lourde de son inséparable salpêtre s'engouffre dans le couloir formé par les murs opposés de l'Ecole Éveline Levy, du Club Union et de la galerie surmontée du Bureau de Télégraphe surplombant la descente rapide. Cette bouffée qu'on dirait féerique l'accapare de force et l'enveloppe corps et âme.

Ses rêveries resurgissent, monopolisent son âme et le catapultent dans un univers aigre-doux, fait de joie et de regret du temps qui, telle une rivière inlassable, a coulé un peu trop vite sous le pont de sa vie. Il se souvient que c'est dans la complicité d'une telle atmosphère vespérale qu'il a volé les premiers baisers à la jeune Francesca. La première fille qui a fait battre son cœur de façon autre que normale et qui a pris la virginité de ses lèvres, au cours d'une promenade crépusculaire rendue possible par une escapade après une messe d'après-midi à l'Eglise Saint-Jacques et Saint-Philippe, un mois de Mai, mois de Marie à Jacmel quand l'airain des cloches de l'Eglise sonne différemment et produit un écho d'un tout autre genre dans l'âme de la jeunesse Jacmélienne, quand les fleurs et les jeunes feuilles les embaument de cet arôme dorlotant, prélude aux rêveries phénoménales. C'était il y a plus que deux décennies, mais relativement aussi actuel que cette vague de réminiscences éthérées tombant drues verse un vertige compréhensible en son être angoissé par ces résurgences aigres-douces.

Ils avaient tout juste seize ans tous les deux. Ô si l'on pouvait faire marche arrière, que ne donnerait-il pas pour contempler l'éternité de ces quelques minutes où le bonheur se revêtit de ses plus adorables accoutrements pour plaire à son cœur. Les souvenirs remontent les pentes de son âme pour remplir sa tête aussi impétueusement que la brise fraîche en provenance de la plage grimpe la pente depuis la baie.

Il éprouve un malaise, un vague-à-l'âme à la souvenance de cette aventure bienheureuse quand ses amours de tête ont soudainement pris forme, l'espace d'un baiser des lèvres pucelles de l'adolescente bien-aimée, pour devenir une expérience perpétuelle, où un élan flou et passager s'était transformé en épanchement solide et durable. Ce souvenir fougueux - la fille, la tiédeur du baiser, l'inexpérience à eux deux - traverse son corps tel un feu follet, verse un autre jet d'ivresse dans son âme et humecte ses yeux. C'est l'amour d'adolescence qui parle le langage de sa nouvelle condition d'homme et lui rappelle que vraiment la sensation la plus passagère est parfois la plus durable.

C'est ce baiser qui est encore chaud aux commissures de ses lèvres enfiévrées par l'envie lors et maintenant et qui lui fait dire qu'un premier baiser laisse des empreintes indélébiles et est souvent le dernier. C'est confirmé dans son âme à l'aide de ce souvenir sagace et fugace à la fois, puisque la fille a disparu depuis lors de son existence le laissant sur sa soif d'autres baisers d'elle qui se font encore attendre. Le premier baiser donné à une amoureuse est souvent le dernier reçu d'elle. Rien ne déclenche par deux fois la même sensation, quel que soit l'émoi avec lequel on reçoit le nouvel épanchement.

La fille a disparu de son existence, évanouie comme un arc-en-ciel après la pluie. Son premier amour s'en est allé, mais ce premier baiser et son arrière-goût tenace demeure encore et meuble sa fantaisie de ce soir. Il ouvre ses naseaux de toute leur largeur pour laisser cette brise bienfaisante dévaler le labyrinthe sinueux de son système respiratoire jusqu'à ses poumons. À hauteur de la Rue Sainte-Anne, il tourne à gauche, pour emprunter le couloir formé par des maisonnettes en bois des deux côtés de la route en terre battue. Il revoit ces visages connus de ces détaillantes de jadis Célia, Madame Anselme, Vierge qui achetaient en gros de sa mère pour revendre en détails. Ayant débouché sur un arc capable, les lampadaires par-devant le Congo-Plage lui renvoient les profils des premiers convives arrivant bras dessus bras dessous pour le choc musical prometteur de bien-être aux tout-grands et de droit d'espérance aux tout-petits.

Depuis l'extrémité occidentale de la Rue Sainte-Anne, dans les parages de l'Ecole Industrielle de Jacmel, il entend les Assotors gronder et les bambous résonner, emplissant la nuit tropicale de leurs timbres qui retentissent en soi on dirait l'orage du Bois-Caïman. Cette nuit-là où Boukman- humain et divin, seigneur et saltimbanque - jaillissait du sein de son insignifiance sociale et humaine pour engendrer une autre conscience au vocable nègre et à la notion de vivre libre.

Le flot rythmé des tambours de toutes dimensions lui fait comprendre que chez Théméise et chez Madame Nerva le rituel culturel bat son plein et procure à ras le bol son effervescence mystérieuse à ceux-là qui croient, laisse indifférents ceux qui ne croient pas ou effraie ceux qui ne comprennent pas. En tout cas, les mordus des croyances folkloriques ne donneraient pas une nuit de cet épanchement autochtone contre le vacarme des appareils électrisés qui allaient sous peu faire déchaîner la cadence, les déhanchements et embrassades ininterrompus sous les cocotiers du Congo Plage.

Pour tout Jacmélien et tout étranger, sous les tonnelles de nos commères galvanisées par le goût au mystérieux, il y a autant de bon temps à se donner et de sueur à laisser couler que sur la piste de danse du Congo Plage. La nuit Jacmélienne s'emplit hebdomadairement du vacarme de ces chimères ésotériques conçus pour satisfaire tous les extrêmes et tous les contraires. Tous les intérêts diamétralement opposés, occasionnellement juxtaposés ou cognés l'un contre l'autre trouvent leur raison d'être là où la raison n'a peut-être pas sa raison d'être, là où toutes les logiques s'épousent tant bien que mal dans un ensemble à la fois flou et concret. Parfois ne pas chercher à comprendre la logique derrière les agissements, les raisonnements et les démesures humains demeure la seule logique qui les explique et est une sagesse à laquelle la sagesse acquiesce. Pourquoi d'ailleurs chercher à déchiffrer le drôle, l'étrange ou le mystérieux puisque cela déclenche souvent une dynamique encore plus troublante qu'ignorer.

Il réfléchit sur la non-nécessité de la voiture pour la nuit; mais la laisser là pourrait se révéler risqué, et aussi une quelconque occurrence hasardeuse qui pourrait le forcer à décamper brusquement moyennant plus que ses deux jambes n'est jamais à écarter. Il continue de se déambuler le long de la rue Sainte-Anne en direction de la Douane, heureux et insouciant, rendu heureux par l'insouciance ou insouciant de par son bonheur. Qu'importe ! Ô bonheur et insouciance et ce qu'ils comportent d'extases, de contraires et d'harmonies intimes.

Empruntant le couloir commercial, la Rud du Commerce, bastion des Boucard, des Madsen et des Vital, la forte odeur hybride de vétiver, de safran et de pelure d'orange, mêlée à l'odeur du salpêtre le verse dans un spleen couvert d'une viscosité dense. Il se croit pour un moment être dans l'antichambre d'une entremetteuse en Orient attendant son tour pour se payer une incongruité sensuelle. Pour la nième fois de cette longue journée, il éprouve cette sensation de bonheur indicible, une rosée de douce mélancolie qui tombe sur son être et lui parcourt les entrailles en saccades fugaces.

Il lève la tête pour voir le boucan du ciel, immense voile de velours noir saupoudré d'une réverbération de poussière argentée, s'étendre sur son univers. Cette multitude de planisphères reluisants faisant des œillades complices ou hostiles à ses chimères. Ô! S'il pouvait toucher les étoiles, s'il pouvait les compter au moins. Elles chantent bien la chanson de sa vie, elles brillent avec amour sur sa solitude, elles racontent de par leur explosion brillante toute la magnitude de l'altération de sa nouvelle réalité accablée par mille et une contraintes.

Qu'il voudrait bien retourner sur la grève de son adolescence, évoluer sans les conditions austères qui caparaçonnent son existence d'une gangue suffocante! Mais quelle aberration, cette allusion au grand bonheur impossible entrave les voluptés du vrai petit bonheur qu'il commence à contempler dans ce voyage de retour au pays de l'adolescence. Cette inclination vers les épanchements sans faille bouleverse ses minces acquisitions de retrouvailles remuantes.

Les entités lumineuses qui dansent au fond du noir soyeux du firmament semblent être les acolytes volontaires de son spleen, tout comme l'enfant à l'aéroport de Québec activait son pantin en une invitation à ricaner avec lui pour calmer sa propre mauvaise humeur. Les étoiles du ciel invitent mêmement LeJac à une intimité que la distance rend impossible. Ô, s'il pouvait arriver jusqu'à eux ! Ou tout au moins les toucher du doigt comme il le voit des yeux.

Elles semblent aussi seules au milieu de la foule, si près de loin et si loin de près l'une de l'autre, figées de solitude lointaine au sein de cette immensité obscure et glaciale. L'indifférence morbide de l'homme vis-à-vis de l'homme ne vaut-elle pas autant que la distance frigide qui sépare les étoiles entre elles. Ce degré de suffisance qui rend les entités terrestres incapables de génuine fraternité ne peut-il pas être mesuré en proportion à l'éloignement démesuré entre les corps célestes. Pourtant si loin, ils sont plus près l'une de l'autre, les étoiles, que les hommes sont si près pourtant si loin l'un de l'autre.

Il est au plus profond de sa pensée, au sommet de ses épanchements émotionnels quand un chat croise la rue en trombe, poursuivi par un autre. Il comprend que les chats, eux aussi, veulent être heureux. Ils jouent tout aussi bien à l'amour et s'en vont loin des regards d'autres chats, question de ne pas les rendre jaloux, donner libre cours à leur inclination au bonheur. Pourquoi pas? Et cela le jette dans ses propres effusions romantiques.

Ô Jeannine, Jeannine se dérobe en maîtresse absolue, absentéiste désirable, au sein de ce désordre sentimental. Elle ferait bien l'affaire en ce moment même. La fille pucelle à Le Florville aussi d'une façon ou d'une autre se glisse dans l'intimité de ses réflexions perverses. Marianne aussi joint la galerie de cette bousculade féminine devant ses yeux intérieurs. Ses désirs divaguent.

Des pas plus loin et des minutes plus tard, les miaulements de douleur ou de bonheur, qu'importe, lui font comprendre que sa supposition n'errait pas et que la femelle de chat répond aux vœux et aveux du mâle, plus que Jeannine n'en pouvait aux siens. Cette chatte en ce moment même était plus gracieuse que Jeanine, elle avait un cœur et une âme à donner à la solitude de l'autre chat que Jeanine n'en était pas capable. Elle répondait au désordre sentimental de son concubin quadrupède. Les bêtes ne parlent pas, mais elles ne cachent point leurs pensées. Pourquoi devraient-elles ? Elles sont protégées par leur silence tout loquace contre la perfidie humaine ;

on peut seulement deviner leur état d'âme, mais les comprendre tout à fait, jamais.

Les miaulements spasmodiques continuent de plus belle et deviennent de plus en plus saccadés, ce qui suggère soit à sa raison soit à son imagination qu'un paroxysme instinctif vient tout juste d'être atteint chez l'espèce animale. Il pense à l'étrangeté des choses de la vie, les incongruités utiles, les fourberies pardonnées, des désordres-préludes à l'ordre, des guerres qui se débouchent sur la paix, des trêves émouvants au sein de déchaînements de cruautés, des épanchements malsains mais essentiels auxquels individus et animaux sont assujettis.

Il démarre la voiture à la hâte en direction de l'Hôtel La Jacmélienne. Il tolère mal l'idée d'être en relief avec le reste de ce beau monde qui s'apprête à prendre leurs ébats et consentir de leur contribution monétaire une goutte de bonheur aux orphelins du Sud-est. Arrivé là, il passe tout de suite à la salle de bain. Pas de temps pour se détendre même quelques minutes comme il le fait ordinairement avant de laisser l'eau frôler son âme de bien-être à travers sa peau. Malgré la longue journée de marche, de soupirs, d'ébahissements, de regrets et de joies exprimés tout au cours du périple, il se sent prêt à se servir un peu plus de beau temps, une bonne partie de la nuit tout au moins.

Il passe sur son dos une chemise de soie bleue pâle qui lui va à merveille, fourrée dans son pantalon gris pigeon. Il se gifle violemment au moyen de deux rasades de Cologne sur ses joues fraîchement rasées comme voulant se réveiller d'une sensation de torpeur, saisit la clé de la voiture. Il change d'avis et préfère marcher jusqu'au Congo Plage, empruntant la Rue Sainte-Anne.

Il sourit de chaque scène qui lui rappelle son passé, rumine et proclame l'un des vers qu'il a composés à l'aéroport le jour d'avant. " L'adolescence, la seule terre qui rime avec bonheur. Le seul univers où l'heure prend son temps". Lui à Jacmel, baladant dans la fraîche obscurité, c'est l'adolescence qui prend son temps à s'éloigner pour se faire davantage sagace, qui refait surface, ineffable au sein de ses évocations et ineffaçable au fond de sa mémoire?

Il s'arrête au guichet du Congo Plage, et s'achète largement un billet d'entrée. Cette largesse est aux petits orphelins, il avise. Il saute sur un camarade d'adolescence. C'était belle lurette, mais ils se sont reconnus les deux, se donnent une accolade chaleureuse, s'adonnent à quelques réminiscences. Invité à se joindre au couple, comme pour célébrer les retrouvailles, il décline voulant jouer au solitaire. Ils se séparent. Lui prend une table sous un cocotier loin de la piste de danse car danser n'est pas dans son agenda. Danser avec qui d'ailleurs ? Et le souvenir de Jeannine revient pour s'évanouir presqu'aussitôt, non sans provoquer une piqûre zigzaguant de long en large dans sa poitrine.
Il commande une demi de Barbancourt et quelques quartiers de citron, une bouteille de coca.

Il laisse le plaisir venir jusqu'à lui à travers les airs retrouvés. On doit parfois se laisser aller au rythme du moment et au gré des circonstances et ne pas se conformer à ces préjugés qui entravent sa bonne foi et gangrènent sa volonté de participer au rituel des circonstances atténuantes. La vie a toujours ses charmes, seuls nos préjugés et nos malheurs nous ferment les portes qui s'ouvrent sur leur jouissance.

Les deux orchestres épatent de leurs performances et lui ne manque pas de jouir jusqu'à satiété cette récréation musicale simple et pure, nulle autre part à trouver sinon qu'au pays tropical. La profondeur des nuits embrasées, porteuses de voluptés inhérentes ou crées, fait toujours bon ménage avec les rythmes forts, et les mordus des ébats nocturnes ne trouvent aucun prétexte pour exprimer des réserves sur les exploits musicaux des deux groupes. LeJac Mélien, lui non plus, ne trouve rien à reprocher aux acteurs comme étant un accroc à la réussite totale de la bamboche musicale dont il se félicite d'avoir choisi d'y être. La guitare de Pétuel Nicolas sanglote dans la nuit comme répliquant à l'orgue courroucée de Jacques Dominique. Les deux vibrations forment une cacophonie intermittente luttant contre la rumeur des vagues de la mer sur la grève.

Il est une heure du matin, et il décide de rentrer à l'Hôtel sans boucler la soirée. Ce n'est pas le plaisir à son paroxysme qui cesse d'épater, mais, il éprouve une fatigue soudaine, plus mentale que physique, qui commande un repos prolongé afin d'entamer le jour prochain dans un apprêtement proportionnel à sa volonté de jouissance. Les raisonnements tranchants et les exaspérations morales contribuent sans doute à cette sensation de vieillissement du corps, il se dit.

Assurément qu'il ne serait pas encore à l'âge de parler de vieillesse, trente-deux ans, mais on vieillit à chaque minute qui passe. On ne doit pas se tuer à la recherche d'épanchements outranciers qui font du mal au corps et à l'âme. On se maintient de préférence en vie et en bonne forme pour affronter ce que la vie va apporter demain. Celle pensée-la s'il pouvait l'avoir des années auparavant que de soucis cela aurait épargnés. Mais, certaines sagesses viennent toujours trop tard. La seule bonne chose est que, parfois, il y a plus de garantie dans trop tard que dans jamais. C'est la mort qui finit et anéantit brutalement ou en douceur tout espoir de faire mieux, de faire de son mieux ou simplement se refaire.

Il se déshabille à la hâte, se brosse les dents avec vigueur, se chavire sur le lit ; et, minutes plus tard, il est aux anges ronflant et bavant. Jeannine lui a dit une fois par plaisanterie qu'elle ne sait pas pourquoi les femmes sont folles de lui, qu'il ronfle comme un porc et bave sur son oreiller. Il n'a que souri à la remarque.

On aime quand on est élégant, célèbre et beau d'être reproché de ces petites imperfections personnelles, naturelles ou acquises, qui entachent sa personne, comme par exemple être élégant mais stupide, beau et imbécile en même temps, splendide mais grincheux avec manque de raffinement sur les rebords, célèbre mais plébéien, riche et à succès mais né et grandi dans la misère. Tel un richissime acteur qui s'enorgueillit d'avoir lavé la vaisselle dans un restaurant pour survivre ou un millionnaire qui trouve un peu de magnanimité à tempêter à tous les vents qu'il fut une fois un récipiendaire d'assistance sociale.

La perfection, c'est bon à quoi? Qui s'en fout vraiment de nos jours de bien choisir entre Judas et Jésus? On saisit ce qui est bon et bien à tout moment comme on est forcé de saisir un taureau par les cornes, le reste est simplement être en conformité et entrer dans les principes de la vie, souvent contre soi.

N'est-ce pas que le monde préfère mieux un César barbare mais victorieux à un roi philosophe de type Marc-Aurèle, un gredin enchanté et bon vivant à un homme de classe infortuné, un Eros à un Socrate ou un Bacchus à un Platon? Donc, il est impératif de faire valoir même ses défauts quand on se croit ou qu'on se sait désirable.

LeJac est vite emporté par le sommeil à travers les vapeurs de la nuit vers cet univers spongieux où l'on monte pour oublier un moment ou deux les douleurs de l'existence, où tout semble si simple et si à la portée de l'Homme. Cette condition d'entre deux mondes est si propice au vrai bonheur de l'Homme qu'il répare tous les dommages physiques ou mentaux causés par le frottement avec le quotidien. Il suffit de laisser vagabonder son âme, les yeux fermés, pour atteindre le paradis éphémère de l'univers sans cesse désiré.

À cinq heures du matin, il ronfle et bave toujours. Les nuées où son âme s'épanche à la faveur de ce sommeil guérissant lui font une conscience d'enfant, celle d'un homme qui n'a rien à se faire reprocher ou à reprocher aux autres. Quant à se reprocher à lui-même de quoi que ce soit, c'est entre sa conscience et lui.

En tout cas, il sommeille pour le moment, les regrets reviendront plus tard. Ils n'y manqueront pas, si fidèles qu'ils sont à leur serment de contrariété envers les humains. Le sommeil, c'est s'offrir le luxe d'oublier la vie et ses chimères qui collent à la peau telles des sangsues assoiffées, c'est un autre voyage vers un autre univers, un autre détour vers un autre jour, c'est aussi un peu l'antichambre de l'autre monde. Il suffit que quelqu'un vous pince le nez un peu trop dur ou qu'on s'étrangle en sommeil ou que le sang refuse de flotter un moment. On risque souvent, à peu près des centaines de fois au cours d'une vie, de ne pas se réveiller et ouvrir ses yeux une autre fois sur un merveilleux petit matin.

Un dimanche à Jacmel

Mais, Lejac, une fois de plus, se réveille de son sommeil. Il est six heures. Personne ne peut jurer l'avoir jamais vu au lit tard dans la matinée. Aussi longtemps que ses quatre heures de sommeil obligatoires sont bouclées, notre héros est apte à affronter la journée en perspective. Il est drôlement vespéral et matineux à la fois, LeJac Mélien. Si la nuit pour lui est temps propice aux aventures fêtardes, la douce matinée contient de l'or en sa bouche.

Couche-tard, lève-tôt; mœurs, jugées par lui, favorables à bien des points de vue. Certaines habitudes développées depuis son adolescence quand sa mère, pour le besoin du commerce, laissait toujours son lit avec les premiers cocoricos pour s'adonner à des préparatifs d'une journée souhaitée plutôt lucrative, restent vivaces en lui. Fils de boutiquière, il rencontre tout naturellement la logique de cette facette de l'existence de tous les commerçants.

Il baille, s'étire de joie de se savoir à Jacmel et avec la perspective d'une autre journée chargée de ces aventures qui maintiennent les pensées actives et l'individu en bonne santé. Autrement, tous les évènements autour de lui auraient eu une ampleur plus fâcheuse. Sa destinée en sortirait autrement accablée, et la dévastation morale serait encore pire.

Mais, il n'a jamais laissé aucune mauvaise habitude avoir prise totale sur sa destinée, et comme résultat, son moral ne l'a jamais trahi au point d'atteindre la phase de corruption irréparable. L'abîme d'où l'on ne refait plus surface est toujours écarté par lui. Il se console toujours à l'idée de savoir que les légèretés de son existence sont loin d'être des monstruosités irrémédiables, qu'il suffit de cet état d'âme non seulement pour chercher à remédier, mais aussi pour éviter qu'il en revienne au pire.

Ses valeurs intrinsèques, pour la plupart inculquées par sa mère dans son désir de faire de lui un enfant endurant, un jouvenceau fort puis un homme solide pour la vie, l'emportent d'emblée sur la déraison permanente. Ce n'étaient pas les avis qui manquaient au vivant de cette dernière. Ils pleuvaient comme par enchantement, au contraire, et drus assez pour sa petite tête à ne pas avoir pu les digérer tous. Néanmoins, l'essentiel en était absorbé et gardé jalousement dans le réservoir de sa mémoire prodigieuse, et leurs effets empêchent, en dépit de tout, le délabrement moral définitif.

Il est heureux au moins d'être là, à Jacmel, à même la grève de son adolescence, respirant à pleins poumons cette brise familière, agréablement alourdie de salpêtre qui s'engouffre dans sa chambre, froissant comme de mains fermes les rideaux des fenêtres pour parvenir jusqu'à lui et le gratifier de sa câlinerie joyeuse. Il baille bruyamment, emplit ses poumons de cette bienfaisance naturelle comme pour en faire provision durable.

Il pense qu'il n'a de compte à rendre à personne ni de la logique derrière sa sensation de bonheur ni de son authenticité. Pour ses manquements, il a assez payé. Blotti dans les bras de l'adolescence, il se sent maître du lieu. Il a envie de mêler ses propres accents au gracieux tapage environnant comme les derniers cocoricos se font encore entendre, délice des matinées tropicales, juste après le passage de la douce Angélus qui promène toujours ses pas suaves sur Jacmel avec une langueur autrement remarquable. Il se lève abruptement comme pour se consacrer assez de temps à récupérer le temps gaspillé loin de l'adolescence. Il se faufile avec agilité dans son accoutrement sportif et quitte l'hôtel pour un frottement bienveillant avec le branle-bas du petit matin auquel le tout Jacmel s'adonne.

Sa mère savait le prendre dans sa Jeep quand ils habitaient du côté de Saint-Cyr, le samedi, presqu'à la même heure avant d'ouvrir son bazar, et l'emmener savourer, dans une promenade matinale, la douce fraîcheur qui descend allègrement des sommets des mornes circonvoisins jusqu'au couloir exubérant le long de la piste aérienne des Orangers. Cyvadier, Brémant, Meyer étaient bien les théâtres de leur promenade matinale.

Il sourit de cette réminiscence bienveillante, ensorcelante et douloureuse à la fois. Une douce violence s'abat sur son âme chaque fois qu'il est aux prises avec l'inoubliable et l'inévitable autrefois. C'est drôle comme un mauvais présent empêche d'oublier un passé plus ou moins généreux. Et le passé fut généreux à son égard à plus d'un titre.

Il ouvre rageusement la porte de sa chambre, descend en courant l'escalier qui mène au rez-de-chaussée de l'hôtel, salue de la main le concierge affairé à mettre son appareillage en marche pour une autre journée d'affaires. Il ne veut gaspiller aucune portion de cette belle journée en perspective. Il s'engouffre dans l'air exquis du matin comme assoiffé de ce plaisir sensationnel.

Une brise fraîche et ses gouttelettes salpêtrées, provenant des vagues mourantes se cognant contre les cailloux de la grève en un refrain cassant mais agréable, l'empoigne à la sortie, comme par le collet, pour l'inviter à l'enchantement gratuit. Le zéphyr câlinant frôle ses joues de sa fraicheur on dirait des baisers brûlants de volupté, tombant drus, perles de bonheur, des lèvres d'une fournisseuse de tendresse suprême, Jeannine par exemple. Elle pourrait être avec lui. Mais ! Le rictus amer revient avec ce rappel.

Il s'estime heureux néanmoins. Que lui faut-il davantage? Pouvoir se lever tôt, promener ses pas aventureux le long des sentiers rocailleux, sablonneux ou impeccablement pavés de son adolescence, voir le soleil tropical propulser sa splendeur tiède dans le dos de l'horizon oriental et peindre de ses doigts magiques la plus belle toile jamais conçue par l'imagination humaine, laisser des bouffées d'air s'engouffrer dans ses poumons gourmands de leur fraîcheur, voir les premières paysannes, la plupart accompagnées de leurs enfants en bas âge, arriver en ville avec sur leurs têtes les produits des héroïsmes bâtards jaillis des muscles d'airain de leurs maris, forteresses humaines, traverser l'embouchure sandales et souliers en mains dans leurs costumes du dimanche. Ô ! De ces félicités qu'on ne paie pas, on devrait pouvoir faire provision pour les moments de leur carence! Il soupire

Et, soi-même, s'épancher pleinement, s'étancher des voluptés du jour naissant, siroter une tasse de café chaud, fort et sucré pendant que ses poumons par l'entremise de ses naseaux font l'amour avec la fraîche candeur matinale, promener de long en large dans la rosée, écouter le chuintement incessant des vagues de la mer avec les rochers et les coquilles de la grève, respirer jusque depuis là-bas la forte odeur rouillée de l'Albano surmonté de ses Albatros et autres oiseaux pêcheurs, fragrance prodigieuse apportée par la brise maritime, dire bonjour aux passants éveillés ou mal réveillés, dépend des situations, dépend des circonstances, dépend de l'humeur projetée par la Condition Humaine et son cortège de grands malheurs et de petits bonheurs, puis prendre son petit déjeuner consistant en œufs frits, tranches d'avocats et de tomates saupoudrées de sel et poivre, pain grillé à la confiture d'ananas puis lessiver tout ça d'un grand verre de jus de *chadèque*.[33] Ô ! Bonheur des bonheurs, extases sans prix que des souverains, esclaves de gloire et de fortune, ne peuvent pas se permettre

Que faut-il davantage à un homme pour être en harmonie avec la notion du bonheur, il pense sans pouvoir se fournir une réponse adéquate. Les réponses en effet se bousculent et grouillent dans sa tête comme ces vermisseaux d'eau que les pêcheuses collectaient par milliers hier et dont les pélicans en font encore un festin sur la grève de leurs petits corps sans âmes.

Une simple réponse surgit aussitôt au sein de ce désordre cérébral, pas beaucoup. Il ne prend pas beaucoup pour être heureux. Il suffit seulement de vouloir être heureux par le truchement de la paix avec soi-même. La paix avec les autres, c'est une autre

---

[33] *Chadèque :* pamplemousse.

question qui fait sans cesse appel à la guerre. La guerre plus avec soi-même qu'avec les autres, car il faut vaincre d'abord ses propres démons avant de prétendre pouvoir vaincre ceux des autres.

Il ne faut pas beaucoup vraiment; il suffit d'un presque rien pour donner à l'homme cette impression d'éternité qu'il recherche dans chaque chose et puis qui n'est en rien, qui est partout mais qui n'est nulle part, dans chaque héroïsme mais qui est en réalité dans chaque trivialité. Tout est en rien. Les petites choses contiennent en elles-mêmes toute la sublimité de l'existence. L'âme prédisposée et la conscience dépouillée des crasses tenaces des préjugés humains sont le remède aux mots qui entravent le bonheur. C'est tout ce qu'il faut à un homme pour être le plus heureux des mortels, comme il se sent en ce moment même en dépit des aléas qui s'acharnent à vouloir corrompre à chaque fois le mécanisme du bonheur convoité.

Il mordille, sans appétit, dans son toast. Le déjeuner habituel à l'Européenne, il en a marre. Il mange comme on doit manger pour avoir l'énergie qu'il faut à l'épanchement de son âme devant ce ravissement circonstanciel, à cette relance périodique aux trousses de son adolescence, à cet espoir d'une possibilité de sa récupération tout au moins dans la pensée à travers les ordinaires culturels de toutes sortes.

Il aurait aimé de préférence grignoter dans un maïs bouilli, éplucher des tamarins, les saupoudrer de cendres pour en atténuer l'âcreté extrême, les rendre plus comestibles et les sentir fondre sous sa langue comme il voit certains enfants le font de l'autre côté de la muraille limitrophe. Ce mur, forteresse imprenable, têtue et totalitaire séparant un peu trop l'ordinaire du sophistiqué, empêche la gloire totale de l'Homme. Et cette odeur hybride de foie de cabri ou de « *l'hareng barrique*[34] », odeur toute divine que les moins heureux dégustent avec leurs enfants de l'autre côté de ce mur, arôme révélateur que la brise goguenarde et perverse apporte jusqu'à son nez pour inonder sa bouche d'une salive drue. Il éprouve cet amour cérébral, surchargé de vitalités platoniques et/ou oblatives pour tout ce qui se réclame du terroir, êtres et choses.

Il se demande pourquoi l'extraordinaire ne peut pas devenir ordinaire tout comme il est aisé de convertir l'ordinaire en extraordinaire. Il comprend alors qu'il est plus aisé à l'Homme de compliquer le facile que de simplifier le difficile.

N'est-ce pas une aberration que de vouloir retrouver son adolescence coûte que coûte, et n'est-ce pas la plus grande des entreprises humaines que d'essayer à chaque fois sans espoir de la reconquérir ? Ça tient en vie, n'est-ce pas, l'espoir de pouvoir retrouver un jour ce qui n'est nulle part à trouver ? Son adolescence perdue, le bonheur ou la personne qu'il faut. Dans cette croisade de reconquête de son passé, il fait de l'imaginaire haïtien un complice inconditionnel.

C'est la lutte constante à la recherche de quelque chose ou de quelqu'un qui remplit le cœur plus que la satisfaction, plus que la réussite, plus que le succès quand on croit avoir trouvé quoi que ce soit, qui que ce soit. La recherche assidue du bonheur, n'est-elle pas en elle-même un enchantement?

---

[34] *l'hareng barrique : hareng salé*

S'efforcer à atteindre   le sommet de ses rêves farcit le cœur d'une vanité proche de celle qu'on éprouve quand le sommet est finalement atteint. Taquiner constamment le bonheur, n'est-il pas en lui-même une félicité? Comme il faut être en vie et rester en vie pour chercher la vie, n'est-ce pas que l'envie de vivre procure la rage qu'il faut pour s'arc-bouter même désespérément à ses rêves et ainsi tenir tête aux turbulences   de l'existence?

Il n'y a que les simples plaisirs à maintenir intacte cette rage qu'il faut pour rester en vie et jouir la vie même avec de maigres moyens. On n'a pas à obtenir l'objet de sa convoitise de toute une vie pour être l'homme le plus comblé du monde. Il suffit de l'avoir cherché et de continuer à le chercher assidûment, s'adonner à un héroïsme prometteur, être un maniaque du rêve, et pouvoir toujours remettre à demain sa propre satisfaction pour éprouver déjà une certaine superfluité de bonheur et un sentiment de réussite totale.   Pour enlever son succès de force de la gorge de la défaite, faire rejaillir l'espoir à chaque fois sous les poussières fâcheuses de l'échec, il faut se promettre cet héroïsme accrocheur.

LeJac Mélien se surprend à accepter l'évidence que la réussite est parfois dans l'échec et l'échec dans la réussite, à se faire une vocation, à se promettre de réussir la prochaine fois et de ne jamais laisser se refroidir totalement le volcan de l'espoir. Sa propre façon à lui d'agréer avec Nietzche que tout ce qui ne le tue pas façonne l'être humain, et qu'il s'est lui-même moralement tonifié au creuset de ses expériences fâcheuses. Mais, les choses de la vie étant si éphémères, peut-on jurer avoir totalement dompté la vie ?

Seul l'espoir de vaincre un jour les êtres et les choses de la vie reste intact jusqu'au moment de fermer ses yeux sur ce monde et fait penser, même au moment de mourir, que la mort est une aberration et jamais ne viendra vraiment. La présomption de réussite totale et le sentiment de non réussite définitive sont des activités mentales trop alarmantes pour ne pas les écarter de sa courte existence, ils sont des trouble-fête, des pères fouettards et des croque-morts à ne pas vouloir croiser sur son chemin.

Passé cet extra moment de réflexions et de stupeur devant les choses de l'existence, il abandonne son poste matinal de contemplation, traverse comme un automate le vestibule de l'Hôtel, sourit à la ménagère qui refait sa chambre et se dirige vers la salle de bain. La journée est à peine commencée, mais perdre une minute de ce sacré dimanche est hors de question.

Tout ce qu'il a connu de bonheur d'adolescence s'attache à son âme comme une tache désirée, se déroule encore et toujours dans le long disque de sa mémoire. Il entend revisiter les hauts lieux de son passé, tous les temples sacrés de cet enchantement enfoui en lui, trop fermement enseveli en lui pour être effacé, et pourtant si à fleur de peau que partout où il passe il les revoit et les revit dans la pensée avec la même vivacité d'autrefois.

Aucun monument du monde – de la Tour Eiffel, au pont jeté sur la Tamise, à la Tour de Pise, à l'obélisque en l'honneur de Georges Washington ne peut faire oublier les sommets de nos mornes, même ceux dénudés; et quand les éternels détracteurs entendent

242

fustiger Haïti de son délabrement, dénigrer les choses au lieu de reprocher les hommes, il tempête toujours que le monde entier a ses mornes dénudés qu'on transforme plutôt en paradis artificiels, en hauts lieux touristiques au lieu de fustiger le pays au point fatal pour sa renommée ou condamner les hommes des résidus des dommages causés parfois par la nature.

Les Etats-Unis possède son Occident et son Orient dénudés on dirait torréfiés par la rage climatique, la Chine a ses montagnes délabrés qu'on tourne en merveille, le Japon a fait de toutes ses raretés des matières d'abondance, le Canada a tout un univers de glace qu'on rend fonctionnel pour la gloire de l'homme, qu'on a transformé en splendeurs touristiques, les déserts de l'Egypte abritent ses fameuses pyramides, pourquoi faire de la nudité de nos mornes une malédiction spécifique à Haïti plutôt qu'une corrélation géopolitique qui peut devenir lucrative à la manière plutôt d'une bénédiction.

Nos petites maisons accrochées à nos collines, ceinturant nos panoramas époustouflants deviennent des produits d'une tare spécifiquement nègre, d'un dilemme signé Haïtien, oubliant que partout dans le monde, il y a de ces coins perdus qui existent depuis des siècles déjà et qu'on n'a améliorés qu'avec le temps.

Ce n'est pas le malade qu'il faut calomnier, ce n'est pas le mal qu'il faut bercer, dépensant l'énergie dans les remarques futiles et inutiles plutôt que dans les démarches utiles pour remédier et améliorer. C'est la thérapeutique d'efficacité qu'il faut entreprendre pour déraciner le mal, l'extirper en douceur ou de force. Il y a toujours un peu de splendeur au milieu de la désolation, quand l'imagination de l'Homme se veut fertile. Le désagréable devient agréable quand il se fait utile. La mort qui met fin à la douleur peut être une expérience suave.

Ce ne sont pas les choses qui ne sont pas attrayantes, c'est l'Homme qui accuse une certaine pauvreté d'inspiration et d'indigence d'imagination. Il y a des fortunes incommensurables cachées derrière les dénuements les plus apparemment déplorables. Les panoramas désolés ont, eux aussi, leurs charmes et des histoires à raconter.

LeJac Mélien sort de la chambre de bain aussi hâtivement qu'il y est entré minutes plus tôt, s'habille légèrement d'une chemise de lin ivoire, d'un pantalon beige et son inséparable mocassin marron s'enferme sur une paire d'élégantes chaussettes signées Pierre Cardin. Il massage ses joues de quelques gouttes de sa Cologne favorite pour prévenir toute forme d'infection par le rasoir sur son visage. Il grimace, l'alcool brûle et fait gémir les cœurs faibles avant de guérir. Il trouve à cela un certain rapprochement aux choses de l'existence.

N'est-ce pas que la vie est comme une mère acariâtre et un père fouettard? Ils pardonnent très difficilement sans avoir appliqué au préalable la forme de punition jugée convenable et proportionnelle à l'incongruité commise. La vie nous append par l'amertume ce que nous refusons d'apprendre par la douceur. C'est son histoire qu'il raconte dans toute parcelle de philosophie vomie par son for intérieur.

Il laisse l'Hôtel et décide d'arpenter un bout de Jacmel à pied, une autre fois, pour mieux se retremper dans le bain local, pour faire remonter à la surface certaines réminiscences, pour pouvoir les toucher du doigt et frémir devant les sentiments chamarrés, en aigre-doux, soulevés par leur tangibilité. Il longe la rue Saint-Anne jusqu'à hauteur de Congo Plage. Les lieux étaient déserts; tandis que peu d'heures plus tôt, ils étaient infestés de gens à la recherche de plaisir ou attirés par l'appât du gain.

Un flot de réflexions submerge son état d'âme, en pensant au caractère éphémère des choses de la vie. Il prend trois heures d'horloge pour faire le vide là où était le plein, pour rétablir un silence absolu là où un vacarme assourdissant, venu de gens cherchant un faux semblant de bonheur, régnait en maître absolu. L'instant présent n'a aucun droit à une quelconque durée. Le temps est sans substance ; il ne peut pas prendre son temps. Il ne peut s'offrir ce luxe.

LeJac Melien voit une flaque de sang séché sur le sol en train d'être léché par un chien orphelin, forcément squelettique. Il questionne un de ces badauds attroupés autour des lieux du drame pour s'entendre dire qu'un jeune homme dément s'était fait enlever la vie par un chauffeur enivré, un peu avant l'aube. Pénible occurrence, spectacle minable empreinte d'une connotation philosophique et qui fournit en fait une autre opportunité de philosopher.

Le chagrin prend toujours ses racines là où le plaisir, semence parfois malhonnête, faisait rage. Il pense qu'on trouve toujours une façon de perdre sa vie quand on croit plutôt l'avoir pour soi. La souffrance est fille de la jouissance, de la douceur est née la douleur. Donner naissance par exemple, neuf mois après avoir fait l'amour, jouissance érotique puis enfantement, entreprises douloureuses et compliquées.

En tout cas, il regarde le cadavre une autre fois et grimace de regrets devant ce gaspillage humain. Un jeune homme en moins sur terre, fou bien entendu, mais est-ce se faire tuer ainsi une justification de sa mort comme compensation à une mauvaise condition d'existence. Son cadavre musclé étalé par terre, la tête écrasée, le crâne et la cervelle écrabouillés se mêlent à la terre en une marmelade écœurante. Serait-ce un autre témoignage de l'échec de l'expérience humaine?

Ce jeune homme qu'il n'a pas connu pourtant et qui fait partie désormais de la gamme de ses souvenances amères. Plus que la Comédie Humaine, la Condition Humaine ou la Tragédie Humaine, cela lui fait penser aux choses et gens entendus de l'exceptionnel conteur Maurice Sixto. Et les choses et gens qu'on n'a jamais vus et entendus, mais qui laissent sur soi des empreintes indélébiles que ni le temps ni rien ne pourra jamais effacer. Parfois les égratignures qui ne devraient être que superficielles impriment des sillons plus perpétuels sur l'âme que des coupures profondes ne peuvent, surtout quand elles sont morales ces égratignures. Lui, devient une machine à philosopher. Il juxtapose tout, idées et idéologies, sublimités et trivialités, jette pêle-mêle toutes les amertumes aux côtés des réjouissances. Le même panier, sa conscience, contient l'harmonie de ses rêves et de ses déboires.

Il grimace une autre fois pour exprimer sa lassitude de ces philosophies qui refusent de décamper et enlèvent l'avant-goût premier de se donner du beau temps sans se soucier des mesquineries de la vie. À quoi ça sert de fendre sa cervelle de ces réflexions devant les malheurs qu'on n'a pas provoqués ou qu'on ne pourra jamais empêcher? Pourquoi ne pas laisser les choses de la vie faire leur petit bonhomme de chemin, laisser à chaque jour suffire sa peine et laisser les autres s'occuper de leurs problèmes quand on a soi-même des chats autrement récalcitrants à fouetter.

Mais comment faire autrement? On finit toujours par se noyer quand on se baigne un peu trop dans la mare fangeuse des chagrins et des regrets d'autrui. C'est comme une règle de la vie. Chacun laisse un anneau chez l'orfèvre, ainsi va le proverbe. Que cet anneau soit du faux ou du vrai or, il brille de toute la force de son insignifiance.

Le jeune homme s'était fait tuer la nuit dernière à la recherche d'un pain quotidien qu'il n'avait pas travaillé à mériter comme on se tient aux abords des lieux achalandés pour pouvoir tirer son épingle du jeu, quelle que soit la nature de l'épingle et quelles que soient les règles du jeu et la sévérité de l'enjeu. Le fou a voulu récolter ce qu'il n'a pas semé. Mais était-ce sa faute qu'il n'avait pas travaillé à mériter quoi que ce soit, qu'il n'avait pas semé les graines qui garantiraient à lui la récolte de ce pain?

Comment interpréter les choses de la vie pour avoir l'impression d'une explication équitable? Comment juger impartialement sans apporter aucune idée préconçue dans les faits, sans falsifier pour condamner au préalable. Comment rendre viable la nécessité d'opiner sur les faits et sur les agissements pour un meilleur agencement des choses de la vie.

LeJac Mélien longe la rue Baranquilla, tourne à droite en direction du Tribunal Civil, s'enlise dans la Ruelle Mathurin et Lys, s'essouffle au sommet des marches en béton, s'arrête un moment, jette un regard circulaire fragmenté sur les environs comme pour mesurer l'ampleur des dégâts ou évaluer les améliorations. Il sourit, ayant redécouvert un univers familier, pas tout à fait propice aux rêveries spectaculaires qu'il s'était projetées, mais porteur de réminiscences sagaces.

Sa mère fut commerçante à Jacmel, et les abords du marché sont les hauts lieux du commerce Jacmélien. Là où tout un chacun, telles des sangsues déchaînées, s'acharne sur les veines économiques de la Métropole du Sud-Est et tout commerçant, en chasseur expérimenté, cherche à mériter le meilleur morceau du butin économique.

Il revoit sa mère, sa valise contenant la vente du jour sous les bras, épiloguant comme dix milles hommes pour se faire une place au soleil du commerce Jacmélien. Il rétablit ses aller et venir, son affable tac au tac quotidien avec ses travailleurs, ses revendeurs ou ses fournisseurs. Il revoit son adolescence se dérouler devant ses yeux, pêle-mêle, comme vomi d'une bande magnétique débobinée.

Debout là, comme interdit, il revoit ce qu'il a revu en maintes fois. Il revoit tout de tout à partir de rien. Chaque effluve nauséeux montant au gré de la brise escaladant la pente depuis le dos du tribunal civil, en contre-bas, lui dit quelque chose. Chaque visage en dépit de toute dissemblance lui convainc de ce qui a été et qui n'est plus. Chaque chose écrit un nouveau chapitre à partir de réminiscences fugaces, tenaces et sagaces.

Des souvenirs visqueux, du renouveau au gré de l'ancien, du maintenant à partir de l'autrefois qui refuse de lâcher prise ou qui s'acharne à devenir réel du sein de leur abstraction même, pour finalement s'effacer, s'éclabousser en miettes pour faire place à un croquis tangible et concret comme tout devrait être quand tout n'existe pas que dans la fiction, fabuleux travail mental qui régénère et dégénère, qui fait mal et qui guérit, qui tend et détend les nerfs à tour de rôle.

La forte odeur hybride de fer rouillé du vieux marché, mêlée aux effluves douteux d'urine confite, de détritus pourris, de sang de bêtes séché, tous ces relents puants accrocheurs qui résistent aux assauts chimiques appliqués par les travailleurs de l'hygiène publique, pour au moins limiter leur rigueur aux nez d'autochtones et visiteurs. Ils collent néanmoins à son nez et produisent un bien-être équivoque et malsain. Une odeur nauséeuse qui procure des sentiments ineffables, fait revenir d'une mort cérébrale faite d'émotions stagnées comme l'alcool camphré réveille d'une léthargie, comme l'odeur de l'alkali secoue les méninges et catalyse l'état d'âme.

Il constate avec joie que la municipalité fait encore de son mieux pour laisser voir les saints patrons de Jacmel dans leur meilleur jour et donner une autre apparence à la face de la cathédrale. Quand on aura négligé de nettoyer les périphéries de l'église pour l'inévitable messe du dimanche, ce sera purement et simplement la fin de la civilisation Jacmélienne telle qu'elle a toujours été connue. Quand même cet espace n'est pas épargné des négligences qui nous accablent et qui deviennent presque caractéristiques dans leur ténacité, c'en sera fait pour la ville de Bonnard Posy et de Roger Delmas.

Il prend la résolution de couper court à ses chimères et à ses exigences quant à ce qu'il se promet à lui-même et ce qu'il attend des autres. Ce qu'il est prêt à contribuer dans l'agencement d'un nouveau programme social doit aussi et surtout faire l'objet de ses préoccupations. Lui ne condamne jamais les hommes au pouvoir. Il n'en a ni le droit ni les moyens de ses intentions.

Quoi d'autre doit-on demander à un homme au pouvoir que de couronner avec compétence les capacités, les efforts, les héroïsmes et les chimères des autres? Un homme au pouvoir n'est pas espéré être à lui seul garant de la réussite. En ceci, les plus capables ont échoué piteusement, mais aider à concevoir et alimenter une vision, à développer une nouvelle stratégie conçue en association pour une meilleure gestion des hommes et des choses.

Il pense que Jacmel tout comme Haïti a besoin de chaque tête d'homme pour le relèvement obligatoire et définitif. Obligatoire, puisque la nécessité absolue se fait sentir sous peine de disparition imminente, définitif puisqu'il est l'heure de divorcer avec l'attitude de réfection constante sans amélioration évidente, sans renouvellement en profondeur.

S'il souhaite replonger de temps en temps dans le fleuve de son adolescence avec l'espoir de parvenir à un regain des sensations d'autrefois, il faut qu'il s'avise à apporter ses visées et sa vision dans la balance des choses politique et sociale sans le souci d'être coûte que coûte un des hommes au timon. Consentir à être un homme à pouvoir de décision sans être un homme au pouvoir, ça exige un sens du devoir. Vouloir être au sommet coûte que coûte est la source de bon nombre de nos malheurs.

Chaque homme, tout Jacmélien doit tenir le gouvernail moral qui mène Jacmel vers des lendemains enchanteurs et étincelants. Il doit être de cette génération de Jacméliens visant au modernisme sans aspirer à un quelconque fauteuil politique particulier, sans saccager les valeurs intrinsèques, sans saper les bases de nos fondation et essence culturelles, sans bouleverser les contours sacrés de l'imaginaire Haïtien, sans blesser jusqu'au sang l'establishment social, politique et culturel Jacmélien, sans altérer les fabriques intellectuelle et morale Jacméliennes qui sont sans cesse nécessaires à la survie spirituelle de l'Homme Jacmélien.

Refaire sans ravager, guérir sans remuer la douleur séculaire, extirper les cellules infectées qui empêchent de progresser sans attaquer les bonnes cellules attenantes qui empêchent la ruine péremptoire, travail de titan qui prend plus que des érudits mais des techniciens de l'aménagement, visée agréable parce qu'utilitaire.

Devant l'église, il sourit à ces visages qu'il n'a pas connus dans l'espoir de pouvoir à la fin sourire à un qu'il a connu. Les minutes s'égrènent comme les visages se défilent devant son désenchantement de n'en reconnaître aucun. Les sourires retournés à lui étaient plutôt inconsistants et ne renfermaient aucune invitation palpable à un quelconque degré de camaraderie. Il pense que les visages humains auxquels on ne peut associer aucune réminiscence sont moins expressifs que ceux pourtant attirants de papier mâché dont les artisans de Jacmel en ont le secret. Ô la magie d'un sourire sorti d'un visage habituel! Parfois, même un rictus grimaçant vaut mieux qu'un visage sans expression.

Malgré l'acharnement des passants sollicités à vouloir trouver une trace de familiarité sur ce visage étranger qui persiste à être affable à eux sans provoquer aucun soubresaut interne, ils n'arrivent pas à dissimuler leur surprise devant cette occurrence étrange en sa manifestation. LeJac Mélien finit par se rendre compte que trouver un visage d'adolescence dans ce lot humain, c'est comme chercher une aiguille dans un fourré. Les visages qu'il a connus sont éparpillés par-ci par-là de par le monde, telles des chimères éclaboussées.

Mais il s'est fait à la résolution philosophique de laisser les choses remplir le vide sentimental que les humains s'avèrent inaptes à pouvoir combler. Les endroits et les objets pallient parfois plus élégamment aux carences que les êtres humains se prouvent inadéquats à atténuer. Les craquelures faites par le temps se cimentent parfois beaucoup mieux dans les lieux retrouvés que par les personnes reconnues.

L'église paroissiale, le marché en fer et ces caractéristiques qui font d'eux ce qu'ils représentent pour la ville de Jacmel, leurs abords surpeuplés la semaine mais dépeuplés le dimanche de sa populace criarde, les odeurs tenaces propres à ce coin de la ville de Jacmel lui ramènent bien pas mal d'épisodes de son adolescence. Mais les gens eux-mêmes brillent de leur incapacité à épauler sa rage discrète de retrouvailles.

Chaque coin de Jacmel est un coin de son adolescence. Chaque escalier en béton emprunté le mène au sommet d'une autre extase, aux pieds d'autres nuages en transcendance circonstancielle vers un ciel autrement splendide. Les choses ont changé, bien des gens qu'il a connus ont payé le tribut à la nature, mais quand les souvenirs sont vivaces et tenaces, les sensations reviennent comme étant les mêmes et ajoutent un peu de miel au fiel des résurgences douloureuses et des espérances avortées.

Tout autour de lui étale la poésie plaintive d'un temps qui s'en est allé pour ne jamais revenir , ni tout à fait dans les choses ni à travers ces visages de nouveaux venus qui disent quelque chose de son humanité présente sans dire quoi que ce soit à son humanité passée. Les nouveaux venus dont il voit les yeux le regarder comme avec une impassibilité moqueuse ne racontent aucun épisode de l'histoire de son adolescence, n'écrivent aucun vers ni aucune strophe du poème de sa destinée.

Ils rédigent de préférence les strophes plaintives de son élégie actuelle. Ce qu'il voit fera difficilement partie de son futur, peut-être mais jamais plus de son passé. Il sent son passé vogué au loin sur la mer démontée de cette absence de familiarité entre lui et ses congénères actuels, ce déficit de solidarité à son nouveau sort, ce détachement au passé qu'il voudrait plutôt être éphémère.

Le futur aussi semble vouloir se glisser entre ses doigts comme une anguille perfide. Il promet de se rattraper dans la mise en marche des manœuvres propres à renouveler les connivences. Quand l'autrefois capitule lâchement, l'Homme a pour devoir d'harceler l'aujourd'hui sur tous les fronts pour s'assurer de l'inévitabilité de demain.

Peut-être que sa fiancée d'autrefois, la fille qui lui a consenti le premier baiser de sa vie, celle-là qui, juste après l'âge de puberté, avait enlevé sa jupe, en parfaite innocence de l'acte, connaissance de cause et dans l'ignorance de ses connotations morales, pour lui faire éprouver ce qu'il ne pourra jamais ressentir une autre fois dans sa vie d'homme.

Peut-être que les amours de belle lurette qui ont peuplé sa vie ont leurs filles et leurs fils dans ce tas d'enfants qui grouillent leur jeunesse turbulente autour de sa soif d'opérer un retour d'âge, s'il le pouvait, pour jouer avec eux, sentir ce qu'ils sentent et pouvoir voyager avec eux un moment ou deux dans les allées peuplées de bonheur, de doux parfum et d'extases inoubliables de l'adolescence, avoir à lui seul tout le monde pour abriter son adolescence parce que l'homme en lui désire redevenir l'enfant qu'il ne sera jamais plus.

Il est revenu au pays de l'adolescence. Toutes ses relations d'autrefois, ceux-là avec qui il a rêvé, ceux qu'il a aimés ou pas et qui l'ont aimé ou pas, ceux qu'ils ont écrasés injustement de son mépris ou qui l'ont méprisé avec ou sans raison, ceux qui l'ont haï ou qu'il a haïs avec ou sans prétexte, l'univers les a tous engloutis de sa gorge immense, a fourvoyé à jamais toute l'innocence de leur haine, de leur mépris, de leur amour. Il voudrait crier au monde de lui remettre ses biens, de lui rendre ce qu'il a de plus précieux dans la vie, les hommes et les femmes de son adolescence avec toute la somme de leur haine, de leur amour, de leur mépris, qu'importe. Il s'en fout pas mal, il les reprendrait tous comme ils sont, comme ils sont devenus, pour se rappeler ce qu'ils étaient, pour savourer avec eux les délices d'un paradis perdu désormais appelé l'adolescence. Le temps qui ne reviendra jamais est à peu près celui qu'on voudrait ou qu'on croit posséder.

Ces condisciples de classe qui l'ont poussé aux piquets au sein de leur déloyauté criarde et qui lui ont valu bien des heures de punition à genou derrière le bureau du Frère Supérieur à L'école des Frères Clément. Il entend encore leur hargne aux cris Aux piquets ! Aux piquets ! Aux piquets ! rien que pour avoir tapé trop fort dans ce ballon de caoutchouc qui doit être encore en train de pourrir, plus d'un demi-siècle plus tard, sous les plantes grimpantes qui habillent de leur exubérance séculaire l'escarpement bordé de murailles protectrices, empêchant la cour de l'école de se jeter dans la mer.

Cet autre ami d'adolescence qui lui appliqua un sévère coup de poing dans le dos parce qu'il lui a avisé de ne pas aventurer sa poitrine trop haut sur le parapet limitrophe, de peur d'attirer l'attention du gardien qui pourrait le rapporter à la direction. Et l'autre camarade de classe avec qui il a guerroyé ce vendredi après-midi et qui lui a valu une raclée de la part de sa mère informée de sa mésaventure involontaire par le fils d'un voisin.

Qu'il voudrait les revoir comme il revoit les moments d'autrefois, ces lambeaux de malheur qui font aujourd'hui un tapis multicolore de bonheur pour coucher confortablement ses souvenirs au sein du musée de la mémoire, réservoir-gardien des réminiscences éternelles.

Les cloches de l'église, airain à résonance poétique, glas de bonheur, tintamarre enchanteur, annonçant les dernières minutes avant le commencement de la messe de neuf heures, le ramènent à la réalité. Il refait surface péniblement des nuées de ses réflexions. Quinze minutes qu'il se tient devant l'église, quinze minutes qui ont ramené toute une éternité de réapparitions cérébrales. C'est drôle comment quinze minutes suffisent largement pour faire revivre toute une adolescence de souvenirs.

Qui aurait dit qu'il ne prend que quinze minutes pour procurer au cœur de l'homme ce que l'argent, l'amour, tout ce qu'on dit porteurs de bonheur ne peuvent pas tout à fait procurer? Vraiment, il ne prend pas beaucoup ni longtemps pour éprouver les sentiments de bonheur des plus intenses qui soient.

Il pénètre dans l'église avec les derniers arrivants, eux retardataires chroniques peut-être, lui retardataire par étourderie sentimentale, à force de planer. Mais Dieu saura lui pardonner, puisque Dieu, lui aussi, comprend l'adolescence; l'adolescence, comme toutes autres choses, appartient à Dieu, et il y a un Dieu quelque part qui se penche avec grâce et compréhension sur les ravissements multiples de l'adolescence. Celui - qui a inculqué à son fils la sagesse de laisser venir à lui les petits enfants, juste parce qu'ils sont sincères - ne peut pas ne pas être sincère lui-même.

Ses yeux scrutent, en une vitesse prodigieuse, mais avec une attention soutenue des détails qu'on croirait plutôt insignifiants, tous les coins de l'église pour s'arrêter un moment sur l'autel. Il redécouvre Saint-Jacques et Saint-Phillipe, toujours rayonnants de splendeur dans leurs costumes aux couleurs renouvelées pour donner une fraîcheur céleste à leur sainteté toute murale. Il voit la lampe éternelle allumée, et il agrée que Dieu est présent comme il a été forcé de le croire durant toute son adolescence, question de rester fidèle aux impressions de l'enfant qu'il était lors.

Au fond, tout lui dirait maintenant qu'il prend plus qu'une petite lumière rouge blafarde, que lui et tout le monde savent connecter à l'électricité, pour impliquer la présence du TOUT-PUISSANT au sein des humains ; mais pourquoi contester aujourd'hui une croyance qui a meublé son adolescence d'imageries sagaces, et qui a façonné en un temps sa conception d'homme quant au respect dû et payé en bonne et due forme à l'entité trois fois sainte.

Ses souvenirs voltigent de l'autel aux balcons. Les rangées d'enfants, dont lui, qui s'y asseyaient dans leurs uniformes d'église obligatoires – chemise blanche, pantalon et cravate bleu foncé – après avoir parcouru le trajet de l'école des frères à l'église Saint-Jacques et Saint-Phillipe dans une attitude religieuse impeccable et d'un silence de chapelle, quoiqu'en pleine rue, imposé par les règles rigoureuses de l'école. Là, on devait attendre l'arrivée de l'école des Sœurs pour monter ensemble les escaliers menant aux balcons. Les écoles religieuses avaient la priorité des balcons pour les grandes cérémonies à caractère politique ou à connotations purement religieuses.

Ainsi les Te Deum tel que le 2 Janvier ou le 18 Mai, la fête Dieu, le dimanche de Pâques, ainsi que toutes les messes qui exigent la présence de la foule estudiantine, incluant la messe dominicale de huit heures, verraient les élèves des deux seules écoles religieuses de la ville lors occuper les balcons opposés de l'église. L'École des Frères à droite et celle des sœurs à gauche de l'entrée principale de la cathédrale.

Les petits pervers de l'école des frères, dont lui, désacralisaient, de leurs imaginations débridées, la solennité spirituelle du moment, se gavant d'idées licencieuses quant aux belles petites qui pullulaient le balcon opposé. Ils se les déshabillaient des yeux, les dégustaient leurs profils avec gloutonnerie, les partageaient entre eux. Et chacun avait une future amie, une future amoureuse ou une future femme dans le rang de ces petits visages frais, ces silhouettes angéliques, bien-aimées et chéries, rêvées les yeux fermés la nuit et grands ouverts le jour. Ils s'imaginaient dérobant des baisers à ces belles pucelles pendant que le prêtre procédait à l'homélie.

Lui, son amoureuse secrète, c'était une certaine Fabienne. Et il voyait déjà en elle cette belle femme qui partagerait son lit, qui deviendrait la mère de ses enfants et qui peuplerait demain son existence de ses charmes discrets. Ce serait au moins vingt ans plus tard, mais quand on aime, grand ou petit, surtout petit, on se consacre à attendre même un autre siècle. Ô rêveries, si l'adolescence pouvait revenir. Mais Fabienne ignorait ses folies et, petite ingénue, l'abandonnait tout à fait à ses rages contemplatives non partagées.

L'hostie qui pénétrait sa bouche était les yeux de Fabienne, il y avait jusqu'à l'insipidité de cette flaque de farine, laquelle fondait dans sa bouche au contact de sa salive enfiévrée, non pas à l'idée de communier sans la confession au préalable mais de deviner les yeux de Fabienne derrière ces dizaines de paires d'yeux depuis le balcon opposé. Cette hostie devient un certain baiser candide des lèvres de Fabienne, sacrilège de l'imagination commis à la barbe même du prêtre ; et écraser l'hostie de ses dents, anathème punissable, c'était moins pénétrer sa mandibule dans la chair du Christ, comme le veut le rituel catholique, qu'écrabouiller la douce Fabienne elle-même et la transgression passerait de péché mortel à crime abominable, et lui serait une fripouille, bien indigne de la belle.

Il pensait bien que si offenser Dieu le rapprocherait de l'aimable Fabienne, ça lui serait égal d'être un pourfendeur dans l'éternité. Ô le petit rêveur de bonheur qu'il fut avait son imagination bien débridée. Il sourit à cette idée d'avoir été si audacieux dans ses désirs d'adolescence. Mais Fabienne, elle aussi, a disparu, le dérobant de ce sourire inoubliable.

Quand l'un d'eux pousse son toupet jusqu'à divulguer ses sentiments au sujet d'une fille déjà retenue par l'imagination laborieuse d'un autre soupirant, il est accusé de traîtrise, d'accaparement de bien d'autrui ou de convoitise à l'égard d'amie, d'amoureuse ou de future femme d'autrui. Un tel renégat pouvait jusqu'à courir le risque d'être rapporté pour cette raison bien entendue mais au nom d'une toute autre infraction, au professeur ou au père supérieur. On paie alors sous une autre facture le prix de sa convoitise.

L'univers des tout petits, lui aussi et au sein même de l'adolescence, se peuple de haine mutuelle affublée de leurs innocentes poursuites, et leur perversité n'est pas moins contondante et moins dangereuse que celle des tout grands. Les compères adolescents sont capables d'échange de haine et de méchanceté autant que leurs homologues adultes, et la route qui leur mène vers la maturité n'est pas moins parsemée d'énigmes revanchardes, de pleurs et de grincements de dents. Il se rappelle du même coup avoir reçu pas mal de coups injustes de ses petits compères en pantalons courts.

Ainsi à l'école des Frères, les petits démons se sont partagés des haines et des rancunes émanant de ce choc de désirs provoqué par les petites commères de l'école des Sœurs qui ont su naïvement faire naître des fièvres cérébrales qui ont fait place à des élans fermes, nés d'aspirations spongieuses. À l'église, on n'était pas sage, mais les regards durs du frère Supérieur, secondé dans sa tâche de protection spirituelle par la présence et la supervision grincheuse des maîtres d'école Jacméliens, ne pouvaient rien déceler du fond de ces petites têtes prodigieusement résolues quant à s'arc-bouter définitivement à ces choix-là, les prenant pour garantis et tout à fait au sérieux. N'est-ce pas que bien des fois le premier baiser qu'il faut pour sceller le mariage cérébral, qui se matérialise parfois ou jamais, est échangé souvent à l'église, derrière l'autel ou dans les escaliers sombres qui mènent vers le clocher?

Mais n'est-ce pas qu'un baiser reçu par LeJac Mélien et le premier jamais donné - dans une habileté et une vélocité remarquables - fut de la part et à l'une de ces amours de tête concoctées dans ces conditions-là, à l'église, au cours d'une messe, en dépit de la présence de Dieu dénotée par le petit point rouge sur l'autel, les regards vides, affublés d'une indifférence métaphysique des saints Jacques et Philippe, là sous les yeux inquisiteurs du Frère Supérieur et quoique la supervision serrée des maîtres d'école.

Vautré confortablement dans ses réflexions et ses réminiscences, LeJac Mélien a perdu l'opportunité de savourer une très belle homélie du prêtre. Une heure de temps s'est écoulée depuis qu'il voyage confortablement dans le labyrinthe cahoté de l'adolescence pour se redécouvrir, se récupérer et rajuster son humanité au flot vertigineux des nouvelles choses de la vie.

Est-ce une faiblesse de sa part que de montrer trop d'attachement à son passé comme Jeannine et les autres filles qui ont jonché jusque-là son existence lui disent souvent ? N'est-ce pas, cet attachement au passé, l'élément nocif qui coagule le flot de ses dévouements actuels, qui empêche tout élan vraiment ascendant vers l'horizon lointain des lendemains dépouillés totalement des choses d'hier, peu importe comment elles se sont manifestées dans le bonheur comme dans le malheur, avec entrain ou dans des saccades déplaisantes. Mais comment fait-on jamais pour avancer sans son passé. N'est-ce pas que la fondation est instamment nécessaire à l'existence même du bâtiment ? Un bâtiment suspendu, sans sa base, le présent de l'Homme sans son passé ou tout au moins son inlassable allusion à lui, c'est l'incertitude á soi-même et la dangerosité aux autres.

Il doit laisser l'église avec tout le monde, se reprochant sa nonchalance vis-à-vis du service religieux pour lequel il est venu. Les motifs de sa présence ne prétendent pas être religieux, mais plutôt l'envie de se retremper dans un bain familier habillé des oripeaux sacrés du rituel de dimanche matin. Malgré le tournant que prennent les choses de la vie, il reste néanmoins sensible à ce rendez-vous dominical. Il a promis à sa mère de ne pas tourner dos à l'église, de limiter le temporel, l'envoyer grouiller au rancart toutes les fois la nécessité se ferait sentir, se procurer de temps en temps d'une bonne dose du spirituel, sans lequel un homme n'est vraiment qu'une autre vanité et une certaine prétention à l'humanité.

Vraiment, qu'est-ce qu'on est sans un certain degré de spiritualisme qui confère à soi ces valeurs intrinsèques qui font d'un être humain une entité digne d'humanité. Ça fait partie aussi des devoirs envers son adolescence, envers l'adolescence qu'il a eue avec pour complice principale sa mère, vertueuse et chrétienne comme on ne le penserait pas chez une femme de ses conditions sociale et économique. Certaines femmes aussi riches que sa mère, on ne les verrait jamais à l'église; mais, quant à elle, elle se faisait un devoir d'être dans une enceinte ecclésiastique quelconque la plupart des dimanches de l'année.

L'heure de la prière - que les réminiscences tenaces, resurgissant même au milieu d'un moment où l'homme entend recommander son âme à l'au-delà pour des minutes de recueillement requises - est passée plutôt à ressasser les chimères de l'autrefois réverbérées par un présent réfractaire à ses aspirations d'homme. Il gaspille l'heure paisible de la prière à remuer l'envers du passé pour se permettre de réflexions tumultueuses. Il se plaint de s'accrocher trop au passé, mais se rend à l'évidence, qu'à l'église ou pas, qu'il n'y a qu'un meilleur présent à faire oublier un bon passé.

Il laisse l'église, comme mû par automatisme, et entreprend d'arpenter une autre fois les rues de Jacmel jusqu'à l'Hôtel pour récupérer sa voiture et son sac de voyage. Il compte retourner à Port-au-prince tôt dans l'après-midi. " À deux heures au plus tard", il s'est mentalement fixé. Aussi consacre-t-il le reste de la journée à continuer à remonter vers ces rivages sacrés pour se recueillir davantage. Dans sa rage de reconquête du paradis, paradis qui paraît encore trouble devant ses sens exaltés par le désir têtu de revoir, retoucher et revivre, il a envisagé méticuleusement et exécute aux petits détails près les différentes étapes de sa tournée à la terre de l'adolescence.

Ainsi, il est devenu gourmand et insatiable de ces plaisirs simples, toutefois porteurs de souvenances accrocheuses, procurés par ces rives quelque peu défraîchies par les dépressions naturelles et le délaissement humain, mais sans cesse propices aux rêveries de l'adolescence. Les souvenirs, quand elles sont absorbées mais mal gérées, provoquent toujours un malaise moral qui rend difficile, sinon impossible, la pleine jouissance des moments propices à les faire naître ou les voir renaître.

Tout ce qui lui revient à la mémoire pour ambitionner enjoliver ses minutes, pour faire miroiter devant ses yeux la surface limpide et miroitante des eaux de son adolescence le noie aussi dans le tourbillon fatidique né au cœur de ces mêmes eaux. Ce soleil qui brille, splendide à neuf heures du matin, qui pique la peau de sa réverbération, produit aussi une sensation de froidure qui lui glace le cœur. Ces enfants qui courent joyeux à la maison, et d'autres accompagnés de leurs parents qui le regardent surpris comme s'ils retrouvent en lui l'enfant qu'il a été, redoublent sa tristesse au sein du tumulte aigre-doux de sa propre peine d'avoir laissé s'effriter le rivage de son adolescence. Il se fait volontiers coupable des crimes auxquels il n'a pas participé en toute connaissance de cause.

Ces vieilles dames qui égrènent encore leurs chapelets dans la rue, continuant leur communion avec Dieu, lui renvoient le profil de sa propre grand-mère, qu'elle a à peine connue, arborant de ses lèvres plissées et de son front serein son attitude chrétienne. Ces odeurs hybrides échappées des êtres et des choses, les servantes arrosant la terre et les fleurs devant les petites maisons de bois aux couleurs trop chatoyantes pour ne pas réveiller les sens, odeurs dont les relents montent en son âme en effluves sournois comme un baume bienfaisant - apaisent et drôlement procurent un peu de réconfort moral et de confort spirituel. Tous ces petits absolument riens qui revêtent pourtant des caractéristiques infiniment gigantesques et poussent délibérément son âme jusqu'aux bords des extases des plus suprêmes.

Dans ces moments de tendresse, quand l'homme est aux prises avec ces souvenirs qui ne font aucun quartier quant au dynamisme des exaltations engendrées, un rien suffit à provoquer des pleurs ou tout au moins l'humidification des cils et le dessèchement des lèvres. L'expression des émotions humaines, drôlement assez, exige deux extrêmes, humidité et sécheresse des sens. La gorge sèche vient toujours en prélude aux pleurs des yeux. Même chez ceux-là qui se croiraient trop hommes à pleurer ou à éprouver de ces sensations et émotions, qu'on alignerait plutôt au rang de féminines ou d'enfantines, se voient verser des larmes.

Il marche, impassible, rêveur, mains dans les poches, bohémien égaré, automate affecté, comme étant à l'infini d'une destination quelconque et tout près de nulle part. Il cherche son adolescence; et son adolescence le cherche. Alors, il devient le prisonnier docile et adepte hébété de principes vaporeux et des activités devenues propres à lui et constamment renouvelées, baladeur sans destination, pèlerin à la recherche d'un dieu fourvoyé, son adolescence Les empreintes de cette dernière sur sa personnalité actuelle sont si profondes qu'il devient impératif de les remémorer comme on a besoin de remèdes efficaces pour combattre les attaques à la santé physique.

Cependant il sait qu'il va quelque part, qu'un objectif est fixé, qu'il se rapproche d'une destination, floue mais certaine, que sa présence dans les rues de Jacmel, un dimanche matin doit avoir un rationnel et une interprétation. Au sein même de l'orgie généralisée et de la danse macabre qu'il a exécutée, à la faveur de l'héritage légué par sa mère, il a obtenu une petite demeure qui le fait toujours compter comme menant une petite vie mais participant tant soit peu à la vie.

Il jure inlassablement à lui-même qu'il fera quelque chose de ses manquements, de ses déboires et de ses erreurs. Et il a l'intuition sagace que tout ce qui sera bon pour lui demain, pour l'homme qu'il est devenu et qu'il deviendra plus tard viendra à coup sûr sur les ailes du retour au pays de son rêve. Pas seulement son pays physique, mais son pays moral, son passé, au sein du terroir fabuleux qui seul peut déclencher chez l'Homme des sentiments sublimes et le remettre au diapason avec lui-même.

L'adolescence, le pays irréel où tous les rêves de l'homme deviennent réels. L'adolescence, le mur sacré sur lequel viennent rebondir tous les assauts à son destin, le flanc innocent qui couve tous les vices et toutes les vertus combinés en cet ensemble tragi-comique qui constitue le passé et l'avenir de l'Homme. Le rêve est à coup sûr une femme avenante qui porte dans son cœur le passé et l'avenir de l'Homme. N'est-ce pas que la femme, réelle ou symbolique, est l'avenir de l'homme. Il sourit de cette évidence correcte, vérité absolue.

Lui, il pense que l'adolescence aussi est l'avenir de l'Homme. À moins qu'entre la féminité et l'adolescence l'on formule un univers conceptuel ou perceptuel où l'un découle de l'autre. Mais cet exercice philosophique est bien trop angoissant pour la logique simpliste qu'il veut se faire quant aux empreintes plutôt salutaires de son autrefois d'adolescent sur son demain d'homme.

Son subconscient, imprégné de logiques mal définies, glousse de plaisir secret devant cet enchevêtrement flagrant qui est d'ailleurs l'explication de sa vie. Peut-il envisager son adolescence sans revisiter tous les coins de sa vie où toutes choses qu'il a connues ont laissé leurs empreintes indélébiles, profondes et sagaces ? Non, tout comme on ne sépare pas la mère de l'enfant, sans la coupure d'un lien quelconque dans la douleur depuis le cordon ombilical, au premier jour d'école, jusqu'au moment de prendre la deuxième femme de sa vie et jusqu'au moment où l'un ou l'autre s'évapore dans le néant des choses de la vie, on ne sépare pas l'Homme de son adolescence..

Entre l'adolescence et l'Homme il y a cette complicité durable, tenace, un appareillage sentimental, un ménage de tendresse autrement sublime tout comme l'homme qui part et revient sans cesse aux sources, même quand elles sont taries. Plus taries qu'elles sont, les sources de l'adolescence, puis le retour à l'adolescence se veut impératif et l'homme, l'éternel soupirant à ce bonheur procuré par le retour ou par la simple allusion à l'adolescence, devient un épuisé moral, irrémédiablement atteint par un mal à jamais incurable. On ne se guérit pas de cette folie, se sentir régénérer à la faveur d'un retour à l'adolescence, comme on ne se remet jamais tout à fait d'un choc sentimental.

L'adolescence, c'est l'origine de l'Homme, le lieu privilégié des jouissances exacerbées, des épanchements désordonnés, des sagacités bigarrées et des réminiscences abruptes, temple sacré de joies et de grincements de dents infinis, le paradis des coups donnés et coup reçus sans rancune aucune. L'adolescence c'est où échanges de coups de poings pleuvent pour faire soudainement place à des embrassades amicales comme une averse soudaine menace le beau temps sans totalement corrompre sa splendeur. L'adolescence, c'est tout ça, et retourner à elle sans espoir de la retrouver est encore plus sensationnel, c'est comme contempler un beau corps féminin à travers un écran léger qui fait grincer de convoitise érotique sans vraiment pouvoir s'offrir l'assouvissement de la rage provoquée par la vision.

Il est au sommet de ses réflexions quand il traverse l'entrée de l'Hôtel la Jacmélienne par la rue Sainte-Anne, quartier populeux qui ne cesse jamais d'apporter son charme fait de choc et de tendresse, de haut et de bas où le riche côtoie le pauvre et se donne au moins la main du cœur, l'amitié du sourire, la rue où la joie et les pleurs se mêlent en une potion galvanisant, une essence guérissant dont les effluves montent jusqu'au sommet de l'âme humaine pour bâtir cette habileté conviviale que constitue l'âme sociétaire Jacmélienne comme elle était une fois et comme, peut-être, elle le sera toujours. Jacmel demeure une grande famille marchant vers la même destination en dépit des apparences de chemins contraires et d'opinions contradictoires.

Il pénètre l'hôtel comme il était sorti, à la hâte. Il est toujours en hâte de s'adonner à l'autre activité capable d'épancher son âme davantage dans la quête des bonheurs forgeurs de joies enivrantes et d'angoisses subtiles au sein du même moment. En cette minute précise, il est en hâte de reconquérir l'autre facette de sa destinée perdue à chaque fois et reconquise à chaque fois et qui fait naître à chaque fois les mêmes émotions à travers d'autres émotions. Le plaisir est toujours subtil dans la vie et se montre toujours solidaire au déplaisir. Les façons de ressentir les émotions se révèlent à chaque fois différemment insipides comme sucer une éponge desséchée, espérer trouver de la moelle dans un os creux ou une quelconque douceur dans l'aloès.

L'humeur, bonne ou mauvaise, les opportunités convergentes ou divergentes, jouent leur partition dans la félicité humaine comme l'Homme éprouve les mêmes sensations et exprime les mêmes émotions devant les occurrences dissimilaires. LeJac, poète-philosophe impénitent, arrive à la conclusion que ce qui empêche à l'Homme de se baigner dans le même fleuve, comme la philosophie le proclame, ce n'est pas forcément la minéralité changeante du fleuve lui-même, mais la faute à l'inconstance de l'Homme dans ses démarches, dans ses humeurs et dans ses exigences. L'Homme est l'artisan et la logique de ses insatisfactions.

LeJac n'a pas tout à fait retrouvé encore son adolescence dans ses ébats de flâneur pensif dans la Métropole du Sud-est. Il se remet en route à sa conquête, avise le concierge d'annuler sa commande pour le déjeuner, et lui dit de garder l'argent pour lui-même comme pourboire plus pour sa gentillesse que pour son service. Il se propose de se gaver de gastronomie indigène, comme il aime si bien le faire, tout au cours de la route jusqu'à Raymond les bains, sa prochaine étape de reconquête sentimentale. Il se souvient d'avoir dégusté du poisson fraîchement sorti de la mer rôti au feu de bois et des crabes boucanés une fois à Ti Mouillage; ça accélère une abondance de salive.

C'est bien de trouver un soupçon de l'extraordinaire dans l'ordinaire. Ça aide à se parfaire. Atteindre une hauteur philosophique dans la pensée au sein même des trivialités quotidiennes. Se sentir roi quand tout converge à faire de soi un saltimbanque est une forme de réussite humaine ou tout au moins de complétion personnelle.

Il se perd toujours dans ses réflexions. La maman s'était imposée un ultimatum de réussite obligatoire en vue de pallier à ses propres échecs pour n'avoir pas fait assez pour maintenir le flambeau tendu à elle, perdue qu'elle était dans les rouages de vouloir faire de son enfant un homme au complet, la réparation du sort fait au père criblé par la haine par la réussite obligatoire du fils ayant été une exigence à laquelle la malheureuse tenait beaucoup.

La responsabilité de rétablir la solidarité familiale - qui a toujours lié les gens de sa famille, éparpillés, disparus et enterrés un peu partout dans le monde à cause de la rage des autres à faire valoir leurs propres idées et idéologies, à satisfaire leurs propres intérêts, à rendre prépondérants leurs propres préjugés élevés au rang de doctrines – était devenue principe de vie pour elle. Les Krozinski et les Kromiko de la Pologne, mêlés au Fortunais de la France, sortaient victimes comme des centaines de milliers d'autres familles d'une vaste machination politique et raciale de la part d'autres qui élevaient un peu trop haut leurs ambitions d'hégémonie sur le monde .

Lui, il échoue piteusement dans la noble mission de régénérescence de l'arbre familial qui lui a été confiée. Pourtant, il ne suffit qu'un arrosage moral adéquat né de bonne volonté et de volonté de réussir, mais il s'avère trop superficiel à pouvoir sauvegarder un quelconque patrimoine familial peu importe combien sublime il se révèle dans son essence, parce que si exaspérant dans ses exigences. Les nouvelles générations ne se soucient nullement des valeurs intrinsèques chères aux ancêtres. Des concepts tels que nom de famille, grandeur morale, et probité intellectuelle ou spirituelle ou morale, qui ont maintenu debout l'arbre généalogique, ne tiennent plus désormais.

Constatation amère, il n'y a que le futile, l'utile ou l'inutile pris l'un pour l'autre et dans n'importe quel ordre qui vaille. Le désagréable rendu agréable à travers un nouveau prisme idéologique qui projette des fresques impalpables plutôt que des images concrètes. Partout où l'envers et le-tête-en-bas sont en demande, c'est là qu'on trouve la nouvelle génération de n'importe quelle famille, de n'importe quelle classe sociale et de n'importe quelle race humaine. La jouvence universelle, excepté une poignée, est désormais vautrée confortablement dans une indifférence totale aux causes nobles.

Le boulevard de la nonchalance, leur point de repère, est bien immense et n'est pavé que d'intentions saugrenues, de déficiences morales et d'indignités spirituelles. Et si même la famille n'était pas épargnée de leur indifférence caractérielle et de leur arrogance creuse, qu'adviendrait-t-il de la patrie quand est placé dans leurs mains demain le gouvernail national?

LeJac Mélien grimace et frémit à l'idée qu'il ne s'est pas montré, lui non plus, à la hauteur de la tâche de compensation envers Haïti confiée à lui par sa mère. Ce désir de réparation et de remise, devenu principe de vie chez la mère, fut évanoui dans l'éther avec son dernier souffle. De son estomac, en guise de remise en douceur de son souffle à la Création, sortit plutôt un murmure grinçant comme un craquement de son âme médusée par le regret de n'avoir pas tout à fait rendu la réciprocité à la terre d'accueil à travers une réussite professionnelle palpable de son fils de son vivant. Des parents tués ou expatriés, un mari assassiné, que reste-t-il à n'importe qui comme motif d'espérance sinon un fils pour éterniser ses héroïsmes outragés. Et quand le fils échoue sans avoir vraiment essayé, la déception atteindrait alors un point autrement angoissant, la mère fût-elle encore vivante.

Mais il se promet de se ressaisir, de remonter la pente aussi vite que possible et faire de son mieux avant que la fougue dépérisse. Il compte sur le souffle qu'il a encore. Tant qu'il y a la vie, il y a l'espoir. C'est la mort qui consomme tout, il se dit.

L'espoir de se récupérer et de récupérer le temps perdu pour faire mieux et autrement, l'espoir de refaire et de faire une existence pour soi-même et pour les autres, l'espoir de rebâtir sur les cendres de la désolation, de transformer la terre aride en zone de fertilité propice aux promesses de l'exubérance régénératrice. Pendant qu'il pense ainsi, la voiture s'élance allègrement au gré de son automatisme sur le ruban de route, serpent argenté, couchant tout droit au beau milieu de la verdure ondulée des champs de canne, des deux côtés de la route de Meyer. Il s'avisait de ne pas oublier le rituel proposé, donner libre cours à ses penchants gastronomiques, par solidarité culturelle à la mangeaille locale, mais ses réflexions l'emmènent si loin qu'il a oublié d'observer l'arrêt initial de ce pèlerinage familier.

Le campêche géant, au pied de la piste aérienne des Orangers et ses branches énormes, parasol des désœuvrés circonstanciels, berceur des chimères champêtres, devait être son premier arrêt. Même la campagne et la campagne surtout compte ses oubliés. Si la ville compte des démunis sociaux, la campagne, elle, a ses déshérités nationaux. On les oublie tout bonnement. Exclus de la nation qu'ils ont forgée, ils n'ont jamais existé. L'arrière-pays haïtien est un petit peu plus loin que La Guinée pour chaque haïtien de ville.

Prenez la chance de les inclure dans vos rhumes de cerveau politiques, faites d'eux l'inspiration à votre goût de friand de l'imaginaire haïtien, envisagez-les dans un dévouement quelconque vers un quelconque dénouement humainement acceptable, la cabale fait vite de s'agiter, et que Dieu ait pitié de l'âme du fauteur de trouble que vous devenez sur le coup. La noblesse de votre sagesse altruiste est vite falsifiée et ridiculisée. Vous faîtes désormais partie d'un vedettariat exécrable et votre personne physique est désormais non grata. Qui nous prierait de vouloir sauver sinon l'expérience politique Haïtienne, mais l'expérience humaine Haïtienne ? Dans le tumulte de ses réflexions, LeJac a raté l'arrêt de sous cet arbre-là, habitat de l'oisiveté campagnarde où les compères villageois s'adonnent à toutes sortes de jeux infructueux et de négoces au rabais. Là aussi où les petites marchandes se font une existence, chimère quotidienne.

Il en fait un temple de son vague-à-l 'âme culturel et spirituel à chaque fois qu'il revisite. Pour lui, c'est comme retourner au bercail pour subtiliser une parcelle des oripeaux de son adolescence accrochés à cet arbre.

Là, *tablette de roroli*[35] au sirop de canne que dragées fruiteuses et caramels au chocolat apportés depuis l'Europe par les amis de sa mère n'ont pu bousculer; bonbons de sirop fortement épicés que la mère, secrètement, a préférés à ceux en provenance de l'Allemagne ou biscuits brodés en provenance de la Chine, et le *doukounou*[36], et l'*acassan*[37] en feuille sucré au molasse. Secrètement, sans oser le dire à ses accointances qui peut-être s'en écumeraient, il s'entichait

---

[35] *tablette de roroli :* confiseries faites de grains de sésame.
[36] *doukounou* : pain de maïs, sucré à la molasse, épicé au gingembre.
[37] *acassan :* pudding de maïs

du local davantage que de l'importé, et le hareng salé ou fumé ou la morue à l'oignon l'emportait sur le foie gras ou le caviar circonstanciel.

Le samedi c'était le jour où il aidait sa mère, tout petit qu'il était. C'était pour lui un jour béni aussi parce qu'il y voyait l'opportunité bienheureuse de se frotter avec la plèbe qui travaillait pour sa mère, partager son âme et leurs repas avec eux. Toute cette peuplade crasseuse, suant, chantant, travaillant pour leur pain quotidien et pour assurer son héritage à lui, a typifié sa formation intrinsèque mieux que la grande classe dite des privilégiés à laquelle il appartenait. Il a gaspillé cette rondelette succession, maintenant il se ronge le cœur pour n'avoir pas partagé même une infime portion avec eux, les vrais artisans de la richesse familiale.

C'est à cette omission à caractère blasphématoire qu'il entend pallier à chaque fois qu'il revient au pays de l'adolescence. Il s'y arrête toujours un moment ou deux pour acheter d'eux ce qu'il ne consomme nullement la plupart des fois. Ce n'est jamais tout à fait la faim gastronomique qui sollicite cet état d'âme qui le porte à vouloir communier dans la mangeaille indigène. Il y a plutôt chez lui ce désir péremptoire de payer largement sans exiger la monnaie tout en entrant en conformité avec un rituel culturel qui ne s'étanche vraiment que dans la consommation du local sous forme de partage d'expériences culturelles similaires. On ne connaît mieux un peuple et ses aspirations qu'à travers la variété et l'étrangeté de leurs pitances culinaires et leur mode de cuisson. Manger parmi eux, avec eux et montrer de l'engouement à ce qu'ils dégustent ouvrent une barrière tout large sur la compréhension humaine et sur l'appréciation des valeurs culturelles plus profondes que ce qu'on voit.

Aussi, c'est juste un peu du reliquat de la fortune héritée de ses parents qu'il sème dans leur champ après avoir tout semé au vent, jouant á l'Eros, au Crésus et au Bacchus de par le monde. Ce désir de donner à César ce qui est à César qui le détermine à arrêter sa voiture pour s'enquérir des autres, sonder leurs âmes à travers quelques mots, chercher à comprendre l'autre et ses déboires à travers la diversité bigarrée des souffrances de toutes sortes qui sont l'apanage de tous les hommes et des misères propres à d'autres.

Il se demande parfois, pourquoi certains hommes doivent-ils souffrir et souffrent plus que d'autres, ceux-là qui souffrent dans leurs âmes et ceux qui geignent de souffrances physiques. Quelle logique absurde et bancale supporte cette incohérence dans les principes humains qui défie l'imagination et côtoie la folie dans certaines circonstances? Pourquoi la souffrance est-elle créée et si fidèlement entretenue par l'homme contre l'homme ?

La vue de leurs dents gâtées, l'absence de luxe même d'un savon, d'une brosse à dents ou d'un tube de dentifrice, enfin toute la laideur de ce dénuement avilissant lui va droit au cœur, lui piétine l'âme et piaffe sur sa conscience. Il grimace quand ils rient sans pouvoir le montrer. Il se sent laid lui-même, moralement tout au moins, en face de leurs physionomies rugueuses, ruinées par la misère. Il se sent aveugle spirituellement face à leur cécité physique. De ces masques humains difformes en lesquels leur dénuement les transforme, Géricault et Delacroix, maîtres de l'horreur sur toile, feraient fortune en trouvant en eux matière à inspirations et de quoi mettre sur canevas.

Leur existence, franchement tout près de celle de la bête, le gêne et lui renvoie l'image fatale de ses propres débauches inutiles sur les boulevards du monde entier, leur reniant ce qui revenait à eux selon le testament moral enseveli au fond de la conscience désormais toute glacée de la mère défunte. Il éprouve constamment un sentiment de culpabilité qu'il n'est pas homme assez à exprimer ouvertement, un soupçon de lâcheté morale qu'il n'a pas le courage de laisser s'échapper en leur présence, un hoquet de douleur devant cette méchanceté si flagrante sur l'humain par l'humain qu'il ne peut même murmurer à son âme. Il ne pouvait même pas assumer à leur égard la palpabilité de sa propre humanité. Il sent un peu sa conscience, sans vouloir sentir sa main, dans ce désastre humain.

Sa mère lui a intimé l'ordre de partager avec eux la partie même incongrue de cette richesse qu'ils ont aidé à bâtir en se faisant médecin pour soigner leurs blessures et leurs simples malaises physiques qui deviennent souvent mortels parce que chroniques et mal traités, et intellectuel pour comprendre leurs problèmes et souffrir leurs souffrances au point de vouloir coûte que coûte leur bien-être, technocrate pour les servir et améliorer leur existence, comme ils l'ont servi en vendant pour lui, portant des sacs, cuisant ses aliments, surveillant les alentours quand elle et lui dormaient.

Elle l'initiait toute sa vie à cette exigence, à ce sacerdoce humanitaire comme dans un pacte secret et muet mais péremptoire. Elle l'inculquait tacitement le devoir de ne jamais manquer de s'arrêter sous ce grand arbre au pied de l'aérodrome des Orangers pour acheter et consommer en leur présence de ces friandises confectionnées au bord de la rue à même le sol. Elle faisait fi à des étiquettes de gens riches, de commerçante à succès comme pour obéir à un rituel simple à travers un prisme grandiose qui agrandit chaque Homme au lieu de le diminuer, tout comme elle lui a ordonné de faire de son mieux pour raviver l'arbre généalogique qu'ils ont laissé là-bas en Pologne.

Ils avaient abandonné l'arbre généalogique de la Pologne, contre eux, par la faute aux circonstances, dans des conditions infrahumaines. Le sous arbre des Orangers leur avait redonné le goût à l'existence, et droit à cette humanité perdue depuis qu'ils étaient forcés de quitter ventres bas, sans prendre souffle, sous peine de mort, l'Europe natale. "De la Pologne, par le biais de la France, nous étions jetés dans les bras d'Haïti, fais en sorte que la Pologne et la France expriment leur gratitude à Haïti", elle avait péremptoirement recommandé et ordonné.

Elle voulait payer de retour, mais le fils a trahi cette volonté d'embrasser une cause noble. Elle désirait gratifier la noblesse de cette plèbe qui a eu la magnanimité de ne pas rejeter sur eux la paternité de leurs souffrances, tandis que son mari a été assassiné par un confrère du vaste malheur Européen transporté chez les autres. Et il rencontre maintenant, dans un rictus amer, la logique de sa mère quant à embrasser au moment opportun la cause des ignorés du pays haïtien, petite nation au grand cœur, peuple souffrant continuellement mais à l'âme noble.

Qui sait tout à fait la définition de quoi ? Qu'est-ce que c'est que la classe, la race ? Qu'est-ce que c'est que la chance, la malchance, bonheur ou malheur ? Dans quel pays ou dans quel continent est né l'amour ou la haine ou l'envie, la colère, la paresse ou quoi que ce soit ? Nulle part et partout. Quelle race humaine détient le monopole des sept péchés capitaux? Quelle nation est détentrice des vertus suprêmes ?

Tout excès humain est né partout où l'humain l'a emporté dans le temps ou tout le temps sur l'humain. La perversité endémique attribuée à une race spécifique tout comme l'aisance ethnique est le reflet des abus de l'Homme contre l'Homme. L'Homme est donc partout le prédateur et la proie, le chasseur et la bête chassée, la plaie et le couteau, la victime et le bourreau. L'Homme est aussi et par conséquent le seul espoir de l'Homme.

Le mal comme le bien n'est donc pas spécifique à une race, à une société ou à une nation. Tout est dans le cœur humain, partout et là où l'on entendrait le moins. Il se souvient avoir lu sous la plume d'un congénère Jacmélien que' Tout est dans la conscience', et il exprime son agrément à cela dans un soupir. Partout où nous promenons nos ambitions de tout accaparer pour nous-mêmes et de rien laisser pour l'autre, ce partout est tôt devenu un paradis qui a été et un enfer qui est.

Le bonheur ou le malheur de l'humain ne se trouve pas à un endroit ou chez une race distinctive, mais dans une raison particulière qui n'est que la volonté de l'Homme de causer le malheur ou le bonheur de l'Homme. Sa mère haranguait toujours ainsi en sa présence avec ses quelques rares accointances parmi les bannis poussés vers les rives des autres par leurs congénères déchaînés de l'Europe.

Il arrive à Raymond les Bains sans s'en rendre compte, tout catapulté qu'il fut dans le gouffre de ses réflexions. Il est l'Homme des réflexions maussades rien que par sa faute, cherchant sa rédemption dans ce pèlerinage auto imposé. Il descend de voiture, se dirige vers la populace déjà en pleines réjouissances dominicales. Sa volonté de revenir vers l'adolescence, de réaliser le rêve de sa mère pas en devenant médecin, peut-être qu'il est trop tard, mais plutôt et surtout un chirurgien de l'âme humaine pour prétendre à l'expiation par l'eucharistie culturelle à travers la gastronomie du terroir.

Il ouvre ses bras comme pour amplifier la provision d'air frais qui se bouscule dans l'exiguïté de ses naseaux, cherchant son chemin jusqu'à ses poumons affamés de son abondance régénératrice et guérissant. Les fruits des amandiers tombent drus, il baisse et en prend un qui vient à peine de cogner le sable dans un choc mou. Il le nettoie de sa main, le croque avec passion, et respire profondément comme y ayant soutiré une bouffée de vie. Ce sont les souvenirs d'un antan, qu'on dirait hier, qui resurgissent une autre fois et qui commandent ce soupir continué.

Il se souvient que sa mère et lui s'y arrêtaient à chaque voyage de ce côté du Sud-est pour des raisons soit commerciales ou pour la fête de Mont-Carmel chaque 16 Juillet. Ils avaient respiré ensemble cette brise forte et fortement salpêtrée venue de ces alizés qui arrivent à grands flots depuis le détroit océanique.

Là, ils quittaient toujours la voiture pour se dégourdir les muscles, s'asseoir sur les bancs entourant la plage et dégustant ces fruits prolifiques servis gratuits par la main du vent, don de la nature au paysage Jacmélien et regarder les vagues énormes s'écraser sur les rochers à l'extrémité occidentale de la plage aux portes de la ville des Cayes-Jacmel.

Après avoir machinalement broyé deux amandes et exprimé sa satisfaction de leur douceur et de leur adiposité, il en ramasse une demie douzaine qu'il bascule dans son igloo; il s'avance un peu plus près de la grève et s'adonne de plus belle au rituel gastronomique. Il songe avoir décliné le déjeuner à l'Hôtel juste pour ça, juste pour avoir cette opportunité de se gaver de ces friandises propres au pays tropical, assagir cette pétulance gastronomique qui berce l'âme à travers les saveurs retrouvées.

Sa préférence exacerbée pour la cuisine populaire du terroir devient triomphante. Il s'avance d'un pas conquérant vers un homme assis devant une brouette chargée de cocos. Il en commande un qu'il ingurgite d'un trait et ordonne au marchand de lui couper la coque en deux, de lui faire une cuillère avec la pelure du fruit tropical afin de déguster la chair laiteuse. Cette ingurgitation rafraîchissante est une bénédiction culinaire célébrée par les alcooliques impénitents et par ceux-là qui s'entichent de leurs saveurs simples.

Satisfait, il met le cap sur une marchande de *fritailles*[38], et soudain un quartier de carpe grillée

---

[38] **Fritailles** : met composite fait de vivres frits, aplatis et rendus croustillants et de viandes grillées servis avec des

crépitait sous ses dents affamées de curiosités alimentaires. Tantôt, ce fut le tour d'un tronçon de *bobori*[39] farci de *pisquettes*[40] qu'il lessive d'une rasade *d'assorossi trempé*[41] à défaut de la Bourgonde ou du Merlot qu'il prendrait en d'autres circonstances. Il grimace à l'ingurgitation au nom d'un certain goût à l'indigénisme de cette méchanceté de breuvage âcre et piquant mais guérissant, et les observateurs abondent à sa minauderie. À l'instar de la Bourgonde ou du Merlot dont la fermentation est propice à la santé, *l'assorossi trempé* enflamme la bouche, assaille l'estomac, mais lessive les intestins et amincit le sang selon la légende curative du terroir.

Il se dirige vers la voiture et tacitement crie " Á moi Ti Mouillage". Là, d'autres bonheurs gastronomiques attendent, et il entend faire de son mieux pour n'avoir point à se reprocher, dans sa quête de reconquérir l'autrefois perdu, d'aucun manquement de s'étancher de gracieusetés gastronomiques porteuses de réminiscences agréables. C'est que le concept du

---

pickles de choucroute, de carottes hachées et de piments sectionnés.

[39] **Bobori** : pain de manioc épais et á la texture plutôt charnue au-dedans et croustillante au dehors.

[40] *Pisquettes*: petits poissons d'eau douce prolifiques surtout durant les saisons de pluie, très prisés par les buveurs d'alcool et très utilisés pour la consommation quand c'est disponible.

[41]*d'assorossi trempé* : boisson fait de feuilles de cérasse séchées ou fraîches trempées dans du clairin où les feuilles perdent leur saveur et leur couleur dans le liquide avec le vieillissement du breuvage, ce qui procure son arrière-goût d'enfer très désiré .

" *temps longtemps* [42]» chez lui prend une autre dimension et c'est tout à fait remarquable, cet attachement à l'indigénisme haïtien en dépit de sa descendance Européenne. Mais à chaque fois, cette reconquête demeure inassouvie et glisse entre ses doigts ; et chaque fois, pour lui, c'est comme recommencer.

Ça ne le gêne en rien pour le moins qu'on puisse dire. Pourquoi ne pas feindre l'insatisfaction pour fournir à soi-même un bon prétexte à vouloir recommencer l'expérience. Il éprouve même un plaisir secret à se dire que ce n'est pas tout fini, et que ce n'était pas bien fait la dernière fois. Pour lui, la mission sans cesse renouvelée reste sans cesse inachevée. Pourquoi se sentir inconfortable de faire ce qu'on aime faire, ce qui procure à soi un avant-goût d'éternité au sein d'un plaisir sain, selon sa propre définition du concept. Tout ce qui assure l'enchantement personnel, même quand il fait l'objet de reniement général, est un plaisir sain pourvu que toute nuisance aux autres soit écartée.

Vivre ainsi en bohémien à la recherche de cette accointance compréhensive avec la plèbe est un vœu qu'il n'a pas formellement proféré à sa mère mais qu'il entend satisfaire. Satisfaire l'autre devoir de devenir médecin pour les soigner au besoin et communier avec eux, s'étant avéré à cette étape de sa vie difficile à réaliser, il n'en tient pas beaucoup. Trente deux ans déjà, sans le sou pratiquement et surtout l'absence de cette volonté de s'en faire une vocation ou une mission de réussir. Après avoir habitué son âme un peu trop au

---

[42] *temps longtemps* : s'écrit 'tan lontan' en créole et désigne l'autrefois, le temps d'avant.

plaisir mondain et laissé la vodka et le cognac cuire ses méninges, pourra-t-il redevenir étudiant?

Il pilote la voiture comme par automatisme jusqu'à Ti Mouillage. Là, c'est le tour des poissons cuits dans une enveloppe faite de feuilles de bananes gisant dans une marinée de citron et de quartiers de piment bouc, puis crabes boucanés à l'odeur flatteuse qui fait saliver abondamment. Là encore, sa réjouissance saute aux yeux, et il ne cache pas sa satisfaction comme il ne la cacherait pas en dégustant une cuillerée de caviar ou mordillant dans un mini sandwich à thé farci de foie gras. Il est ce type d'homme pour qui dévorer une tablette de noix de coco en Haïti vaut de même que déguster une tranche de fromage de Brie attiédie couvert de sucre brun, arrosée de cognac et saupoudrée d'amandes grillées, pour qui le coq aux pommes des français a le goût de poulet nègres marrons ou le couscous aux noix de pin vaut de même qu'un petit bol de maïs moulu aux champignons séchés au soleil, agrémenté de chevrettes salées.

Il est totalitaire et indépendant, égal à lui-même dans les petites comme dans les grandes choses, au sein de l'opulence comme au sein des carences. Il cabriole avec le grand tout comme avec l'humble, se moquant de l'extraordinaire tout comme de l'ordinaire et reste maître de lui-même, roi et vagabond, saltimbanque et seigneur. Il sent qu'il est et veut demeurer la somme de toutes les utopies et de toutes les réussites en quête de dompter sa destinée et celle des autres. Tout lui-même aspire à demeurer à l'ombre du soleil tropical qui lui brûle la peau et aguerrit son âme.

Il est quatre heures moins le quart, il avale la dernière bouchée de ce poisson cuit sous la cendre. Il exprime sa satisfaction dans un crissement de son âme et un clin d'œil complice à la dame aux mains calleuses qui l'a gratifié de cette bénédiction gastronomique du terroir. Il lui allonge trois billets de cent gourdes qui paient largement et pour son sens d'hospitalité souriante et le mets fantastique qui lui fait sortir les yeux de la tête de sa piqûre drue dans tous les angles de sa bouche.

Sa langue incendiée par les épices voudrait crier au secours, mais ne pourrait pas de toute façon laisser sa bouche si secours venait de quelque part, donc se morfond au sein de sa douleur. Il fait un adieu de la main aux observateurs locaux de son avidité à la dégustation des mets indigènes, démarre en trombe comme il fait tout, en trombe, pressé et comme à cheval. Il s'était promis de s'arrêter même brièvement au pied du campêche royal au bas de la piste d'atterrissage de Meyer. Il tient promesse, parle un peu à la plèbe présente et pénètre ses dents dans une tablette de *roroli*[43] au gingembre fraîchement confectionnée, spécialité de l'endroit. Il exprime sa satisfaction de l'appoint de la confiserie telle qu'il les a dégustées durant son adolescence et à chaque voyage de retour, paie largement une autre fois puis écrase l'accélérateur de la guimbarde comme si Port-au-prince ne pouvait plus attendre.

Il laisse Jacmel comme il doit laisser, le cœur lourd, sans visiter une autre fois Bassin Bleu où sa mère l'avait pris à dos de cheval pour la première fois durant son adolescence. Il s'était promis aussi La Vallée de

---

[43] *Roroli : grains de sesame*

Jacmel, mais n'a pas pu tenir cette promesse envers lui-même. Il renvoie ces deux destinations jusqu'au prochain retour.

La Vallée de Jacmel, il soupire bruyamment. Il se souvient du temps où perché sur les perrons de l'Eglise Saint-Jean Baptiste, l'on dirait tout près du ciel, pour contempler en contre-bas le panorama vertigineux qui jette l'âme dans un précipice vertigineux fait de beautés, d'exaltations, de verdure et de buées farcies d'arc-en-ciels qu'on dirait pouvoir toucher du doigt si on le voulait. Dans ces réflexions, il regarde dans le rétroviseur pour revoir la baie de Jacmel et cette partie de son adolescence qu'elle couve dans son sein pour toujours s'éloigner de lui une autre fois. Il dit un au revoir muet à Jacmel dans une hébétude compréhensive.

Qui dit jamais un au revoir sonore et sans hébétude à Jacmel ? C'est toujours dans un chuintement poétique à peine perceptible qu'on soupire à bientôt à Jacmel comme on murmure un sanglotement, la gorge empêtrée au fond de l'âme d'une femme chérie. On dit souvent au revoir à Jacmel, mais jamais Adieu. Qui peut dire Adieu à Jacmel ?

On promet toujours de revenir à Jacmel quand on peut quand on veut. Qui peut ne pas revenir à Jacmel ? La ville où tout est une culture qui s'enracine dans l'âme, où la fin de semaine débute à n'importe quel moment de la semaine. La ville où, en centre-ville ou hors de la ville, la mer, le soleil, la familiarité des autochtones vous accaparent et vous jettent dans un bain de félicités ineffables.

Il avale presque la Route de l'Amitié sans s'arrêter même pour contempler le coucher de soleil fantastique qui dore tout,   incendie chaque coin de mornes, chaque pan du ciel de sa touche splendide, jetant sa férule tiède et chatouillant sur chaque être et sur chaque chose.

Six heures le trouve sur la cour de l'Auberge du Québec. Il annonce son retour, prend avec lui un grand verre de rhum punch, un alka-seltzer et une bouteille d'eau Evian pour limiter les grincements éventuels de son système digestif, prie le concierge de ne pas le déranger pour quoi que ce soit et qui que ce soit jusqu'au prochain matin. Il entend lire un peu, digérer et dormir pour se refaire une morale et une physique à point pour le reste du séjour au pays.

" Pas même pour le dîner" demande le concierge

" Pas même pour le dîner", et il pointe du menton le contenu de la petite corbeille de fruits qu'il s'est procurée à l'aller de Découzé et qui atteignent déjà leur stade de fermentation avancée. Leur hybride exhalaison aromatique chatouille l'odorat.

" Un dame a appelé et a laissé ce nom et ce numéro". confie le concierge.

Il allonge le bout de papier à LeJac Mélien qui le lit vaguement mais dans un sourire qui annonce un peu de triomphe.

" Elle a promis de rappeler ce soir". Continue le concierge, voyant que son message intéresse le client.

" Si elle appelle ce soir, je ne suis pas présent. Demain matin, peut-être. Le reste d'aujourd'hui est à moi, mon ami. Port-au-Prince peut quand même attendre un autre soir". Et il part comme un train sous le regard amusé du concierge.

« Et si c'était l'amour Monsieur ». ajoute le concierge. Lejac Mélien se retourne stupéfait. Les idées se cognent dans sa tête et les mots dans sa boucle. Il n'a pas une réponse à cette question.

« L'amour…l'amour…Je ne sais pas, je ne sais pas mon ami… »

« J'ai l'impression que c'est l'amour Monsieur » Se résout le concierge.

« Dans ce cas-là, tant pis ou tant mieux pour moi ». Puis il tourne le dos.

Un homme sec, pas tout à fait initié aux règles de la civilité, le concierge pense qu'il est. Mais il s'est seulement trompé. LeJac a reçu une éducation excellente de sa mère. Rompu à une humilité sans faille résultant des péripéties qui ont jalonné sa première adolescence. La mort d'un père en bas âge et dans ces circonstances connues marquent et laissent des boursouflures énormes sur l'âme de tout un chacun. Donc, il n'y a que les circonstances de la vie et les relations équivoques qui ont contaminé son âme de leurs souillures visqueuses.

D'autres ouvrages du même auteur

The Sublime Heights of Generous Passions (2002)

Lasselle(2003)

Dilius et le Pot au Lait(2007)

Verbi Potens Sacra Est(2007)

Les Procès de Dilus(2008)

Et Les Arbres Saignèrent(2009)

Haïti : The Persistence of Misfortune(2010)

Haïti : La Persistance du Malheur(2010)

The Hierarchy of Human Sufferings (2010)

La Hiérarchie des Souffrances Humaines(2010)

Les Passions Dangereuses(2013) (en cinq parties)

De l'Extravagance Musicale à la Gloire Politique : L'Étrange Vadrouille de Michel Joseph Martelly(2013)

From Musical Extravagance to Political Glory : The Strange of Michel Joseph Martelly(2014).

Sòti nan Koudyay Mizik Tonbe nan Gran Panpan Politik: Kalinda Mouche Jozèf Michèl Mateli(2014).

ISBN: 978-0-9912499-6-1

Tome II
L'Appel de l'Amour